007 JAMES BOND

侦探小说经典原著系列

绝帅主角 绝色女郎 绝密装备 绝对惊悚

007女王密使

ON HER MAJESTY'S SECRET SERVICE

[英]伊恩·弗莱明/著 朱小燕/译

图书在版编目（CIP）数据

女王密使 /（英）伊恩·弗莱明著；朱小燕译. ——南昌：江西人民出版社，2015.2

（007侦探小说经典原著系列）

ISBN 978-7-210-06008-6

Ⅰ.①女… Ⅱ.①弗… ②朱… Ⅲ.①侦探小说－英国－现代 Ⅳ.①I561.45

中国版本图书馆CIP数据核字（2015）第031579号

书名：**女王密使**

（英）伊恩·弗莱明 著；朱小燕 译

责任编辑：王一木

封面设计：游 珑

出版：江西人民出版社

发行：各地新华书店

地址：江西省南昌市东湖区三经路47号附1号

编辑部电话：0791-88612505

发行部电话：0791-86898815

邮编：330006

网址：www.jxpph.com

E-mail：jxpph@tom.com web@jxpph.com

2015年3月第1版 2015年3月第1次印刷

开本：880毫米 × 1230毫米 1/32

印张：8.25

字数：230 千

ISBN 978-7-210-06008-6

赣版权登字—01—2015—59

定价：25.00元

承印厂：江西千叶彩印有限公司

目录

Contents

第 1 章

海 滩 遇 险

9 月了，夏天的燠热依然咄咄逼人，没有消退的迹象。

法国北部。皇家岛城堡。漫长的海滩上，差不多 10 公里长的滨海大道，彩旗飘扬，光彩照人。

在大道两边，是绿茵茵的草坪，庭荠、鼠尾草和半边莲争奇斗艳，好不热闹。散布在海滩上的遮阳伞，星星点点，色彩绚烂，在海边成为一道亮丽的风景线。

这时，一支轻快的手风琴华尔兹乐曲从扬声器里飘出来，整个海滨浴场都陶醉了。

正当人们陶然于斯的时候，突然，广播里传出一个男人浑厚的声音，夹杂在音乐声中："请大家注意，现在插播几则广告：一个名叫菲利普 · 布特朗的 7 岁男孩找不到母亲了，请孩子的母亲听到广播后，立即到广播室来一趟，是菲利普 · 布特朗的母亲；一位名叫奥兰德·勒费弗艾的女孩，请她的朋友，在出口处的大钟下找她；还有，迪菲尔太太，有你的电话，请你立即到问讯处接电话……”

海滩附近有3个游乐场，围墙内不时传来孩子们的嬉笑声，一浪高过一浪："太过瘾了！""哈哈……哈哈……""多么蓝的天啊！"

沙滩上，海水落潮留下的印记，氤氲一片。

一位健美教练正吹着口哨，给一群青少年学生上课。

风景如此独好的海滩，唯在这布列塔皮卡第海滩才有。百年前，海滩浴场和海滨游乐园等游乐项目诞生以来，海边热闹的景象，就吸引了如欧仁·布丹、雅姆·蒂索和克劳德·莫奈等法国大画家的目光。

詹姆斯·邦德（James Bond），坐在一个遮阳伞下，望着无限美好的夕阳，浮想联翩。

在邦德的脑海里，童年的记忆又浮现在眼前：夕阳下的海滩，像鹅绒毛一样细软；他喜欢在海水边走的感觉，可是脚经常被海滩上的小石子扎得很痛，于是不得不回去找鞋，这种痛的记忆，好像在昨天；他怀想儿童的时光，无忧无虑，特别是在海边捡拾的那些贝壳，就是儿时珍贵的细节；他想起，在自己家的窗台上，那些闲置着的船模，曾经带给他那么多美好的回忆；他记得，有一天，他在礁石的缝隙发现了一只小螃蟹，他想伸手去抓，看到螃蟹张牙舞爪的样子，又住手了；还有，在那碧波荡漾的海水里畅游，也是一件惬意的事情；可如今，长大成人了，孩提时代一去不返了，只能望着岁月的背影，流连忘返。无忧无虑的嬉戏玩耍，对芝麻牛奶巧克力饼的情有独钟，柠檬汽水的味道……这些都是童年的元素，童年不可或缺的要件，遥远却又触手可及，谁不想重回童年，享受那无忧无虑的童趣？

突然，一阵海风吹来，邦德愣了一下，回过神来。他取出一支香烟，点上，深深吸了一口，重新振作起精神。

遮阳伞前，走过一群孩子，满身污垢、衣衫褴褛的，身后的沙滩上，留下了的脚印，一串一串的；那些被人乱扔的汽水瓶盖和糖纸散落在夕阳下，十分刺眼。

邦德用凝重的目光注视着来来往往的人，他现在是一个男子汉，一个英勇无畏、出生入死的男子汉，一个资历颇深的英国情报局特工，他看任何事物的目光都充满神秘。

邦德知道，他千里迢迢来到这，不是游山玩水，也不是触景生情，他的使命是暗中跟踪一个女人。

尽管这里的白天暑气逼人，但傍晚时分海风还是很凉爽的。天色已晚，海滩上的人开始陆陆续续回家，收起了遮阳篷，穿过海滩上的小道，向住宅区走去。城里华灯初上，车水马龙。

扬声器里面播音员在提醒游客："请大家注意了，六点快到了，我们要关门了。"

海面上，两艘挂着黄色旗子的救生船，正加速向上游的港湾驶去；一艘长颈鹿似的游沙艇，正在驶进港口的一个泊位；停车场的几个管理人员在整理自己的东西，他们陆陆续续骑着自行车，离开拥挤的车辆，朝闹市区骑去。

此时，潮水已退到 2 公里外了，沙滩一下子就成了海鸥的天地，成群结队的海鸥在沙滩上闲庭信步，寻觅着人们野餐时留下的残羹剩饭。

橘红色的落日缓缓溶入大海，霞光满天，非常壮观。

海滩上人越来越少。只有夜幕降临时，才会有一对对情侣偎依着来到这里，谈情说爱，享受青春。

邦德注视着，最后两个身穿显眼的三点式泳衣的金发女郎，正在沙滩上开心地嬉闹着。她们追逐着，开心地笑着。一会儿，她们先后跑到邦德的遮阳伞前，停下来，不停地说笑，故意向他卖弄自己的好身材。当她们发现他毫无兴趣时，只好手牵着手、慢悠悠地走了。

法国女孩儿的肚脐要比其他国家女孩的突出点，很性感。这是为什么？难道法国的妇产科医生故意的，以便等她们长大后，穿三点式泳装时，显得格外引人注意？

海滩上，救生员吹响了下班号；游泳场上空的音乐声，也戛然而止。

突然，邦德发现，百米开外的沙滩上，还有一位妙龄女郎，脸趴在一条黑色条纹的浴巾上，一动不动。邦德注意到，一小时前，她来到了这，就趴在那条浴巾上，一小时过去了，她怎么仍然一动不动？她的一动不动，给寂静、空荡荡的沙滩平添了几分紧张感。

邦德默默注视着她，更准确地说，他不知道她发生了什么事。他的任务就是监视她。

邦德有一种不祥的预感，她好像处于某种危险之中。

什么危险，他也弄不清楚。他知道，自己不能丢下她，让她一人在这儿。

但是，邦德并不清楚，实际上，在这空寂的海滩上，除了他们两人，还有其他人。

就在他身后的海滩咖啡馆里，有两个戴着黑帽，穿着雨衣的人，正在临街的一张桌子旁默默坐着，桌上是热气腾腾的咖啡杯，咖啡他们喝了一半。透过咖啡厅的玻璃，他们目不转睛地盯着邦德，盯着那位躺在浴巾上的女郎。他们神秘的装束，神秘的表情，在这神秘的海滩，空气里流动着一种凝固的气息。

海滨没有什么人了，咖啡馆似乎也要关门了，可这两个人并无离开的意思。服务生在他们不远处恭恭敬敬地站着，看着这两个家伙，巴望着他们赶快离开咖啡店，好早点下班。

红色的霞光已经消失殆尽，完全溶入了浩瀚大海，天幕四合，在提醒那位女郎似的。她终于慢慢站起身来，用手理了理头发，居然迎着很远的浪花走去。她要干什么呢？邦德想。她久久不愿离去，难道要裸泳？抑或今天是她假日最后的一天，她要游最后一次泳，让海滩成为她一个人的海滩，游泳场成为她一个人的游泳场？

邦德仔细一想：不对，坏了！他赶紧起身，向海边跑去，慢慢靠近那位女郎。咖啡馆里的那两个人显然注意到了这一切，其中一人往桌上扔了一些钱，给另一人使了一个眼色，两人立刻站了起来，冲出咖啡馆，大步流星地穿过人行道，跑入了沙滩，紧随在邦德后面。

在这神秘的沙滩上，这几个人的诡秘的行动，引人注目，而且令人恐怖，气氛陡然紧张起来。

穿着白色浴衣的女郎，一位男子紧随其后，两个矮胖子紧追不舍，这情景像似死神的追踪。咖啡馆的服务生收起钱币，望着急匆匆远去的人影，自言自语地说：“要出事了。”

邦德的脚步越来越快，十分矫健，完全能在女郎到达海边时追上她。他觉得,这女郎可能要自杀。他在考虑怎么与她说话,怎么救她,总不能说“我觉得你想自杀，所以我跟在你后面，来阻止你。”或者“我在沙滩上散步，看到你。想问问你，游泳后你想喝点什么饮料？”这类十分可笑的问题。想来想去，他最后决定还是先喊她的名字：“喂,特莱伊雪！”等她转身过来时再说,“我正为你担心呢。”这样说,至少不会让人感到唐突。

暮色越来越浓，海水变成了一片暗褐色；微风徐来，把大陆上的热气吹到海上；海面上碧波荡漾，成群结队的海鸥在女郎周围上下翻飞，叽叽喳喳叫个不停；海边的细浪一波一波的，舔舐着海滩，发出啪啪的声响。

暮色给空旷静寂的沙滩和海洋增添了忧郁的情调，海水离素有“白色海滨女王”之誉的著名皇家城堡越来越遥远了；城堡里灯火摇曳，隐隐传来一阵阵喧嚣声。邦德只有一个想法，把这个女郎带回到明亮的灯光里。

他远远望着穿着白色浴衣、体态轻盈的金发女郎，担忧海鸥的叫声和大海的嘈杂声使他的喊声变得微不足道、细若游丝，他加快了步伐。

快到水边时，她的脚步放慢了，浓密的秀发披在双肩上，在海风中飘逸着，十分迷人；她显然没有心情欣赏美丽的海景，她的头微微低垂着，既像是在沉思，又很沮丧、疲惫不堪。

邦德在她后面约十步远的地方停了下来，气喘吁吁地喊了一声：“嗨！特莱伊雪！”

喊声并未使女郎转身，她怔了一下，在水中停住了脚步，一阵波浪袭来，亲吻着她的双脚，又悄然退去。

过了一会儿，她才慢慢转过身来，女郎很美，可身体弱不禁风的样子，眼中噙着泪水，茫然地看着邦德。

“什么事？”她无精打采地问，“你要干什么？”

“别冲动。快回来！”

女郎把指头放在嘴上，嘟囔了几句，但由于离得太远，邦德一点都听不清楚。

“别动！跪下！”突然，一个声音从邦德身后传来。

邦德转过身来，蹲下，手抱头，屏住呼吸，牙缝间发出一阵唏嘘声。

他看见了，两个面无表情的壮汉正对他怒目圆睁，两个乌黑发亮的枪口正对着他。

他顿时明白发生了什么，这两个人不慌不忙，既不紧张，也不激动，动作专业娴熟，似笑非笑的脸上露出杀气腾腾的神色。这样的面孔，邦德见多了，一看就知道，职业杀手。

邦德在分析，这两个人究竟是谁派来的，为谁卖命，为什么要跟踪他。很显然，自己已经陷入绝境，大祸临头，他忧心忡忡。他有意识地放松肌肉，排除杂念，寻找机会。

“手抱头，别动！”一个南地中海口音的人喝道。这声音，使邦德马上判断出这个人的脸：满脸横肉、粗野褐黄，是马赛人还是意大利人，难道是黑手党人？这样的脸只有秘密警察和穷凶极恶的职业杀手才有。他们和我有仇？莫非是布鲁菲尔德的人吗？邦德的大脑像计算机似的在分析各种数据，思考着对策，随时做出准确的判断。

如何化解当前的危机，是邦德思考问题的核心。邦德冲那个满脸横肉的人笑着说：“我听你的。你是一个天主教徒吧？我想，你母亲肯定不愿意你干这事的。”

那人的眼睛闪了一下，好像有所触动。

那人站到了旁边，枪口一直对着邦德。另一人动作麻利地从邦德皮带上的枪套中取出他的手枪，双手熟练地搜了身，后退几步，把邦德的枪装进口袋，然后掏出自己的手枪。

女郎木然站着，没有说话，她既不惊慌，也不恐惧。

邦德看了她一眼，她背对这些人，面朝大海，轻松自如，好像身后什么都没有发生。邦德非常奇怪，难道她是一个诱饵，把我骗入陷阱？那么，她为什么这样干，为谁这样干呢？接下来会发生什么事情呢？他们会开枪杀人，然后抛尸大海吗？看来，这是唯一的后果。当然，有一种可能是绝对不可能发生，那就是他们 4 个人一同走过这 2 公里长的海滩，然后在大道边很有礼貌地相互道别。

这时，在深蓝色的暮色中，从北面传来了一阵嗡嗡的马达声；邦德转身远远望去，发现海面上一排大浪袭来，紧接着一艘救生船出现了。这是一条平底的充气橡皮船，船尾装有一个驱动引擎。邦德精神为之一振：难道海岸警备队发现了，有救了！好啊，等他们被押到警察局时，看我怎么整治一下这两个家伙。可这个姑娘该怎么办呢？

邦德在转身瞬间，他看到这两个人无动于衷，丝毫没有慌张的神情，反而兴奋起来，冲橡皮船招手，他立即明白了，他猜想的结果不可能会发生了。那两个家伙把裤腿挽得老高，一手拎着鞋，一手拿枪，等着船开来。原来，这条橡皮船根本就不是来营救他的，而是绑架和谋杀他的工具。

事已至此，邦德也不多想，他侧身弯腰，像他们一样挽起裤腿，向着停下浅滩的船走去。在脱鞋和袜的时候，他不露声色地从鞋子后跟上摸出了一把小刀子，以迅雷不及掩耳之势，把它塞到了右边的裤袋里。

女郎最先上船，接着是邦德，最后是那两家伙。一路上，只听到马达声呜呜响，谁也没有说话，空气像凝固了。开船的人看起来像外地的渔夫，笨手笨脚地驾驶着。船驶向何方，邦德很茫然。海风中，女郎的金发被吹得十分缭乱，轻轻拂在邦德的面颊上。

“你会着凉的，特莱伊雪，穿上我的外衣吧。”邦德脱下自己的外衣，靠近她。

女郎很温顺地伸出手，让邦德给她穿上。就在穿衣过程中，她的手在邦德的手臂上用力掐了一下。这是怎么回事？邦德看了她一下，感觉到她用身体语言在回答他。他用眼角瞟了那两家伙一眼，只见他们背着风坐着，双手插在口袋里，紧紧盯着他和女郎。船后面是皇家城堡，是一个岛屿，岛上的灯光，像一串光彩夺目的项链，城堡渐行渐远，离他们远去，最后，在地平线上只留下了一个金色的光点。

邦德右手摸到了口袋里的刀子，他用拇指试试其锐利的刀刃，心里盘算着下一步如何行动，如何脱险，如何救人。

他在仔细地重新梳理一遍眼前发生的一切，思绪回到了 1 天前，他仔细地回忆每一个重要细节，生怕遗漏什么。

第2章

赛 车 女 郎

24小时前，詹姆斯·邦德开着他那辆破旧的本特莱小车，正在公路上疾驶。

在阿布维尔和蒙特勒伊之间的一号高速公路上，他驾驶着这部小车，已经跑了3年。这条路，是他从勒图盖机场或是从布伦或加莱乘船回家乡的必经之路。

他以时速120至140公里的时速高速向前行驶着，这部车装有专为赛车手安装的自动换挡器，他不必为换挡而费神，而把心思放在如何起草向英国皇家情报局辞职的报告上。

他给M局长的辞职报告准备这样写道：

尊敬的先生：

我非常抱歉地恳求您允许我向您辞职。

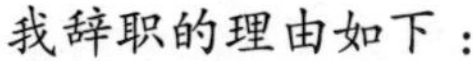

我辞职的理由如下：

一、我疲惫不堪，需要休息。1 年以来，我一直从事着“00”组的工作，任务一个接一个，四处奔波，每次我都能够出色完成任务。对此，您十分满意，我表示感谢。当然，我也乐此不疲，但使我感到力不从心的是，“雷球行动”刚刚完成，我就得到了您的指令，要我集中全部的精力追捕布鲁菲尔德及其同伙，以及有可能死灰复燃的“魔鬼党”成员，不给我任何喘息的时间，我太累了。

二、我的侦查活动毫无意义。您知道，当时我接受这个任务，就是很勉强的。我说过，这个任务的性质是调查工作，完全不需要我们组介入，可以由其他部门负责，或者地方警察局协同对外情报机构处理，也可以由国际警察组织来处理。可是，我的建议被搁置被推翻。这一年来，我的侦探遍布了全球，事实证明，我的侦查活动毫无意义。我至今未发现任何布鲁菲尔德（Blofeld）的蛛丝马迹，也未发现一个“魔鬼党”成员。

三、这项任务可以解除。这项任务既令人厌烦，又毫无结果，严重消耗我的时间和体力，我已多次请求解除这项任务，可我给您的信和请求不是被忽视，就是被轻描淡写地搁置。对布鲁菲尔德是否存在，我始终认为，他已经死了，追踪一个不存在的人，劳民伤财。

四、这种任务很不光彩。这种没有结果的，令人厌烦的任务，为什么老是出现？前些时候，我执行您的命令，去追踪一只“野兔”，您怀疑他有问题，可问题就根本不存在，这使我觉得无聊到了极点。这个家伙叫布莱恩·费尔德尔，是一位颇受尊敬的德国植物学家，他是从事葡萄栽培技术的，他把法国摩泽尔省的葡萄嫁接到意大利西西里的葡萄藤上，提高了葡萄的含糖量，鲜美可口。西西里的葡萄过去是很酸的，他的技术和劳动，改变了人们对西西里葡萄的印象。人家一个科学家，我却一直把他看作是黑手党的党徒，并费尽心思调查，最后只能是灰溜溜地离开西西里。那次任务，我充当了一个极不光彩的角色。

概而言之，尊敬的先生，"00组"的工作富有挑战性，报酬也不菲，它曾经非常适合我，但现在和我的期待差距较大，我提出辞职。我历来谦虚谨慎、任劳任怨，虽不才，但也不该被滥用，恳请接受我的辞呈。

您忠实的仆人：007

詹姆斯·邦德驾车行驶在一条"之"字形公路上，他突然觉得，他的报告有些夸张，许多地方值得商榷，甚至漏洞百出，他准备过两天回到办公室时，向秘书口授报告要点，让秘书去斟酌完善。即使她不愿意，或忍不住哭了，报告还是要写，说到做到。

他烦透了这次追踪布鲁菲尔德的任务，抓"魔鬼党"更烦，完全是莫须有的任务。"魔鬼党"已不复存在，即便还会有像布鲁菲尔德那样的能人，这个组织也不可能死灰复燃，这一点，詹姆斯·邦德非常自信。

当他穿过一片树林直路时，一个突发事件是他始料未及的，他正考虑着信中的内容怎么修改，一阵汽车喇叭声在他车后响起，一辆放下车篷的白色双座兰西亚敞篷轿车呼的擦车而过，快速绕到他的车前，一溜烟，消失在远方。敞篷车的排气管非常粗，发出性感的突突声，在树林中回荡。

开车的是一个女郎，头上扎着一条耀眼的红头巾，头巾在脑后随风抒情，十分飘逸。

除了枪，在生活中还有什么能真正吸引邦德呢？这位飙车的女郎突然使他有点着迷了。他的职业敏感告诉他，飙车的女郎一定是漂亮的、野性十足的。他下意识地按掉了自动驾驶，开始用手操纵，抿嘴笑了笑，加大了油门，汽车呜的一声速度就上去了，紧紧追着敞篷车。

时速表的指针不断地向前挪动，160……170……180……车快飞起来了，他仍觉得不够快。

邦德在仪表上拨动了一个红色的开关，突然，马达剧烈响了起来，轰鸣声震耳欲聋，震动着他的耳膜，人的身体似乎要向上飘起，汽车箭一般向前射去，时速指向 200 公里。

他的车与敞篷车的距离瞬间就缩小很多，50 码……40 码……30 码，他从敞篷车的反视镜中已经看得见女郎那一对大大的眼睛了，他非常兴奋。

这段笔直的公路要走完了，一个表示危险的“！”标志从车的右边掠过。邦德下意识放松了油门，车爬上坡后，前面出现了一个教堂的尖顶。陡坡下，是一座人口稠密的小村庄，前面还有一个表示弯路的标记，两辆车已经非常近了，他们几乎同时放慢了车速。140……120……100……敞篷车后面的刹车灯闪了几下。然后，他们一前一后上了用鹅卵石铺的“之”字形公路。

这条路路面凹凸不平，詹姆斯·邦德看着敞篷车的后轮的驱动轴轻松地使车顺利地通过，而他则不得不不停地刹车，左右打着方向盘，车在路面上颠簸得非常厉害，驾驭需要技术。驶出村子，女郎的丝巾又飘了起来，像一只出笼的小鸟，沿着笔直的坡路疾驰，与他的车又拉开了很远的距离。

赛车又开始了。邦德虽然企图追上去，但路况实在太糟糕了，他不得不佩服她的车技。前方指示牌显示："至蒙特勒伊 8 公里，至海滨皇家城堡 16 公里，至普拉格 25 公里。"他心里纳闷，不知她要将开往何处，要不要一直这样跟下去？他突然想起自己皇家城堡的任务和那晚在娱乐场的承诺，他开始有些犹豫。

敞篷车开往蒙特勒伊，蒙特勒伊是一个危险的城镇，邦德警觉起来，他断然决定继续跟踪，看看这女人到底是谁，去干什么。郊外，弯曲的鹅卵石街道上许多农用车来来往往，邦德的车与敞篷车虽只百米之遥，却怎么也追不上。穿过城后，经过一个十字路口后，敞篷车消失得无影无踪了。

邦德只得继续往皇家城堡开，在一个拐弯处，一辆同样的敞篷车出现了。邦德看见，敞篷车在前面扬起了一路尘土。他毫不犹豫地转了方向盘，追了上去。他自信，就要见到她了。

他再次倾身向前，按下那个红色按钮，增压器的轰鸣声响了，车子剧烈震动，飞速朝前驶去。他放松了一下紧绷的肌肉，担心这样增压会把发动机烧毁；这个装置是一个总局专家给他的车子上安装的，是磁离合控制的增压器，方便在紧急情况下加速，专家罗尔斯一再警告，一般情况下不要这样做，因为曲轴的负荷不能额外增加。

邦德这次是他头一次打破 200 公里的记录，超过了红色危险线。

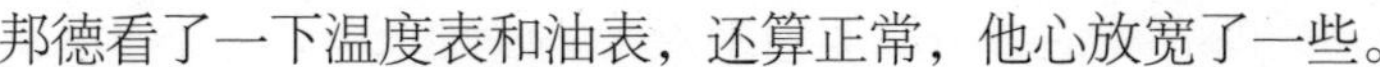

邦德看了一下温度表和油表，还算正常，他心放宽了一些。

穿过了一片海滩和一片树林后，邦德在路上疾驰着，他期待着夜幕的来临。皇家城堡的也很美，当年与勒希弗尔在夜总会的那场打斗，他记忆犹新。从那以后，他在枪林弹雨中，在情场上，出生入死，他爱上过许多姑娘，既刺激又缠绵，所以，他每年都要回到皇家城堡，回到夜总会。在这 9 月的美丽黄昏，皇家城堡对他意味着什么呢，胜耶？惨耶？抑或美丽的女郎？

今天是星期六，晚上的皇家城堡赌博一定会非常热闹。这是皇家城堡夜总会这个季节最后一夜的疯狂，今晚会有比利时和荷兰的游客，还有巴黎和里尔的富豪，济济一堂，邦德充满期待。按传统，夜总会赌场会为所有的客人和贵宾敞开大门，免费提供香槟酒和自助餐。　这一晚将是通宵达旦的狂欢夜，客人们会团团围住桌子，一边吃喝，一边豪赌。

邦德身上有 100 万法郎，旧法郎，虽然只值 700 英镑，但他习惯以旧法郎来估计自己的资金，这样会有富有的错觉，他很喜欢。可是，他在填写工作支出时，却总使用新法郎计算，这样可使数目小些，使总局的会计不斤斤计较。100 万法郎，今天晚上他可要当一次百万富翁了，虽然只能当到明天早晨。

他驶上了英国大道，帝国旅社就在这条大道上，虽然不是很豪华，但也是挺雅致的，他特意扭头看了眼，正是这一眼，他突然发现，就在帝国旅社门口的台阶旁边的砾石路上，正停着他一直追逐的那辆白色兰西亚敞篷车，真是得来全不费工夫啊。车旁，一位上穿着条纹背心，下着绿色围裙的门童，正从车上提下两个手提箱，往里面搬。

詹姆斯 · 邦德毫不犹豫地把车开进了停车场，叫来那个门童，他刚从兰西亚敞篷车主那拿到了一笔不错的小费。邦德让他提行李，自己径直朝前台走去。大堂经理迎了上来，露出金牙向邦德点头哈腰问好。邦德是这里的常客，“金牙”不敢怠慢，他想方设法讨好这位警察，使他对旅社有好感，以便有机会在法国国防部情报处能够美言。

“莫利斯先生，刚才开白色兰西亚的那位女士住在这里？”邦德问“金牙”。

“对的，先生，她住这。”莫利斯殷勤地笑道，露出另外两颗隐蔽的金牙。

“这位女士是我这里的常客，她父亲是南方的富翁，她是特莱伊雪·维琴佐伯爵夫人，先生你应该在报上读到过她的新闻，怎样说呢，伯爵夫人是一位……”莫利斯神秘地笑了笑，说，“可以这么说，她是一位生活很充实的女人。”

“哦，谢谢你。这个季节，你们生意怎么样？”

“挺好的。”

莫利斯经理一边寒暄，一边亲自陪邦德上了电梯，把他引进一间灰白色豪华套房，床上铺着玫瑰红被罩。他很有礼貌地同邦德说了几句客套话，然后离开了房间。

邦德内心有些失望，他不喜欢大众情人，他只喜欢属于自己的姑娘。女人名气很大，像电影明星，不容易得手；即使得手，也没有真情，逢场作戏而已，没有意义。

他的两只行李箱送来了。他打开行李箱，慢慢整理起来。

这时，服务生把冰镇饮料送来了，一瓶白葡萄酒。他一口气喝了几大口，然后走进浴室洗了一个冷水澡，洗去一身的尘土。浴后，他换了衣服，穿着深蓝色薄毛呢裤，白色海岛棉织衫和线袜及黑色便鞋，踱到窗边坐下，目光掠过帝国大道，眺望着大海，心里盘算着在哪吃晚饭。

实际上，邦德对吃没什么讲究。在英国吃饭，他一般很随意吃点烤鱼、鸡蛋和土豆色拉之类的东西，出国旅行就不一样了，他一路开车，吃饭是他休息的方式，是一件使人向往的事，是冒险后放松的机会。实际上，在文蒂米利亚边界，经过 3 天长途跋涉，他已对那些景点骗人的食物腻透了，各地的美食他都一一尝遍了，多是所谓的名厨的拿手好菜，但味道不过如此，一些油腻的奶油酱，劣质的葡萄酒和小蘑菇盖着的大鱼大肉。他胃口好，酒量大，但用餐时慢条斯理，颇有风度。

前天晚餐，使邦德下决心与法国的饮食文化彻底决裂。那天，他在卢瓦尔河的南岸一个很有情调的布列塔尼式的小客栈停车住下来，目的是想避开奥尔良死气沉沉的城市氛围。虽然这个客栈窗台放着的花盆有些杂乱，房顶上架着横梁有些粗糙，墙上挂着的那些图画有些拙劣，但他喜欢这，因为它坐落在卢瓦尔河畔。这条河，是邦德最喜爱的一条河，河水清澈晶莹，两岸风光旖旎。他用冷冷的眼光环视四周，粗鄙的铜制加热锅和挂在门口的旧炊具，打开房门走出门去。他沿着缓缓流淌的卢瓦尔河惬意地散步，大约 10 分钟过去了，餐厅那边钟声响起，告诉客人就餐的时间到了。他回到客栈，走进餐厅，找了张桌子坐下，餐厅的电壁炉上方，挂着一个彩色的石膏像，上面是一行字 :“这里是法兰西。”

餐厅里，盘子和那些粗糙的本地物品，发出一种令人生厌的叮当声。

“别闲着，过来拿酒。”一位粗鲁的侍者正端着一份菜过来，一边呈到桌上，一边招呼另一个侍者。这是本地的传统名菜 : 奶油小母鸡。菜端上来，邦德望着这盘热气腾腾的菜，尝了一口，心一下子就凉了，太腻太咸，期望顿时成了巨大的失望。没办法，他只好用一杯清水洗这道“名菜”。这一幕，被侍者看在眼里。

第二天早晨，客栈送来了一张高达 5 英镑的账单，算是对他的报复。

邦德不想让这些不愉快的记忆困扰自己，他坐在窗前，倒了一杯白葡萄酒，一边饮酒，一边琢磨着去哪家饭馆，点什么菜好。他想起了坐落在火车站正对面的一家餐馆，餐馆陈设很朴素，但菜不错。他给老朋友贝克德先生打了电话，请他为自己订了一张桌子。

两小时后，他开车来到夜总会。这时候，他已经酒足饭饱，胃里全是比目鱼汤、穆斯林风味菜和他觉得吃过的最好的烤斑鸠，半瓶 53 度的罗斯柴尔德酒、一杯贮藏 10 年的苹果酒和 3 杯咖啡，使他心满意足，充满活力。

他兴致勃勃地走上了夜总会的台阶，走进了灯红酒绿的人群，他坚信这将是一个令人难忘的夜晚。

第 3 章

赌 场 豪 情

詹姆斯·邦德坐着的橡皮船，绕过被水波撞击的浮标，顺着皇家城堡护城河的水波，一颠一簸地逆流而上，驶进了快艇停泊的港口。系船池里的灯光，照亮了右岸上的道路。

人往往要在看见光亮时，才能恢复理智，想出办法。果然，邦德一见到光，脑海里立即闪出一个念头：等船驶进系船池的时候，他用小刀刺穿橡皮船的侧部或底部，然后钻进水里，游上岸去。他仿佛听到子弹在耳边嗖嗖飞过，落入水中的声音。

可是，水流这么急，特莱伊雪能游过去吗，邦德感到背脊上有一股凉气。

邦德靠她更近了些，头脑中想起昨天晚上发生的一切，想理出有个头绪。

邦德走进了夜总会的门厅，走了很长一段甬道，路过陈放范·克利夫、朗万、赫尔莫斯等人塑像的玻璃柜，在一排橱柜旁停了一下，出示了身份证明，然后买了赌场的入场券。入口处的机器对每个进入赌场的人都要进行脸部扫描。门童身穿华丽的制服，对客人笑脸相迎。

邦德饶有兴致地走进了这个富丽堂皇、热闹非凡的大赌场中。在钱柜前，他停了一下，看了一眼大厅里各色人等忙忙碌碌的情景，然后，又慢步穿过门边的一张牌桌，来到陈设豪华的吧台前，这里的一切全是由计算机安排的，他看到了大堂经理波尔先生，波尔先生对一位侍者说了句什么，邦德就被带到了一张牌桌的 7 号座位。很快，侍者把桌面擦拭干净，擦亮了烟灰缸，给邦德拉好一把椅子。邦德坐下后，看了一眼在 7 号座上的那个鞋形的发牌器，他感到很好奇。一个兑换货币的侍者过来了，取走了他的 10 万法郎，把它换成 10 枚各 1 万的筹码,并把筹码整齐地放成一叠,摆在他面前的桌上。每张桌子的上方，都挂着一块表示赌金的牌子。邦德看见，每一场赌局的赌金至少要 100 旧法郎或 1 万新法郎。他注意到，实际上每个庄家都以大约 500 法郎为基数下注。这意味着，每次开局的赌金至少要 40 英镑。

这里的赌客，来自五湖四海。在 7 号牌桌周围，除了邦德外，还有 3 个西装革履的服装业的巨头；几个珠光宝气的比利时贵妇人；一个小个子英国女人，像英国小说家克里斯蒂小说中的人物，她不声不响，却屡屡得手，显然是赌场高手；两个中年美国人，穿着黑色上衣，兴致很好，大概是从巴黎来的，略有醉意；旁观者和临时下赌注的人很多，里三层外三层把桌子层层围住，但就是没有一个姑娘。

这场赌局相当残酷，鞋形发牌器顺着桌子慢慢地移动着，每个庄家第三张牌都心惊胆战；要是不想输的话，唯一希望，就是来一张好牌，打破格局。每次轮到邦德时，他也犹豫不决，不知是否该怎么打破格局；每次发第二张牌时，他就把他的赌注推了过去；在将近 1 小时的赌局里，每一次，他都坚定地对自己说，局面一定会打破的，幸运之神一定会降落在他的身上；纸牌是不会认人，风水总会轮流转的。而每次抽了第三张牌，他都像别的庄家一样，心惊胆战。

发牌器停了下来，邦德把钱留在桌子上，站起身来在赌场中踱步，他扫视着大厅里面的每一张桌子，希望能看到那个熟悉的倩影，她的秀发，她冰清玉洁而高傲的气息。他相信，不管她在哪个角落，他能一眼就认出。可是，他的目光苦苦搜索了半天，赌场上却没有她的半点气息。

邦德回到赌桌前，发牌人正把六叠纸牌拢到椭圆形区内，让牌自动滑进发牌器。邦德离发牌人最近。发牌人便给了他一张红牌，让他开牌。邦德把牌放在指间小心翼翼地揉着，谨慎得有些滑稽，他将它滑出，正落在他所估计的区域里。发牌人对他的审慎微笑了一下，双手灵巧地把红色牌投入发牌器。鞋形发牌器还未分完牌，第七张牌就把牌局停了下来。

发牌人大声地宣告：“先生们，本局结束了，6 号胜出。”

过了几分钟，侍者把在各处游动的赌客叫回到他们的座位，第二局又开始了。

邦德信心满满地和坐在他左边的服装业巨头叫注，用一点小资本赢了一大笔钱。他现在已有 2000 新法郎，即 20 万旧法郎的本金了，他把赌注翻了一倍。接着，他又赢了几笔。

风水轮流转了，邦德又来了一张好牌，他转而参加竞牌。他以一张 9 很轻松就获胜，这次的赌本已经积累到了 80 万。

接下来，这次难度增大，他以 6 点对 5 点，赢了，但很险。他决定继续，再积累点资本。他从 1，000，600 旧法郎的赌本中抽出 600 法郎开叫，留下了 100 万；结果，他又赢了。

然后，他又以 100 万开叫，想再赢一大笔钱。赌桌周围的其他赌客，要凑这笔赌注是很难的。此时此刻，他们对邦德已另眼相看，开始提防这位不动声色、玩法诡秘的英国人。他神态冷酷，不动声色。他们在想，他是什么人？从什么地方来的？是干什么的？桌子周围的旁观者开始交头接耳。邦德也在考虑自己的退路，是保住自己的现有赌金，还是继续赌下去？他深知牌桌上的事千变万化，谁也不可能一直赢下去。但邦德认定，今天自己运气太好了，不能错过机会。他将赌本滚了 3 次，每次都在他的赌金中增加了 100 万。这时，那位一直把机会让给别人的小个子英国女人参加了进来，要了牌，准备倒十番。邦德朝她笑了笑，知道她想跟着赢。结果在这一盘中，她仅用一张 1 点就打败了邦德的花牌。

桌子四周，发出了一阵叹息，人们松了一口气。邦德不可战胜的神话，终于被打破了。尽管如此，在邦德前面，珍珠嵌饰的筹码，几乎还是堆了有一尺多高，约值 60 万法郎，3000 多英镑。邦德拿起了一个 1000 新法郎的筹码，递给了发牌人。

邦德点燃了一支烟，没注意到发牌器绕到别人面前了。他已赢了一大堆筹码，他必须更加小心谨慎，扩大战果，防止得而复失。当然，赢钱不是他唯一的目的，玩个痛快，就是他的目的之一。午夜过了，他还兴致勃勃，不想回去，每当轮到他叫时，他总要出赌本，而不与别人较劲。

他刚才的竞牌，使牌局进入白热化状态。如果现在有人跟着竞牌，是很难占到便宜的。

这时，发牌器到了与邦德左边相隔两个位子的 5 号位，就是那个里尔来的巨头那里。那个男人是一个举止粗鲁的家伙，嘴里叼着一个琥珀镶金的烟斗。他用指甲修剪过多的短粗的手指，抽出牌，“啪”的一声，像德国赌客那样扔出去，很快就过了第三张牌这一关。邦德按照自己的计划，没去应牌。打到第六张牌时，赌本上升到 2 万新法郎，200 万旧法郎，赌客们又开始紧张起来，大家都想尽力控制着自己的钱，不敢轻举妄动。

发牌人高声喊着：“赌注 2 万！先生们，别错过机会！一次 2 万法郎！”

正在这关键时刻，特莱伊雪出现了，神不知鬼不觉的。她不知道从什么地方来的，飘然而至，就站到发牌人的身旁。

邦德立即傻了，目光紧紧盯着她，她金色的秀发、白皙的胳膊、美丽的脸庞、闪闪发亮的眼睛、鲜红的嘴唇、纯白的衣衫，是那么熟悉。

“应牌！”她喊道。

顿时，人们的目光都集中到她身上，场内鸦雀无声。

发牌人接着应声说道：“好，应牌。”

这时，里尔来的怪物把牌从发牌器中抽了出来。

发牌人拿着牌铲，将她的牌送了过去。

她弯下腰，脖子上挂着的项链下垂，形成了一个白色的 V 字形。

“再来一张牌。”

邦德的心一沉。他估计特莱伊雪的牌肯定不会拿到比 5 点更好，而那怪物却十分得意。他已经有 7 点了。他给她摸出一张牌，不屑一顾地弹了过去：是一张 Q！

发牌人用牌铲的顶端灵巧地把另外两张牌展示给她：一张 4 点。她输了！

邦德倒抽了一口凉气，默默看她怎样处理。

邦德感觉大事不妙，特莱伊雪不住摇头，额头都在冒汗，吐气如兰，他为她捏了一把汗。桌子四周一片静默，邦德明白，赌金越大时，老千的味道就越强烈。他看到，特莱伊雪神情紧张，正与发牌人耳语。

气氛骤然紧张。这时，邦德听见主持人说：“对不起，太太，你应该事先准备好钱，我很遗憾。”

“真不要脸！不要脸！丢人！”有一个人嚷着，像一条蛇，在旁观者和赌徒之间来回穿梭。

邦德也纳闷：我的天啊，特莱伊雪也是有身份的，怎么干这种事？没带钱，赌场赊账？

里尔的怪物对赌局的结果了然于心，他知道，不管怎样赊账，钱最后总是要给的。他身子往椅背一靠，头一仰，猛吐了一口雪茄烟，一副幸灾乐祸的德性。

法兰西赌场是一个强大的商业集团，有庞大的信用体系和深远的国际影响力，邦德很清楚，特莱伊雪如果没带钱，她将被列入黑名单，明天一早，一份份电报将发往世界各地：“特莱伊雪·维琴佐太太是不受欢迎的客人。”法国、英国、德国、意大利、埃及，以及所有其他地方的赌场将被宣布为无信用者而不再接待她。在欧洲，她的命运将很悲惨，在她的生活圈子里，她会被视作霉运和邪恶，被拒之门外，受到整个社会的惩罚；在美国的赌场里，她甚至会被赶出去；她将在业界臭名远播，一辈子背上这个奇耻大辱。

邦德现在来不及多想这些了，他脑海里对她的倩影和红色丝巾挥之不去，他决定帮她。他把两块珍贵的珍珠筹码扔到桌子中央，用一种微带困惑的语调说：“对不起，太太，您忘了吗，我们说好的，今晚是一伙的。”

他不等特莱伊雪反应，也不看她，就以命令的口吻对发牌人说：“请原谅，我刚才有点心不在焉，开始吧。”

一下子，桌子四周的紧张气氛缓和了许多，人们把注意力立即转移到了邦德身上。他们在想，这个英国佬说的是真的吗？英国人就喜欢带女人进赌场，一个陌生人谁会为素不相识的姑娘的 200 万法郎埋单呢？也有人看出，他们之间毫无关系，甚至都没有坐到一起，各在桌子的一边，没有一点同盟的迹象。再看看那姑娘，毫无表情，只是朝邦德看了看，然后悄然离开了牌桌，向吧台走去。她在思考，这个人为什么无缘无故帮自己？牌局还在进行着，赌场有些闷热，发牌人用手帕轻轻拭去脸上的汗珠。

邦德抬头，喊道：“继续，我叫，4 万！”

邦德朝桌上瞟了一眼，是一堆堆筹码是那么令人生畏，他在盘算着，不管用多久时间，今天得把那 200 万赢回来。话又说回来，这些钱来自赌场，即使输了，也无所谓，已足够他在皇家城堡的花销了。他对里尔来的怪物非常厌烦，这也是他为什么要对特莱伊雪出手相救的原因之一：先救出女郎，再杀死怪物！是活该这个怪物倒霉，他死定了。

邦德没有拿到全部叫牌，本金不够，他只要了一半，即“半桌牌”。他一改一贯的策略，转守为攻，向前探了一下身，语气坚定地说：“打半桌！”说着，他把两万新法郎推向牌桌的中间。

立即，很多人跟他，把钱往牌桌中间推。在他们的感觉里，这个英国佬运气好，财源滚滚，势不可挡，跟他下注肯定没错。这架势，邦德很有点众星拱月的意思，他认为，这可是个好兆头！他看了看那位里尔巨头，怪物叼烟斗的双唇毫无血色，烟斗的火已灭了，毫无生气，脸上已然大汗淋漓，心里正激烈地挣扎着：对方是什么牌，这么有把握？是见好就收还是再跟一次？怪物狡猾、贪婪的目光向四周扫了一圈，企图从其他人的态度看出点什么。

发牌人等太久了，开始有些不耐烦，提醒他：“先生，跟不跟？”

里尔来的怪物终于下定了决心：“跟！”说完，对准发牌器用力一击，在台面上擦了擦手，果断抽出一张牌，拿在手上。第二张牌是邦德的，邦德没有越过 6 号去拿牌，而是等着发牌人用牌铲把牌推过来。他摸起牌，双手把它们一张张打开，偷偷瞄了瞄，然后迅速将牌合拢，叠放在桌子上。他心里一惊：完了，5 点！这是一副没有定局的牌，他既可以再抽一张，也可以不抽，因为手上的牌靠近 9 点或远离 9 点是一样的，所以，他犹豫了，朝对面的庄家看去，心里有底了：只见怪物一把抓起牌，又厌恶地朝桌子上扔去，是两张花牌，1 点也没有！

怪物决定了，抽牌。现在只有 4 张牌能赢邦德，即 9、8、7 和 6；如果是一张 5，就可以和邦德平分秋色。邦德的心又开始收紧了，怦怦直跳。那人的手朝发牌器摸去，哇，抓了一个 9 点，绝牌！他掩饰不住内心的喜悦，长舒了一口气。

邦德何许人也，他的职业敏感告诉他，对方胜券在握。再亮出自己可怜的 5 点，显然是自讨苦吃：抽牌！

但邦德也知道抽牌的风险，如果抽到 9 点，那么总分会降到 4 点；如果抽到 7 点，那么总分会降到 2 分；只有抽到 4 点，才有胜算，而看对方的神情，显然是天牌；所以，要赢对手，几率不大，看运气了。

牌到手，打开一看，傻了！邦德神情黯然，向众人歉意一笑，把剩余的筹码装进口袋，给了忙于为他倒烟灰缸的侍者小费，然后离开桌子，向酒吧走去。

这时，发牌人高喊："8 万法郎！快跟吧，先生们！8 万新法郎！"

半小时以前，他还发了一小笔财产，可现在呢，由于他唐吉诃德式的壮举，瞬间化为泡沫，可见，赌场上瞬息万变，来得快，去得也很快。但他觉得值，这个夜晚非常意义。

邦德走到酒吧，一眼就看见特莱伊雪独自一人坐在桌前，面前放着半瓶汽水，神情忧郁，她看见邦德走过来了，可她跟什么也没看见似的。当邦德坐到她身边的椅子上时，她头也不抬。

邦德说："特莱伊雪，我失败了。我本想捞回来，所以就玩了个'半桌牌'。我真不该搭理那个怪物，我 5 点，他却抽了张花牌，但接着又抽到了 9 点，没办法，他运气太好了。"

特莱伊雪冷冷地说："这是你的宿命，下一张牌是什么呢？"

“我没等下张牌，就出来找你了。”

特莱伊雪明眸看了他一眼，说：“刚才，你为什么要帮我？”

邦德耸了耸肩说：“自古英雄救美人，你这么美的女人有难，我岂能作壁上观？你有所不知，今天我们在蒙特勒伊的路上就交上朋友了，我们赛了很长一段路的车啊。”

“真的？还有这事？”特莱伊雪笑了，说道飙车，她神采飞扬，“没想到我们在这里又见面了。”

邦德点头：“不打不相识嘛。但说到车技，我可不比你差哦，如果我当时不是粗心，不是在思考问题的话，肯定可以超过你的。”

特莱伊雪微微一笑说：“不管怎么说，你还是没有超过我啊。”她声音带有痛苦的语气。

邦德想：今天真是福气，天使般的女郎从天而降。

虽然夜阑已深，但邦德谈兴正浓，他要了半瓶克鲁格酒。侍者给他斟了半杯，他把杯子添得满满的。

他向她举起杯：“我的名字叫邦德。很高兴认识你！”说完，一口气喝光了杯子的酒，然后又把杯子斟满。

她看了他一眼，喝了一口饮料，说：“我叫特莱伊雪。哦，你不是知道我的名字吗？大堂经理告诉我你在打听我的行踪，你是干什么的，为什么打听我的行踪，我不感兴趣，我要走了。”

说完，特莱伊雪就要离开。邦德也跟着站了起来。她古怪的性格和举动，一时让他不知所措。

“别跟着我！我要一个人走。我的房间是45号，如果你愿意的话，你可以来。”说完，特莱伊雪飘然而起。

第 4 章
意乱情迷

特莱伊雪躺在宽敞的双人床上，床前亮着一盏台灯。

柔和的灯光下，被单光鲜亮丽，特莱伊雪一头秀发好似金色的羽缎铺在枕边，一双蓝眼睛闪闪发光，看起来非常安详，她辗转反侧，似乎在期待什么。

门虚掩着，邦德如期而至。他打开门，随手锁上门，慢慢踱到她床边，坐下，一只手轻轻按在她波涛汹涌的胸前，抚摸着。

特莱伊雪注视着邦德。

“特莱伊雪，我想和你聊聊。”邦德太想了解这位妙龄女郎的情况，她没钱却豪赌、发疯似的赛车，她歇斯底里的动机究竟是什么，种种迹象表明，她像是末日疯狂，在她身上到底发生了什么？

特莱伊雪用散发着香水味的手捂住了他的嘴，说：“我说过了，我不想交谈。把衣服脱了……你很英俊，很健壮……你想怎样都可以……你想从我这儿想得到什么？快抱住我！”

……

1小时后，特莱伊雪一番激情之后，疲惫不堪，进入了梦乡。

邦德从床上下来，蹑手蹑脚，不敢吵醒她，借助窗帘间透进来的街道灯光，他穿好衣服，悄悄回到了自己的房间。

他洗浴完毕，躺到了他那冰凉粗糙的床上，心满意足，不再想她了。他只是记得，在他们完事之后，她对他说："詹姆斯，这简直是天堂里的味道。我们睡一觉，醒来后再来一次好吗？”她说着转过身过去，不一会儿就睡着了，对他的任何亲昵举动，毫无反应。过了一会儿，他似乎听到了她在梦中哭泣。

真搞不清楚，这个女人到底怎么回事？黑暗中的猫，看上去都是一个模样，真假难分。这个女人充满神秘色彩，她为什么会这样？想着想着，邦德慢慢地酣然入梦了。

早晨8点钟，他醒了。他轻轻地又去了她的房间，轻轻地吻醒了她，很自然的，两人又经历了一次天堂般的美事。这一次，他觉得她比昨晚上更温柔了。她紧紧地抱住他，亲吻他，热烈而充满温情。

但当邦德试图与她讨论一天的计划，讨论在哪儿吃午餐，什么时候去游泳时，她却突然起床，躲开了他。他想拉住她，她却像孩子似的，大闹起来。

“滚！你听见了吗？你想要的，已经得到了。滚出去吧！”

“这不也正是你想要的吗？”

“不。你是个可恶、该死的情人。滚出去！”

邦德莫名其妙，他知道这是歇斯底里的前兆，一种绝望的表现。

他故意慢吞吞地穿着衣服，等待她的眼泪，等待她在被单中抽泣和颤抖，发泄完了就好了。可是，她没有哭，这可真是糟透了！难道这女人痛苦过头了，已哭不出来了？邦德心中顿生怜爱之情，想呵护她，为她分忧，给她幸福，给他安全感。

他把手放在门把上，轻声说道："特莱伊雪，让我帮帮你吧。你有什么难处，告诉我，别这样，好不好？"

"滚出去！"

沉闷的气氛再一次降到这间无声无息、阳光充足的房间里，刚刚还很亲热的女人，怎么突然间就那么陌生呢？

邦德拉开了门，但就在一刹那间，他犹豫着，不知该猛然关上，还是轻轻带上。最后，他选择了轻轻关上，他怕刺耳的声音增添她的烦躁，她或许受到的刺激太多了，不然不会这样的。他走下楼梯，有些不知所措，这是他从来没有过的感觉……

过了系船池后，押着邦德的汽艇并没有停，而是剧烈摇摆着驶向上游，两岸越来越窄，水流也更加湍急。船尾那两个家伙仍在默默监视着邦德，船头，特莱伊雪站在风中，一副高傲的剪影，像一尊雕塑。晚风中，邦德内心感到一丝丝凉意，只有当他背靠着特莱伊雪，或者他的手摸到裤袋里的刀时，才会有一丝温暖。

邦德有一种莫名的冲动，急切地想靠近她了，虽然她一路沉默，但他觉得自己的心与她很近，甚至比起昨天晚上两个人云雨时的情境，现在似乎更近，因为现在两个人都是别人的俘虏，一条绳上的蚂蚱，同生死共患难，这种感情绝对不一样。

岸上的路，坑坑洼洼，一摊摊的水，在港口的灯光下闪烁。原来这路紧挨着海，现在海潮退了，海远远的，只能听到海浪的声音。海湾的水流，连通海与河。据说，这里用不了几年，将全部拆除，建一个深海捕鱼船用的码头，为皇家城堡提供鱼、虾和螃蟹等海鲜。在有灯光的这边，已有人河中在修建私人码头；码头后面是一栋栋别墅。

邦德的手有意无意抚摸着刀子，他闻到河岸飘来的泥草味中，有一股香水香味，不知为什么，他的牙开始哆嗦，他极力控制着自已，让回忆转移注意力。

早餐邦德通常会好好吃一顿，但今天的早晨心不在焉。他随便吃了一些东西，就坐在窗前，注视对面的大道，一根接一根地抽着烟，心里仍在为那特莱伊雪担忧。

邦德对特莱伊雪一无所知，甚至连她哪里人都没有问，她的名字有点地中海人的味道，但她的英语很纯正，既非意大利人，也非西班牙人；她穿着奢华，气质不凡，一看就知道是一个贵妇人；她没有什么不良嗜好，既不抽烟，也无吸毒迹象；她身体健康，睡眠很好，床边没有安眠药；她看上去也就 25 岁左右，性格极为内敛老成，从未见她放声大笑过，连微笑也很少，但床笫之欢她却如狼似虎，狂热老练，活力四射，颇有一套床上功夫。

特莱伊雪像是深陷绝境，极度忧郁，对生活失去了信心，可她那迷人的秀发，那令人沉醉的香水味，显然表明了她的生活品味，透露出她热爱生活的气息，有谁会相信她会神经病患者似的歇斯底里。不认识她的人，一定会觉得她具有冷酷的毅力，完全能控制住自已，她很清楚自已想要什么，要去什么地方。那问题究竟在哪儿呢？

在邦德看来，她已有绝望的情绪，有自杀的苗头。昨晚的情况无疑是在孤注一掷，好像要破罐子破摔。

停车场里，邦德的车与特莱伊雪那辆白色敞篷车相距不远。邦德想，不管怎样，必须盯住她，看住她，别让她香消玉殒。他给门卫打电话，让他租了一辆阿龙德车，停放在停车场里，他拿上国际驾照和绿色保险卡，来到门卫那里办好了手续。

回到房间，邦德一边想着问题，一边刮好了脸，穿上衣服，站在窗前,注视着入口和那辆白色小车。下午 4 点 30 分,她终于出现了,一身黑白相间的浴衣，飘然而至。邦德急忙向电梯走去，下楼向阿龙德跑去。特莱伊雪沿着大道疾驰，邦德紧跟其后，但邦德居然没有注意到，一辆没有标志的 CV-2 型雪铁龙汽车紧紧尾随在他的后面，有点螳螂捕蝉，黄雀在后的味道。

现实是残酷的，当詹姆士 · 邦德被押上了汽艇，在满天星光之下,驶进了皇家城堡的护城河,在河里乘风破浪,向神秘的上游驶去,邦德知道自已被绑架了。但他不知道，这到底是怎么回事，难道她是一个诱饵？抑或她是被迫这样做的，是他丈夫的勒索或报复，他想不出这帮人还有别的什么动机。

邦德在脑海中紧张地搜寻着刚刚发生过的一切细节，希望通过回忆搜索每一个忽略的细节,寻找蛛丝马迹。突然,汽艇转了个大弯,驶过急流，朝破败不堪的码头驶去，在避风处慢慢停了下来，马达声消失了。黑暗中，一道强光朝他们射来，接着，一条绳子抛过来,稳稳套住了船头,汽艇被拖到一个木梯旁边。船上的一个家伙先上岸,接着是特莱伊雪,她的浴衣的下摆在邦德前面荡来荡去,然后是邦德,也上了岸。这时,汽艇已掉转船头,继续逆流而上,大概是去港口停泊。

码头上有两个人在等，长得和另外两个没什么区别，他们无声无息地围了过来，特莱伊雪和邦德被押上了一条泥泞的小路，穿过许多沙丘，在离河边一百码处的大沙丘中间，有一条冲沟。沟里有一点光亮，走近看，邦德看到很多巨型货车在来回穿梭，排着大量废气，发出刺耳的吼声，驶出村镇的汽车，呼啸着冲上了公路干道。光亮是其中一辆车射出的，这辆车擦得很亮，像一辆新车。

一个拿信号灯的人，发了某种信号，接着，他身后一辆大篷车的门开了，一注黄光从里面倾泻出来，邦德心一紧，手在裤袋里紧紧地攥住小刀。他在爬上梯子，进入车厢的瞬间，他看了一眼车的牌照 :“马赛—罗纳 : 德勒科氏电子仪器公司—397694。”天啊，这到底是怎么回事?

车子里面倒是挺暖和的，车厢中堆着一排排的纸箱，纸箱上标有某电视机制造厂的名字。纸箱中间有一条狭窄的过道。过道中间放着几把折叠好的椅子和乱七八糟的纸牌，这大概是警卫室。走道两侧有几个小隔门,特莱伊雪在一扇门边等着,把衣服脱下来还给他,毫无表情地说了声“谢谢”，接着，就走进门去，把门关上了。邦德从刚才打开的门缝中只瞟了一眼，里面摆设豪华。

邦德慢吞吞地把衣服穿上，跟着他的那个人拿着枪顶着他，不耐烦地说 :“走! ”邦德真想向他扑过去，可是后面还有另外三个人正站在那儿注视着他。邦德轻声骂道 :“去你的! ”便朝铝门径直走去，这个铝门紧锁着，好像连通这辆车的前部。邦德意识到，他一直思索的问题的答案，应该就在这扇门的后面，这间小屋里可能有他们的头目，这是唯一的机会了。邦德的右手在裤袋里握住了刀柄，呼的一下，抽出左手，推开这扇门，回踢了一脚把门关上，蹲下身子，手中的刀随时准备进攻。

后面跟着的警卫朝门猛扑过来，但邦德用背死死地顶住门，不让门被推开。屋子中有一张小桌，离桌子二三米远的地方坐着一个人。邦德估算着距离，随时准备将刀子掷向那个人。那个人用一种邦德从未听过的语言喊了一声，也许是一个命令，推门的人立即停了下来。

那个人很勉强地朝着邦德笑了笑，笑得很诙谐，他一笑把那胡桃似的布满皱纹的脸裂成了两半，很有意思。他站起身，慢慢举起双手说："我投降，行了吧？别杀我，一块儿喝点威士忌和汽水，坐下谈谈好吗？"

那个人的语调很幽默，对他充满善意。邦德直起身子，情不自禁地微笑了一下。伸手不打笑面人，邦德不可能杀死他，想必特莱伊雪也不会有危险。

那人身边的墙上挂着一幅挂历，邦德想找个东西发泄，他喊了声"9 月 16 号"，顺手就手中的刀子飞了出去，稳稳地插在了挂历上，刀子离那个人只有一步之遥。

那个人转过身，看了看挂历，放声大笑道："准确地说，你打中的是 15 号。不过，也不错！这样吧，改天我安排你教训我的那帮混蛋一顿，让你消消气，好不好？"

那个人从桌子前站起来。他个子不高，四十多岁，深黄色的脸上布满了皱纹，他胸肌和背肌很发达，身穿一件邦德穿过的那种宽松的蓝色外衣。邦德注意到他衣服的腋窝处很宽大，是方便藏枪之故。

那人伸出一只温暖而干燥的手，紧紧握住邦德的手："我叫马里奥杰，听过我的名字吗？"

"没有。"邦德摇头。

"哈哈，我可久仰你的大名，詹姆斯·邦德先生，获得过圣·乔治勋章的警官，在英国皇家情报局高级特工，专门被派到国外工作的。"马里奥杰笑着说，脸上皱纹又挤成一堆，"我说的没错吧？"

邦德点点头，暗暗称奇，他怎么知道我的底细？边想边朝挂历走去，看了看刀子，果然扎在15号上。他拔下刀子，把它塞回裤袋里，转身问："何以见得？"

马里奥杰没有直接回答，他说："请坐，我有话对你说。先来点威士忌，还是汽水？"

说着，马里奥杰把一只银色的大香烟盒子放在桌子上，走到墙角打开一个金属柜，柜子里面有一个冰箱。他动作麻利地拿出一瓶黑格酒、一瓶威士忌、两个杯子、一盒冰块、一瓶汽水和一壶冰水，他把这些东西一样一样地放在桌上。

邦德给自己倒了一杯冰镇威士忌，加了些冰块。马里奥杰在邦德对面坐下，拿过黑格酒瓶，看着邦德说："你的情况，是法国国防部情报处的朋友告诉我的，付费情报哦。今天早上，我已把你的情况摸清楚了，我呢，属于与你敌对的阵营，但并非直接为敌，让我们坦率地谈谈吧。"

他往杯子里倒了些酒，认真地说："我请你来的目的，是想争取你的信任。这一点，对我很重要。我需要你的信任，我不顾一切要做到这一点，差点生命都交给你了，你能够理解吗？"

他喝了一口酒，邦德也喝了一口。

冰箱发电机突然起动起来，发出一阵嗡嗡的声音。

邦德突然十分好奇，想探个究竟，但又不知如何回答。他对马里奥杰有了敬意和好感，但直觉告诉他，这意味着自己将陷入一个难以脱身的困境。

冰箱的发电机停了下来。

满脸皱纹脸上的眼睛，直盯着邦德的眼睛："我是科西嘉联盟的首领。"

第 5 章

身 世 谜 底

科西嘉联盟？我和这个组织有什么关系？詹姆斯·邦德很是茫然。

看着桌子对面那双机警的褐色眼睛，邦德知道，“科西嘉联盟”这个组织的名称看上去很正派，但实际上，它比称作为“西西里联盟”的黑手党更加凶残，历史更长。这个组织臭名昭著，它控制了遍布法国各大都市及法属殖民地的犯罪机构，是一个经营保镖、走私、妓院和镇压敌对分子的秘密组织。

两个月以前，有个叫罗西的人在尼斯的一家酒吧里被枪杀；1 年前，一位叫让·吉蒂克利的人在躲过几次暗杀后，还是被杀害，这两个人都曾企图争夺该组织首领的宝座。而现在该组织的实际控制者，竟然是一个热情幽默、满脸皱纹的人。

马里奥杰面对邦德安详地坐着，默默注视着他。前一段时间，这里发生了一宗神秘的罗梅尔宝藏案件，这笔宝藏据说藏在巴斯蒂亚附近的海底。1948 年，一个曾在德国反间谍机构服务过、名叫弗莱的潜水员声称发现了宝藏的踪迹，“科西嘉联盟”即警告他离开，不久以后，这个人就从地球上消失了；最近，年轻的法国潜水员安德烈在当地的酒吧里吹嘘，他知道宝藏在什么地方，并将专程潜水去取，没多久，他满身枪眼的尸体，就被抛在了巴斯蒂亚附近的路边。人们猜测，这两个人的死，皆与“科西嘉联盟”有关。现在，该组织的头号人物就坐在邦德的面前，出于好奇，邦德想问，马里奥杰你是否真的知道这笔宝藏的秘密？

巴拉尼镇上有个小村，名叫科仁扎拉，它是一个最繁荣的村庄。人们都知道，该村出来的暴徒，比科西嘉任何一个村都多。当地的行政长官，任职达 56 年之久，是法国任职最长的行政长官。马里奥杰据说就是那个村的，而且知道那位远近闻名的行政长官的秘密，那是一位在美国发了大财，最近才引退回村的黑帮大佬。

邦德并不想与马里奥杰废话，不想在这间安静的车厢中告诉马里奥杰，他知道卡莱尼亚村附近有个破旧的码头；知道在一个山后有个叫阿尔朗特勒的古银矿，其地下隧道曲径通幽、错综复杂，成了世界上毒品交易量最大的交易点。邦德不想因为受惊而去报复他，去吓唬他，虽然这样做可能很有趣，但最好还是把这种招数放到最后使用。现在能够在这里发现马里奥杰的“行宫”，已经很不错了。

邦德觉得，这个马里奥杰不简单，他居然在法国国防部情报处有线人，这可是一个关键线索。他绑架我和特莱伊雪的目的是什么？邦德喝了一口饮料，怀着崇敬的心情看着马里奥杰的脸，他可是世界级的叱咤风云的人物。他可以借用海岸警卫队的救生船绑架人，只要给一点贿赂就行，或送一坛酒就可以引开他们的注意力；那些警卫队的警员与科西嘉警匪一家。仔细想想，这种事情对“科西嘉联盟”这样强大的组织来说易如反掌，就像黑手党在意大利绑架一个人一样轻而易举。

这些科西嘉人做派非常讲究，不仅行动上有一套，而且还特别注重自己的外界形象。他们的头目有天使般的名字，魔鬼般的灵魂，邦德知道，另外两个著名的魔头叫哥拉奇克斯和徒生，都是圣徒的名字。马里奥杰的英语很地道，虽然偶尔也有一点口音，但显然受过很好的英语教育。

马里奥杰说：“亲爱的邦德先生，我今天跟你说的每件事，希望你留在‘豪克斯奥登东’后面。‘豪克斯奥登东’这个词,你知道吗？”他的脸上又绽开了笑容，“你受的教育也是有遗憾的，这个词是古希腊语,意思是‘牙齿上的篱笆’,相当于‘绝密’的意思,明白了吗？”

邦德耸了耸肩，说：“假如你说的与我职业道德相冲突，恐怕我做不到。”

“这个当然，我理解。我要说的是一个私人问题，关系到我女儿特莱伊雪的问题。”

天啊！特莱伊雪竟然是马里奥杰的女儿，怪不得那么有个性，事情看来越来越复杂了。

邦德控制着自己的震惊和失态，点头道：“噢，是这样。我同意保密，烂在肚子里。”

“你是一个值得信赖的人，你一丝不苟的职业精神，从你的脸上我就可以看出来。”马里奥杰点燃了一支烟，坐回到椅子上。

他眼睛盯着邦德头上方的墙，只有当他想强调某一句话时，才偶尔看看邦德的眼睛。

“我对英国人很有好感，我与一个英国姑娘结过婚。她是一个十分浪漫的女教师，她是个冒险家，是到科西嘉来寻找匪徒的，像女探险家到沙漠里去找酋长一样。”他笑了笑继续说，“后来她解释说，她这样做的冲动，是被一种潜意识的，想被野蛮人强奸的愿望所迷住。她在大山中找到了我的时候，我真的强奸了她，她也没有反抗。那时我被警察通缉，没有安身之处，东躲西藏，我过了大半辈子那样的生活了。在这种情况下，那姑娘一直跟着我，虽然对我来说，她是个累赘，但她拒绝离开，对我不离不弃。她身上的野性，是一种对生活不同寻常的热爱，简直是鬼迷心窍。她放着舒适安宁的生活不过，却喜欢和我一起流浪、逃亡、食不果腹的日子，她甚至学会了土族人剥羊皮和煮羊肉的手艺，那东西像皮带一样硬，不过味道不错。在非人的日子里，我爱上了她，被她感动了。我带着她悄悄离开了那个岛，来到了马赛，并义无反顾地娶了她。”他停了一下，看着邦德说，“亲爱的邦德先生，不久，我们就有了爱的结晶，就是我们唯一的孩子：特莱伊雪。”

原来如此，邦德暗想，这样特莱伊雪身上那种桀骜不驯的野性就不难解释了，她是一个不同种族人的混血儿，原来她说的是科西嘉英语，怪不得很难判断她的国籍。

“10 年前我妻子去世了，”马里奥杰顿了一下，举起一只手表示不必表示同情，“那时我已经很富有，已是联盟的首领，我女儿是瑞典完成的学业，她是我的掌上明珠，我的宝贝，她要什么我就给她什么。她随她妈妈，像一个野人，一只野鸟。由于我常年奔波在外，她也就没有一个真正的家，没人管教，非常任性。她在瑞士读书期间就加入了一个浪荡国际组织，那个组织的成员中，有南美的百万富翁、印度的王子、富有的巴黎人和英国人，以及戛纳的花花公子。从此以后，她总是与困境和丑闻缠身。每当我规劝她，缩减她的津贴时，她又会干出更加匪夷所思的傻事来。我想，她是怨恨我，是一种逆反行为。”

他停了一下，看着邦德，那张刚才还欢快的脸上，露出了极度的痛苦的神情。

邦德认真地听着，没有作声。

马里奥杰接着说：“我女儿外表冷峻，虚张声势，像我；但她内心疯狂、野性，有她母亲的基因。两种基因的冲突，使她越来越敌视自我。我十分担心，一种自我毁灭的火焰正在吞噬着她野性的灵魂。”

他看着邦德，充满长者的怜爱，深情地说：“我的朋友，你知道，人迟早会思考自己存在的意义，当一个人拥有了一切，生活得过于放纵，当他有一天突然清醒，开始审视自己活着的意义时，他会顿然间觉得自己的生活已毫无价值,从而自己把自己给毁了。所以，从小生活在蜜罐里，或一次盛宴就能尝遍所有的蜜果的人，往往没有美好的人生。我知道，我的女儿就是这样，这个结果是我造成的。她不辞而别，和意大利的维琴佐伯爵结婚，可那个卑鄙的家伙拿走了她所有的钱，却抛弃了她，留给她一个女儿。我给她购买了一张离婚证，把她安置在多尔多涅省的一幢小别墅里，她却无法面对这个现实，在苦苦挣扎中寻找回归正常生活的路。有一段时间，由于要照顾孩子，要打理自己的别墅和花园，她在忙碌中慢慢恢复了平静。但好景不长，我的朋友，就在 6 个月之前，那孩子死了，死于脑膜炎，儿童疾病中最可怕的疾病，她又疯了。”

车厢中陷入了令人窒息的沉默，邦德完全明白了，特莱伊雪的遭遇的确够惨的，真的是到了走投无路的境地。

马里奥杰慢慢站起身来，给自己和邦德的杯子分别倒了些威士忌酒，说：“请原谅我这个可怜的主人，邦德。我真的要感谢你，能向你倾诉我长期以来压抑在心中的心事，的确使我轻松了不少。”他把一只手放在了邦德的肩上，“我想，你能理解我。”

“是的，我能理解。特莱伊雪是一位好姑娘。如此痛苦的遭遇，谁都不可能泰然处之，可她活得很坚强。我想问一下，你考虑过为她进行精神分析治疗吗？或者去教堂做礼拜，让她的心灵得到安顿，她是天主教徒吗？”

“她不是。她母亲也不信天主教，她是个长老会教徒。不过，你还是让我把这个故事讲完吧。”

他走回椅子，沉重地坐下来，继续他的故事：“孩子死后，我女儿就失踪了。

特莱伊雪带着珠宝，驾着那辆小汽车跑了。我偶然间探听到她的消息，她在欧洲像过去一样，把珠宝卖了，过着疯狂的生活。从此，我让人一直紧跟着她，监视着她，保护着他，但她总是拒绝与我见面或谈话，昨天晚上我听说她在帝国旅社订了房间，我就匆忙从巴黎赶了过来。”

他挥了一下手，说：“这里是她童年的天堂，有太多美好的记忆，她童年时，我们一家常来这里避暑，她一直都很喜欢这儿的海滩，她很会游泳，天生就钟情大海。所以，当我得知她在这儿时，我的脑海里就有一种不祥的预感，闪出了一个可怕的结果。

她小的时候，有一天，因为太调皮，我把她关在房间里，一个下午不让她出去游泳。晚上，她居然十分平静地对她母亲说：‘你们把我与大海分开，我感到很难受。如果有一天我绝望了，我会随着月亮或太阳的光辉游进大海，一直游到我沉下去为止。’当她母亲告诉我这件事时，我俩并没有在意，还对这孩子的傻气感到好笑。没想到，这孩子个性如此固执。看来，在她心灵深处，还保留着那种孩子气的幻想，并决定将它付诸行动。所以，亲爱的朋友，她的一举一动，都在我的视线中，我不能失去她。您在赌场的慷慨相助，连同你们在一起的事情，还有你在海边的及时相救，我都知道了，有人告诉我了，对此，我深表谢意，谢谢你！”

原来，一切都在别人的监视中，顿时，邦德感到十分尴尬。

马里奥杰举起一只手说，“昨天晚上的事情，你没有什么可道歉的，你是个男子汉，总的看来，您的出现或许对我女儿来说，可能意味着生活的转折。”

邦德的大脑一热，知道情况越来越复杂了。他头脑中开始不停旋转，他想起来了，在汽艇上，他斜靠着她的时候，她还可以肆无忌惮地发出一种尖锐的叫声，当时，他以为是自己在呵护她，以为使他们的心更近了。现在，他恍然大悟了，这些人为什么要请他来这儿。他禁不住打了一个寒战。

马里奥杰继续说道 :“今天早晨 6 点，我找了我在法国国防部情报处的朋友，8 点钟一上班，他就到档案室查到了你所有的情况，9 点钟他就通过无线电告诉了我，在这汽车里，我有一个高强度的无线电联络网。”他笑了笑，继续说，“我还可以给你透露一个秘密，我得到你的情况后，我非常赏识你。你不仅是一个出色的情报官员，更重要的是，你是个男子汉。是你，让我懂得了一个男人的真正含义。因此，我陷入了沉思，整个早上都在思索，是我下令把你们带到我这儿来的，而且是绑架，我知道你的功夫和能力，所以我的人要了点小聪明，也是不得已而为之，对此，我向你道歉。让你感到不安，觉得自己面临危险，请你谅解。”

邦德笑着说 :“不要紧，我能够见到你，就是一件很高兴的事情。当然，如果我们的认识不是被两支手枪押着完成，那一定会更有纪念意义。绑架的整个过程，干得干净利落，很有戏剧色彩。”

马里奥杰的脸上流露出无奈的神情 :“你别挖苦我。请你相信，我的朋友，我没有恶意。我知道，我的手段是太过分了，真的对不起！”

他伸手拉开了抽屉，拿出一张信纸递给邦德，说 :“你读读，读完了你就不会反对我这样干了。这封信是我女儿今天下午 4 点 30 分交给帝国旅社守门人的，要求他把信寄给在马赛的我。她出门时，你跟在她后面，我想你一定感觉到了她的反常，为她感到担心。你先读一读信吧。”

邦德接过信，点头说 :“是的，我很担心她。”

信上只有寥寥几笔 :

亲爱的爸爸：

我很对不起您，可我已经活够了。我留下的唯一遗憾，是今天晚上我遇到了一个人，也许他能改变我的想法。他是个英国人，叫詹姆斯·邦德。请您找到他，并替我还给他2万新法郎。请代我感谢他。

我不想埋怨任何人，是我自己不好。

再见了，请您宽恕我。

您的女儿：特莱伊雪

邦德看完信后，低着头，把信从桌子上递还给了马里奥杰。他喝了一大口威士忌酒，又拿起了酒瓶，在杯子里倒了一些。他说："我现在全明白了，真的。"

"她喜欢把自己的名字叫特莱伊雪，以前我们给她取的名字，她都不喜欢。"

"哦，是这样。"

"邦德先生，"马里奥杰的声音显得有些迫不及待，像是在命令，又像是在乞求，"我的朋友，你已听完了全部的故事，也看到了全部的证据。您愿意帮我一把吗？愿意救救我的女儿吗？你是她的唯一机会了，很显然，她爱上你了，你也对她有好感。只有你能给她活下去的希望，求求你了，好吗？"

邦德低着头，目光紧紧盯着桌子，他不敢抬头，怕看到马里奥杰脸上的表情。他知道，自己无意间已经卷入了他最怕的感情漩涡之中了。他开始叫苦不迭，他生来不是一个乐善好施的人，也不是一个刮骨疗伤的苍生大医。他认为，特莱伊雪所需要的不是自己，而是一个精神分析学专家。

邦德想，他与特莱伊雪之间的关系不过是过眼烟云，可他要接受这个姑娘，并与之为伴，一直带着她。这对他来说，无异于是一种负担，一种桎梏。但如果他抛下她不管，就等于把她推向大海，推向深渊。

想到这里，邦德高兴不起来："你需要我做什么？"他拿起杯子，看了看马里奥杰。为自己有勇气朝马里奥杰的脸看一眼，他喝了一杯。

马里奥杰脸上的一双浅褐色的眼睛紧张地闪动起来，嘴角的皱纹更深了。他迎着邦德的目光，坚定地说："我希望，你能娶她为妻。婚礼那天我会给你价值 100 万英镑的黄金做陪嫁。"

邦德摇头说，语气不容商量："这我办不到！你清楚，你女儿特莱伊雪是个病人，她现在迫切需要的，是一位精神分析学专家，而不是我。况且，我还不想结婚，我也不贪财，不需要你的百万英镑，我的钱够用了，我有自己的职业，带着她很危险，也不方便。我希望你能理解。"

马里奥杰的脸顿时黯淡下来，流露出十分痛苦的表情。邦德看着他，被这无私的父爱所感动，语气温和了许多："你知道，她真的是个好姑娘，我会尽力帮她，一定会来看她的。我知道，你们对我有好感，但要在一起，也得等她恢复过来。她需要先去医院看病，瑞士精神分析方面最好的门诊。如果她想重新开始生活，她需要把过去的一切忘记。只有这样，我们才能重新开始。"他顿了一下，继续说道，"马里奥杰先生，你看过我的档案，你应该知道，我是一个冷酷无情的人，我没有护士那样的耐心，我的脾气可能对她毫无帮助，反而会使她雪上加霜。不管我多心痛你的女儿，多想帮助他，她对我有多大的吸引力，结婚这种事现在恐怕不妥。”邦德最后无可奈何说，“我的想法就是这样。”

马里奥杰无奈地晃了晃脑袋，说道：“朋友，我能理解你。那就不再强求了，我接受你的建议，但现在，你帮我一个忙，行吗？现在是9点钟，你陪她一起去吃个晚饭，随便聊聊，表示你爱他。她的车和衣服都在这儿，叫人送来了。只要你能让她相信，你愿意再见到她，让她有所期待，其他事就由我来做。我想，这个忙你无论如何得帮我。”

邦德想，今晚可要受罪了，但他强装笑脸：“那是当然，我很乐意。不过，我已订了明天早上第一班的机票，从图盖机场起飞。我走后，照顾她的任务，就交给你了，你看行吗？”

“这你放心，我会照顾好她的。”马里奥杰手一挥，回答道，“请你原谅我，耽误你这么多时间，你没让我失望。”他伸了伸手臂，两手干净利落地向下一放，“我也不表示感谢了，伙计，你有什么事要我帮忙尽管说。不管什么事，我都有办法，可以为你效劳。”

邦德眼前突然一亮，高兴地笑着说：“巧了，我刚好有一件事情想麻烦你，我想打听一个叫布鲁菲尔德的人，我想知道，他是否还活着，怎么找到他。”

马里奥杰一听，脸色立刻就变了，眼神一下子变得僵直、冷酷起来。他若有所思地说：“布鲁菲尔德？他当然还活着，他刚从我这中挖走了3个人，他喜欢挖墙脚，‘魔鬼党’3个老资格的成员就被他收买了。行，我帮你打听。”

说完，马里奥杰拿起桌上的一部黑色电话机的话筒说了两句，电话中立即传来声音:“请稍等。我马上打过来。”马里奥杰放下话筒:“是打给我在阿维克肖地方总部的。5 分钟后就能与他们联系上，但通话时间必须尽量短一点，否则警方会发现我的电话频率。没办法，我们每周都在改变频率，而且常常更换我们科西嘉人的暗语。”

不一会儿，电话铃响了。马里奥杰拿起电话，邦德只能听到叽叽喳喳声，这种声音挺耳熟。电话里，马里奥杰用命令的口吻大声说着一些暗语，邦德不知所云，只能傻傻地听着。

马里奥杰放下话筒，面带歉意地说 :“我们只知道他现在瑞士，但不知道他的具体位置。我不知道，这点对你是否有用。当然，你还可以找到瑞士的情报机构，让他们帮忙打听一下，找到他不算什么难事。不过，那家伙老奸巨猾，要对付他可不是件容易的事。”

邦德兴奋得心怦怦直跳，这家伙真够神通广大的，自己搜寻布鲁菲尔德的踪迹几个月了，毫无收获，甚至断定他已经命丧黄泉，可这家伙只用了 5 分钟，在这个破烂的车厢里，就知道布鲁菲尔德的大致去向。

邦德不露声色，说 :“好极了，马里奥杰先生，谢谢你！我会通过瑞士朋友找到他的，谢谢。”

马里奥杰笑了 :“你以后要是遇到什么麻烦，尽管来找我。”说着，他拉开抽屉，拿出一张便笺，递给了邦德说，“这是我的通讯地址，你随时可以给我打电话或拍电报，使用无线电不保险，那玩意你知道。你还按照上面的时间和地址去找我的人，他们会及时报告我的。”然后，他狡黠地笑着说，“我知道，你好像与一家国际出口公司有联系，叫‘通用出口公司’，对吧？”

邦德笑了，他纳闷，这么秘密的情报，这老家伙从哪获取的？他不会向瑞士保安部透露吧？应该不会，这人挺讲义气。他不是说，今天谈话的内容，都要留在“牙齿上的篱笆”后面吗。

马里奥杰把话锋一转，说道："现在，我可以带特莱伊雪进来吗？她不知道我们在这儿谈什么，你就跟她说，我们在谈法国南部的珠宝抢劫案吧，你装作是保险公司的职员，我与你是在做一笔私人交易，行吗？”他站起身来，走向邦德，把手搭在他肩膀上说，“不管怎样，非常感谢你。”走出了房间。

邦德点点头，看着他走出门去，心里想：天啊，现在该我粉墨登场了。

第 6 章

纹 章 秘 院

两个月以后的一天。上午 9 点半，邦德离开他在伦敦西区的公寓，悠然地驱车向总部驶去。

天气真好，阳光明媚，邦德感到心情很舒畅，路过海德公园时，从公园里飘来的烧树叶的烟味，才使他意识到冬天正在来临。路上，邦德一门心思盘算着如何得到瑞士保安部门的帮助，摸清楚布鲁菲尔德的准确藏身地。这事看来有些不妙，苏黎世的朋友一直表现得很懈怠，或者说很固执，一直强调说，瑞士根本没有发现一个叫布鲁菲尔德的人，更无法证明一个死灰复燃的“魔鬼党”的存在，他们知道布鲁菲尔德是被北约组织各盟国政府紧急通缉的对象，他们也在认真搜集这个人的情报，所有的边防哨卡都把他的名字登在“监视名单”里。

他们非常抱歉地对邦德说，如果英国秘密情报处认为这个人在瑞士，那么，可以断定这是一个错误的线索。邦德要求他们监视银行里的那些匿名账户，他相信，这些账户为逃亡者的提供资金支持，但这一要求却遭到了瑞士国家安全机关的强烈反对。理由是，布鲁菲尔德虽是一个重要罪犯，但他没有瑞士联邦的犯罪记录，只有当他在瑞士联邦的国土上犯了罪，并已受到联邦法律起诉时，他的银行数据才能被合法地搜集。虽然布鲁菲尔德曾用他非法获取的原子武器向英美等国勒索赎金，但按照瑞士的法律规定，这一行为并不算犯罪，因为它没有触犯其金融法。在这种法律保护庇护下的财产，即使钱的来路不明，也是神圣不可侵犯的。

邦德突然想起马里奥杰，想是否启动这个联系方式，看看科西嘉联盟的情报有没有什么新发现。然而，念头刚一出现就被他掐灭了，因为每次联系不可避免地都要触及特莱伊雪的事。那是他的生活中的隐痛。现在太忙，他还不想碰它。

邦德与特莱伊雪最后在一起度过的那个夜晚，是恬静温馨的，像交往多年的情人一般默契。邦德对她说，通用出口公司安排他出国，可能要有一段时间不能见面，希望她不要着急，好好保重身体，等他回欧洲。特莱伊雪点头，她说她也想出外休息一段时间。

特莱伊雪已心力交瘁，到了精神崩溃的边缘。她说她会等着他回来，圣诞节时和他一起去滑雪。那天晚上，他俩在小餐厅里美餐一顿后，回到卧室淋漓尽致地云雨了一番。这一次，他们之间既没有悲伤也没有相互伤害，是那么的温情脉脉。邦德发现，他的出现的确对特莱伊雪有帮助，她是那么恬静，那么美丽动人。邦德觉得自己真的需要好好爱护她，虽然这种关系使他如履薄冰，不能有半点轻举妄动，稍不留心，就可能前功尽弃。

邦德一边开车，一边梳理思绪。突然，他的传呼机响了。邦德赶紧把车停在大理石拱门处的公用电话亭旁。这种传呼机是刚从国外引进来的，总部的所有情报人员人手一个，是个小巧的塑料无线电接收机，怀表大小，在伦敦距总部 20 公里之内的地方都可以接收到总部的呼叫。传呼机一响，他就得立即找最近的电话机和自己的办公室联系。邦德接通了被准许使用的唯一外线电话，接听电话的是他的新秘书。原来的秘书劳艾莉亚结婚了，嫁给了波罗的海交易所的一个富翁，辞职做专职太太了，唯一的联系只有一些充满怀念之情的圣诞卡片或生日卡片了。新来的秘书名叫玛丽·古德莱特，曾在英国妇女海军服务队工作，人长得标致可爱，一头褐发，一双碧眼，胸围 94cm，腰围 55cm，臀围 88cm，身材曼妙，凹凸有致。她的到来，使情报处里的小伙子们蠢蠢欲动，他们暗自打赌：谁能首先得到她，谁就可以得到同伴们 5 英镑的赌注。邦德原与代号为 006 的前皇家海军指挥官都很受她的青睐，势均力敌，但由于特莱伊雪，邦德退出了竞争，他现在尽管时不时还会与玛丽调情，但他已把自己视为局外人。

邦德在电话里对玛丽说：“早上好，古德莱特。要帮忙吗，一切可好？”

玛丽听了他的声音，立即暧昧地咯咯笑起来：“一切都好哦，只是楼上有你一份急电耶，要你立马到纹章院去，找一个人。”

“找人？什么名字？”

“格利玢。名字有点怪哦，可他是司宗谱纹章官。可能这事与那只‘坏羊’有关哦。”

邦德明白了，为了追踪布鲁菲尔德，邦德有意给他起了个代号：“坏羊”。邦德很客气地说：“宝贝，他们之间要真有什么关系，我得好好谢谢你，我马上就去，再见。”

邦德放下了话筒的瞬间，电话中还传来了玛丽咯咯的笑声。

邦德驱车快速穿过伦敦，他想，这事有点怪，纹章院怎么会插手此案？邦德对这个单位知之甚少，只知道他们的主要工作是负责查寻和研究别人的祖宗纹章，并解释各种纹章的历史背景与含义。

这个古怪的单位，坐落伦敦城郊的维多利亚女王大街上，建筑是用古红的砖砌成的、装有框格窗，庭院四周有用鹅卵石铺成的平平整整的路面。

邦德把车停在街上，登上马蹄形石阶，朝大门走去。大门上方挂着一面旗帜，淡蓝色的旗面上，画着一个金色的鸟形的纹章图。邦德走进光线微弱的大厅，厅里的墙镶着柚木板，墙上挂着的画像有一种霉味，每张画像都画的是身着皱领和花边饰衣的绅士。

看门的，是一个和蔼可亲的老人，穿着一身铜扣樱桃红制服，他问邦德有什么事。邦德说他和格利玢先生有约。

看门人略带神秘地说：“对了，先生，格利玢先生这个星期一直在等人，所以，他让我把旗帜挂在外面。先生，请这边走。”

邦德跟在看门人后面，过道两旁挂着的盾形纹章，镶在木框里，闪闪发光。不一会儿，他们来到了一个很厚的门前，门上写着“纹章院属官格利玢”几个金色的大字。看门人敲了敲门，然后开门禀报：邦德来了。

这是一间杂乱无章的房子，到处堆着书、报纸和一些看上去很重要的羊皮纸文件。

书堆中间露出一个圆圆的秃头，头上只有几根灰色的卷发，像女孩子的刘海一样；屋里有一股气味，是阴暗的教堂或地下墓穴中才有的那种。邦德踩着一条长长的地毯走过去，站在一把椅子旁，面对着堆满书的桌子后面的那个人，清了清嗓子。

那人站起来，抬起头，戴着夹鼻眼镜，脸上木然地露出一丝笑容，活像狄更斯笔下的匹克威克先生，他微微欠身，行了个礼："邦德先生。"他的声音像旧箱子盖打开时的吱嘎声，"詹姆斯·邦德先生，是我叫你到这儿来的。"

格利玢把手指放在一本翻开的书上,随后坐下。邦德也坐了下来。

"亲爱的邦德先生，今天请你来，是有一件有趣的事情跟你商量。是的,非常有趣。虽然我可能会让你感到失望,但这件事情非同小可。是有关爵位的问题,这个爵位非同一般，是个从男爵，很令人羡慕的。他就是最引人注目的，托马斯 · 邦德爵士，是一位地位显赫的绅士，住在佩克镇，可惜，他没有子女。据我的研究结果，姓邦德的人大约有十大家族，你是这个家族有身份的人，我想，你完全可以与之建立一种旁系亲戚关系。"格利玢先生用夹鼻眼镜朝邦德脸上看了看，继续说，"也就是说，他既然没有法定的继承人，要是你现在能跟佩克镇建立起某些关系，那该多好呀……"

"格利玢先生，我想，我与佩克镇没什么关系。我来这里……"

格利玢先生举起一只手，严肃地说："我从萨默塞特宫的流浪者记录表和旧墓石上的碑文追根寻源，发现你这个姓，是非常古老非常荣耀的英国姓氏。请问,你父母亲是什么地方的人？这是第一个问题。”

“我父亲是苏格兰人，母亲是瑞士人。可我不是来……”

“没错，朋友，你是想问，搞这项调查究竟需要花多少钱。朋友，这个问题我们留到后面再谈。现在你得告诉我，你父亲是苏格兰哪个地方人。这一点很重要。苏格兰人记录表不如英格兰人记录表记载得那么详细。在那些日子里，我不得不承认北方那边的人还都是些野蛮人。”格利玢先生用手指轻轻敲了敲脑袋，瞟了邦德一眼，笑了笑说,“他们是相当勇敢的民族。可惜没有他们的详细记录。不过,那时候剑比笔顶用。我估计，你的祖辈大概是从南方去的吧？”

“我祖父是苏格兰高地人,住在葛伦科附近。但是,我是为了……”

格利玢先生顽固地咬住这一话题不放，他又端出另一本厚厚的书,用手指翻着书页:“不错,不错,是让人扫兴。《伯克氏纹章学通论》上所记的，有关邦德这个姓的家族还不止十个，可就是没有来自苏格兰的。但这并不能说明就没有苏格兰人的分支族了。嗯，你还有其他亲戚在世吧？这些事情常常会有……”

格利玢先生把手伸进身上那件紫花西服背心的口袋里，背心上的扣子刚好钉在他整洁的领结处。他掏出一个小巧玲珑的银鼻烟壶，深深地吸了两口，接着，他用一条印花大手帕捂着鼻子，打了两个很响的喷嚏。

邦德乘机赶紧说明来意 :“格利玢先生，我不是来谈我家谱、继承爵位的事，而是来了解布鲁菲尔德的情况的。”

格利玢先生吃惊地看着他，问道，“你说什么？你对你的家谱不感兴趣？”他伸出一根指头，责备道，“朋友，如果成功的话，你可就是托马斯·邦德爵士的后裔了。”他停顿了一下，“不管怎么样，邦德这个姓氏的人并不多，你算是一个古代从男爵的旁系后裔，没有任何问题。”他瞟了一眼那本厚厚的书说，“这个邦德从男爵是1658 年授勋的，世界上最著名的一条街就是用他的名字命名的，他可能就是你的祖先，你一点都不激动？就是那条街邦德街，那个从男爵就是托马斯。邦德爵士是萨里郡佩克镇的男爵，他曾是玛丽娅王后家里的审计员，这一点你当然应该知道的。众所周知，这条街建于 1686 年。这条街住过很多声势显赫的人，圣奥尔班斯的第一个公爵，尼尔·格温的儿子，就住在这条街上；劳伦斯·斯特恩也在那里住过；斯威夫特大主教和坎宁，也先后在这里住过。这条街还发生过轰动一时的大事，著名的鲍斯威尔大宴就在这条街上举行的，当时赴宴的，有约翰逊、雷诺兹、哥尔德和加里克。尊敬的邦德先生，你的姓名与他们有着千丝万缕的联系。你难道不愿承认与这些特别高贵的人有关系吗？”

格利玢吃惊地扬起浓黑眼睫毛，显得完全不能理解的样子：“尊敬的邦德先生，这是一个错综复杂的历史。”他拿起原先翻开放在桌上的那本书，显然是事先准备好给邦德看的，“你看看这个盾形纹章吧，这你一定很关心吧？至少，为了你的家庭和孩子着想，总该关心一下吧？”他把纹章举起来给邦德看，“你看，一枚拜占庭金币上有一个金色小球，多么漂亮呀！”

邦德不耐烦地说：“那可要一大笔赏钱啊，”他想用话来挖苦格利玢先生，“可是，我还是不感兴趣。我没有任何亲戚，也没有孩子。好了，我们言归正传，谈谈布鲁菲尔德吧。”

格利玢先生打断了邦德的话，他很兴奋地说："书上有一句箴言太妙了：我们的世界太小了。你觉得这句话怎么样？"

"的确是一句绝妙的箴言,我把它记下来了，"邦德很不耐烦地说，"我想，该谈正事了，我还得回去向局里汇报呢。"

格利玢先生露出了委屈的神色："这还有一个叫诺曼·邦德的名字。这个人出生于1180年，虽然出生卑贱，可他有一个古老的上等英国人的姓名。《大不列颠姓名录》上给了这个姓名确切的含意：'丈夫、佃户、下层自由人。'"格利玢先生抬头看了看已极不耐烦的邦德，很扫兴地说，"好吧，既然你对你的家世、家族的起源不感兴趣的话，那么，请问，你到我这里来干什么呢？"

邦德长长地舒了口气，心平气和地说："我来这里，是想了解一个叫厄恩斯特·斯塔夫罗·布鲁菲尔德的人，据说你了解此人的一些情况。"

格利玢先生露出猜疑的目光，问道："你的名字叫詹姆斯·邦德，可你关心的却是布鲁菲尔德，怎么搞的？"

邦德冷冷地答道："我是从国防部来，我知道，你们这儿有人可以提供布鲁菲尔德的情报，你能告诉我是谁吗？"

格利玢先生疑惑不解地用手摸了摸他秃顶上的一缕卷发，念念有词："布鲁菲尔德……布鲁菲尔德……"他用责备的眼光看看邦德，"恕我直言，邦德先生，你浪费了我和纹章院的许多宝贵时间，为什么你一开始不提这个人的名字呢？让我想想，布鲁菲尔德，这个名字好像前两天开会时是有人提到过。怎么？是什么官司吗？哦，这么办吧。"他伸手从书报堆里拿起电话，"请给我转萨布尔·巴希利斯克先生。"

第 7 章

爵 位 的 诱 饵

邦德再次被人领着走过那充满霉气味的过道，有点心灰意冷，怎么又出现了一个萨布尔·巴希利斯克先生，不知这个老东西又要玩什么把戏?

邦德来到了一扇刻了“巴希利斯克”大名的厚门前，门的上方挂着一个可怕的长着鸟嘴的黑色怪物的纹章。他进了门，这间房子与格利玢那截然不同，这里窗明几净，摆设舒适，墙上挂着一些赏心悦目的图片，书也摆得井然有序，屋里还飘着一股淡淡的土耳其烟味。一个看起来比邦德还小的年轻人站起身来,走上前和他打招呼。他身材看上去略显单薄，一张清瘦的脸还挺英俊的，神情泰然自若，嘴角两边有一丝皱纹，挂着冷冷的笑。

“邦德先生吧？”他紧紧地握了握邦德的手，“我正在等你呢，你怎么会掉进我们可爱的格利玢老先生的书堆里呢？当然，他是个非常不错的人，有事业心，十分虔诚，就是书呆子味浓了点，我想你也明白，呵呵。”

邦德的心情一下就被他的幽默激活了，他觉得这地方很像个学院，很容易让人想起大学中的阅览室或图书馆。看来，格利玢先生没把巴希利斯克放在眼里，只认为他是一个对事情一知半解的年轻人。

邦德说：“格利玢老先生总要把我和邦德街扯到一块，我花了好长时间才摆脱了他的纠缠。我只想当一个普通的邦德，而他认为我这样没出息，不要继承男爵爵位。”

巴希利斯克笑了，在桌子边坐下来，让邦德坐在他身边的一把椅子上，把一份档案递给了他：“好吧，咱们开门见山。”他眼睛直盯着邦德，“首先，我想你来是为了情报局的事，我在英国驻西德情报局里服过务，你不必为情报的安全问题担心；其次，在这栋楼里，我们拥有的机密大概和政府部门一样多，甚至可能更多。我们的一项工作，就是给上了荣誉册的贵族加封。有时，我们也受命给没人继承的爵位找主人。追名逐利的人遍地皆是，想方设法想钻进我们的档案，你倒好，有好事不要。在我来之前，有一个来路不明的绅士，是个百万富翁，在轻工业品生意中赚了几百万，为慈善事业和党派捐了不少的钱，目的是给自己捞个皇家本特利勋爵。本特利这个名来自埃塞克斯的一个村，我们跟他解释，‘皇家’这个词只能用于皇族，而普通的‘本特利勋爵’不适合设立。”他笑了笑，“你明白我的意思吗？要是这件事在全国传开，这家伙就会成为人们的笑柄。在这里，我经常要与那些追名逐利的人打交道，他们也不是没有得逞者，有时，我们还得去追回财产，设想一下，如果有人声称他就是布兰克公爵，并领了政府的钱，而实际上他只是碰巧姓布兰克而已，他的祖先早不知移居到什么地方去了，所以，我们经常做这种烂事。”

巴希利斯克拿着记录册，接着说：“这是我们工作中最低一级的层次。我们还为政府和大使馆办正经事，例如安排时间顺序和处理有关外交议定书，参加勋章授予仪式，等等。这一行，在英国已有 500 年左右的历史了。所以，我想，我们这一机构在社会中还是很重要的。”

邦德接着他的话茬，说：“确实比较重要。刚才你已谈到了安全性，我想，我们可以开诚布公地谈谈。布鲁菲尔德是世界上最大的诈骗犯之一。还记得一年前的那件‘雷弹行动’事件吗？虽然报纸只披露了几个罪犯，但实际上，我可以告诉你，这一事件就是布鲁菲尔德一手策划的。关于他，如果你听说了些什么或掌握了什么情况，请详细告诉我。”

巴希利斯克的目光此时落在档案里的一份函件上，他若有所思地说：“好吧，昨天，外交部和国防部给我一连打了几次紧急电话，都谈到这个家伙。起初，我并没有把他与罪犯联系在一起。要不然，我会早一些告诉你们。看，这是去年 6 月 10 日收到的密信，是一个颇受人尊敬的律师事务所发来的。写信日期是 6 月 9 日。我给你读一读这封信。”

尊敬的阁下：

我处有一位尊贵的诉讼委托人，名为厄恩斯特·斯塔夫罗·布鲁菲尔德，自称为巴尔塔扎尔·德·布勒维勒伯爵后裔，宣称他是这个爵位的合法继承人。我们一直不知道该家族还有这样一位继承人。该先生的这种诉求，完全建立在儿时听父母讲故事的基础上。他说，法国大革命时期，他们举家逃离了法国，定居德国，他改名为布鲁菲尔德，目的是逃避法国革命政府的追杀和保全家中的财产，这批财产现在由奥格斯堡保管。19世纪50年代,他们又举家移居波兰。

该当事人现在急于核实其身份，以便能合法继承德·布勒维勒的爵位，德·布勒维勒爵位的证明书，必须在适当时候由巴黎司法部审批。

此外，该委托人不仅要继承德·布勒维勒伯爵的爵位，还要继续沿用其家徽。据他所说，该家徽为“红底的四支银质燧火枪”，家徽上的箴言是“为了我们的庄园”。

“太巧了！”邦德插一句。

巴希利斯克笑了笑，接着读道：

尊敬的阁下，我们知道只有您才能查明家谱事实，我们受托要在严格保密的情况下与您取得联系，以免产生不好的外界影响。

该委托人为办此事不惜代价，不计较费用，我们准备将接受委托的预付酬金1000英镑转到你们指定的银行账户上。

望早日回复。

律师：格布吕德·贡波尔德·莫斯布吕格尔于苏黎世火车站街

巴希利斯克放下了信件，抬起了头，看见邦德眼里闪着激动的光芒。

巴希利斯克笑了笑："对这件事，我们可能比你更感兴趣。给你透露个秘密，我们的薪水可能会降低，我们各个部门都有一套赚外快的门路，主要就是通过处理这些事情获取的额外酬金。这些研究工作无一例外都是十分棘手的。还有一些路子，例如，帮助教民登记教册，登记墓地、查找列祖列宗等一类的事，可以有一些酬金，但酬金不多，很少能超过 50 个金币的。接到这封信时，正好是我值班，所以，这个美差就归我了。"

邦德急忙问："后来你与对方有联系吗？"

"当然有，但十分微妙。我当即回信表示愿意接受这个委托，并保证严守秘密，"巴希利斯克笑了笑，"现在你可是以'公务秘密法'迫使我不守信用啰，我只能依照不可抗力的原则行事了，你说对吧？"

邦德点头："是的。"

巴希利斯克小心翼翼地在档案第 1 页上做了个记号，继续说："我要他做的第一件事，就是提供他的出生证明文件。他拖了很长一段时间，才告诉我说，出生证明文件已丢失。他告诉我，他于 1908 年 5 月 28 日出生于格丁尼亚，父亲是波兰人，母亲是希腊人。要求我忽略出生证明，而根据这些信息去追溯德·布勒维勒的祖先，我回答说可以试试。我在图书馆的资料中查阅中，证实在 17 世纪有一个叫德·布勒维勒的家族，住在一个靠海的地方，叫卡尔瓦多斯，他们的纹章和箴言与布鲁菲尔德所说的完全一样。"

巴希利斯克停了一下，继续说："当然，他自己肯定了解，虚构一个德·布勒维勒家族故事，试图堵住我们的嘴是徒劳的，他让我们自己去找证据，我把我的进展也告诉了瑞士的律师莫斯布吕格尔。法国北部是我个人从事纹章研究的重要地点，因为这些地区与英国有密切的联系。与此同时，为了例行公事，我写信给驻华沙大使，请求他与在格丁尼亚的领事联系一下，雇一名律师对出生登记册和可能给布鲁菲尔德洗礼过的教堂做一项调查。9 月初，我收到了回信，结果令人吃惊，档案中有关布鲁菲尔德出生的记载，都被整齐地剪去了。我只能把这个情况埋在心里，没有告诉瑞士的律师，因为我被明确告知过，不能在波兰查询任何有关布鲁菲尔德的事情；在奥格斯堡，我通过一位律师，做了同样的调查，那里确实有布鲁菲尔德的记录，但叫布鲁菲尔德的人很多，这是德国一个非常普遍的姓，没有任何蛛丝马迹可以将任何一位与卡尔瓦多斯的德·布勒维勒联系起来。这一下，可把我难住了。我只好给瑞士律师写了一个无关痛痒的报告，说我还在继续研究。"

说着，巴希利斯克合上了档案："就在昨天，我接到一个电话。外交部北方局在检查华沙的文件档案副件时，对布鲁菲尔德这个名字产生了好奇，于是，这件一直搁着的事，有了新的进展。"

邦德搔了搔头，问："事情有结果？"

"没有。"

邦德问："你要继续调查吗？我想，布鲁菲尔德现在的住址你也不知道吧？"

巴希利斯克摇了摇头。

"能不能找个比较适合的借口，由贵院派个人去调查？"邦德笑着试探道，“比方说，以学院的名义派我去与布鲁菲尔德会晤，毕竟有些复杂的问题，靠信件是说不清楚的。有些事需要与布鲁菲尔德面谈。这种想法，可行吗？”

“在某种意义上说，是可行的”，巴希利斯克不置可否，“有些家族有一种明显的生理特征，是代代相传的。比如，哈布斯堡家族的嘴唇突出，波旁的后裔常患血友病，梅迪契家族的特征是鹰鼻，有的皇族还有一些不易察觉的退化了的尾端器官，例如，迈索尔家族的后裔生下来每只手都是 6 个手指头，我还可以举出更多这样的典型例子。哦，对了，你的问题让我想起来了，那天晚上，我在布勒维勒教堂的墓地实地考察时，我用手电筒在古老的布勒维勒的墓碑上照了照，发现了一个奇特的现象，就是那些德·布勒维勒的后裔，在这 150 年的历史中，他们的耳朵都没耳垂。”

“噢”，邦德脑海里迅速浮现自己在记录上看过的布鲁菲尔德的照片，“这么说，要是这个布鲁菲尔德的耳朵也没有耳垂，倒是一个有力的旁证了？”

“是这样的。”

“但如果他耳朵上有耳垂”，邦德说，“这又能说明什么问题呢？”

“如果是这样，就说明他可能根本不是德·布勒维勒后裔。”巴希利斯克狡猾地转了转眼珠子说，“不管怎样，与他见面时，他是不会知道，我们想了解他的生理特征的。”

“你的意思是，咱们可以试一下？”

“是这样的，不过……”巴希利斯克略带歉意地说，“我必须向纹章院的院长请示一下，也就是我的顶头上司。我们从前没有参与过这类秘密活动，现在我们已卷进去了，也用不着前怕狼后怕虎了。”

“你说得对，相信你会得到批准的。话又说回来，如果布鲁菲尔德愿意与我见面，那这个角色我究竟该怎样演下去呢？你们这一行当我可是一窍不通啊，我连金色纹章和金币都区分不出来，什么是从男爵我都没弄明白。我用什么身份忽悠布鲁菲尔德呢？”

一提到自己的专业，巴希利斯克的兴致就来了，他侃侃而谈：“这事不难办，有关德·布勒维勒家族的所有情况，我可以原原本本告诉你。你只需抓紧时间认真读几本普通的纹章学方面的书就可以了。书中的主要内容，你不用费什么力气就可以记住的。事实上，没几个人懂纹章学的。”

“也许是这样的，可布鲁菲尔德这家伙很厉害。他在会见任何人之前，总要看一大堆信件和资料，除了他的律师和经纪人例外，我以什么身份与他见面最好呢？”

“布鲁菲尔德老奸巨猾一点也不假，但你只看到了这个人的一方面，”巴希利斯克得意地说，“在伦敦城里，厉害狡猾的人我见多了，各行各业的。即使声名显赫的名人，一到我这，就非常谦卑。他们来这里，往往是想要赢得别人的尊敬，变得有声望，不是想选个爵位，就是为了弄个盾形纹章挂在他们家的壁炉上。此情此景，他们在我面前就会变得非常渺小，非常卑微。女人的情况就更糟了，那种要在圈子里突然变成一位尊贵的贵族夫人的想法，是那样让她们陶醉，以至于把灵魂赤裸裸地暴露在你面前。”

巴希利斯克皱了皱浅色眉毛，打了一个恰当的比喻：“比方说，那些本质上不错的市民，那些姓史密斯的、姓布朗的和姓琼斯的，他们把封为贵族的过程，当成摆脱单调乏味生活的一种手段；也就是说，这是他们摆脱先天不足和自卑心理的手段。你别担心布鲁菲尔德，他已经把诱饵吞下去了。从我所知道的情况看，他可能是个可怕的歹徒，蛮横无理、心狠手辣，但如果他要证明自己就是德·布勒维勒伯爵的话，那你就可以牵着他的鼻子了。显然，他偷梁换柱，想摇身一变，变成一位有修养、有地位、受人尊敬的人，最重要的是，先要成为伯爵，而伯爵的事情由你说了算，呵呵。”

巴希利斯克把手抬起，以示强调：“邦德先生，布鲁菲尔德已是一位富有的人，他不再像年轻时那样喜欢冒险了，他今年已 54 岁，一心想要改头换面。邦德先生，我敢保证，如果我们不露出破绽的话，他相信你的，就像病人相信医生一样。”

巴希利斯克的语气十分坚定，毋庸置疑。他点燃一支烟，坐回椅子上，土耳其烟草的味道向邦德飘过来。

“就这样”，他肯定地说，“这人知道自己属于肮脏的社会，所以他千方百计要为换个身份。如果你要问我怎么办，我告诉你，我完全同意你的想法。你可以稳坐钓鱼台，鱼饵已下，鱼一定会自动上钩的。”

第8章

希拉里爵士

那天晚上，M局长看完邦德的报告后，抬起头来问道："你究竟要扮演成什么人？"

M局长的脸从书桌上台灯所射出的黄光中移开，但邦德能看出那张轮廓分明的水手似的脸上流露出的表情，时而疑惑，时而恼怒，时而急躁。M局长通常是极其耐心的，并显得十分笨拙。毫无疑问，M局长认为邦德的计划十分愚蠢。邦德也有同感，因为他对于纹章学也是一知半解，很容易露出马脚，计划太冒险。

"先生，我可以当纹章院的特使。巴希利斯克建议我使用一个夸张的给人印象深刻的头衔，去会布鲁菲尔德。他现在急于改头换面，已经在胡思乱想了，像他这么精明的人，本来不会把自己的行踪透露给别人，即使是纹章院这种与世隔绝的地方，他已经方寸大乱了，这是他的致命弱点，也是我的机会。他显然已鬼迷心窍，我想我们可以利用这一点，引君入瓮，瓮中之鳖，把他逮捕归案。”

“好了，你不用多讲了。我认为，你讲的这些都是些废话。”M局长烦躁地说。

邦德看见M局长不耐烦，就联想到就几年前，一次，M局长的秘书莫尼芃尼小姐向邦德透露过，M局长由于工作业绩突出，被授予皇家十字勋章。为此，他收到了一大堆贺信和贺卡，可M局长一张贺卡或贺信都没有回过。他甚至叫莫尼芃尼小姐别把这些东西再呈给他了，不行就干脆直接扔进纸篓里。由此可见，他是一个非常务实的人。

“那么，好吧，你说的那个夸张的头衔是什么？有了那个头衔后，你又打算怎么办？”

M局长讽刺挖苦的话并未激怒邦德。

邦德说：“嗯，先生，巴希利斯克告诉我，他有一个朋友叫希拉里·布雷爵士，与我年龄相仿，但我们长相差异大。他是从诺曼底迁来的，家族背景显赫，可与你的家族媲美，祖先中威廉那样的人物。他家的盾徽，看起来就像拼板玩具，但非常有历史内涵。巴希利斯克说，他可以和这个人谈好，安排好一切事宜，希拉里爵士在战争中立过功，是可信赖的。先生，我的意思是，我可以装扮成他，去会布鲁菲尔德。布雷爵士现在住在苏格兰偏僻的峡谷里，每天光着脚爬山、喜欢大自然，几乎与世隔绝。我认为计划有风险，但是可行的。”

“希拉里·布雷爵士，对吗？”M局长忍住笑，“那么，你的下一步具体安排是什么呢？你不会拿着那个盾徽，到阿尔卑斯山去显摆一下吧？”

邦德并没有被 M 局长的话吓住，他胸有成竹地说：“首先，我会让出境处给我做一张满意的护照，然后，我就要认真研究希拉里爵士的家谱，直至倒背如流，烂熟于心；同时，我还得牢记纹章学的基础知识。最后，如果布鲁菲尔德上钩，我就会带上所有材料到瑞士去，和他一起研究德·布勒维勒的家谱。”

“然后呢？”

“然后，我设法把他带出瑞士，带过边境，带到我们准备好的口袋，收网，把他一举擒获。至于所有的细节，我还没想好。先生，我想等您批准我的计划后，我就和巴希利斯克商定一个具体的行动计划，甩掉苏黎世的律师。”

“为什么不对苏黎世的律师施加点压力，从他那搞到布鲁菲尔德的地址？这样，我们就可以打他一个措手不及，省去很多事情。”

“先生，你应该了解瑞士人的。布鲁菲尔德给律师的费用不菲，他可是百万富翁，我们施加压力可以得到他的地址，但律师同样会给布鲁菲尔德通风报信，瑞士人的拜金主义很厉害。”

“你用不着给我上课，讲什么瑞士人的拜金主义。他们至少能把自己的事管好，能同垮掉的一代进行斗争。但是，你的话也不是没有道理。”M 局长顺手把手中的报告交给邦德，“好吧，拿去吧。这计划虽然写得不靠谱，不过我想，可以一试。”M 局长忧心忡忡地摇了摇头，“希拉里·布雷爵士，好，就这样吧。请告诉参谋长，这个计划我原则上同意了，叫他配合你的行动，随时向我报告情况。”M 局长随手拿起通向内阁的电话，从他的声音里可以听得出，他满肚子不高兴，“我们已针对那家伙拟定了行动方案，但方案仍存有争议，我持保留意见。……好，再见。”

“谢谢，先生，祝您晚安。”邦德朝门口走去时，听到 M 局长对着话筒说：“我是 M，请首相先生亲自接电话。”邦德走出了办公室，轻轻带上门。

12 月，气候伴着狂风进入了冬季。

邦德很不情愿地开始学习，他现在读的不是绝密报告，而是令人厌烦的纹章学。他要钻进晦涩难懂的学问和神话中，运用中世纪的英语和法语，琢磨巴希利斯克的脑子在这些枯燥无味的文字里面是怎样保持清醒、不打瞌睡的。当然，偶尔他也能读到了解到一些有趣的事，比如加马地方的创建人居然来自诺曼底的加马歇家族，而瓦尔特·迪斯尼家族原来是法国同名地方的德·斯尼家族的后裔，等等，这些都是考古废墟里有价值的宝贝。

有一天，玛丽小姐在回答他的某句俏皮话时，称呼他为希拉里爵士，他气得差点打破了她的脑袋。与此同时，巴希利斯克和格布吕德·莫斯布吕格尔律师之间的通信联系也慢了下来。布鲁菲尔德提出了很多伤脑筋的问题，每个问题都要纹章学的资料验证。

接下来，布鲁菲尔德就要开始了解这位特使，希拉里·布雷爵士的详细情况。当对方要求寄照片时，巴希利斯克就把经过技术处理后的照片寄了过去。布鲁菲尔德从希拉里学生时代起的所有经历，都经过了详细的调查，并从苏格兰寄来了调查报告，可笑的是，报告里面还附有一张希拉里的火灾保险承保单。为了探明真实性，巴希利斯克要求对方提供更多的资金，结果对方马上又寄来了 1000 英镑，支票12月15日收到。为此，巴希利斯克兴奋地给邦德打了个电话。

第二天，巴希利斯克又收到苏黎世的信，律师说他的当事人布鲁菲尔德同意见希拉里爵士，请希拉里爵士12月21日乘瑞士航空公司102班机飞抵苏黎世中央机场。根据邦德的建议，巴希利斯克回信说，这个日期希拉里爵士另有安排，不方便，他要与加拿大高级专员会谈关于哈德海湾公司的徽章问题。若向后推迟一天，他可以如约而至。对方电传，表示同意。

现在，邦德确信，这条大鱼真的上钩了，不仅吞了鱼饵，还吞下了渔钩。

几天过后，邦德和参谋长一起在总部开了一系列的会，讨论这次行动的具体计划，最后决定邦德孤身一人独闯虎穴，去会布鲁菲尔德，不能带枪及其他武器，情报局的人也不用任何方式的监护或跟踪。他只与巴希利斯克保持单线联系，用纹章学方面的暗语传递情报。由于邦德受雇于国防部，因此将由国防部替他与情报局保持联系，邦德为此很高兴。此外，最关键的是要尽可能多地了解布鲁菲尔德，搞清他的活动规律和同伙，以便尽可能不使用武力，就能够把他引出瑞士，并将其逮捕。巴希利斯克已在奥格斯堡中央档案馆准备好了布鲁菲尔德家族的文件，而这些材料都需要布鲁菲尔德亲自验证。这样，邦德就可以有充足的理由把他骗到德国去。为安全起见，还不能让其他工作站知道邦德去瑞士执行这项任务。情报局给了邦德一个新的代号，叫“柯罗那”，这个代号只有情报局少数高级官员知道。

会议最后谈到的问题，是关于邦德的安全问题。总部里人人都知道布鲁菲尔德的能量和残忍，他什么事情都能做得出来，谈虎色变。如果邦德的真实身份暴露了，自然会立即带来杀身之祸。特别是，一旦布鲁菲尔德发现邦德的纹章学知识肤浅，肯定是个冒牌货，就死定了；或者邦德完成了布鲁菲尔德的任务后，希拉里·布雷爵士不再有利用价值，很可能邦德也会“遇到一场事故”，而被杀人灭口。这些意外，邦德将不得不面对。他和巴希利斯克不得不费心思，让布鲁菲尔德感到希拉里·布雷爵士的存在，对他的爵位是多么重要。

参谋长最后总结说，考虑到整个活动需要相当数量的金钱，我觉得用“金币”做行动代号，比“柯罗那”好一些，但没有得到 M 局长的同意。参谋长在散会时祝邦德走运，并告诉他，如果需要，他可以让技术处准备一批炸药，用于炸冰块和雪块。什么时候需要，什么时候就运到瑞士的指定地点。

邦德尽量控制住自己的情绪，把注意力集中到行动前的准备工作。12 月 21 日晚，邦德出发的前一天，他来到办公室，和他的秘书玛丽·古德莱特一起，最后再整理一下要带的全部文件和物品。

邦德坐在办公室桌前，眺望着窗外大雪覆盖的摄政王公园，公园里灯光暗淡。玛丽坐在办公桌对面，一边整理，一边读着手头资料：“有一本《伯克氏绝嗣与匿名的贵族》，是纹章院借来的书，上面盖有‘请勿带出图书馆’的印章；另一本叫《纹章院的秘密》也盖有同样的印章；一本《伯克氏纹章学通论》的书上，印着‘伦敦图书馆所有’的印章；一本马歇尔著的《实用家谱知识》，书里夹着哈卡德学院给巴希利斯克开的收据；希拉里·布雷爵士的护照上，盖上了这段时间来往于法国、德国和其他国家的边境检查站的各种印章。

考虑到护照已用了很长时间，护照的不少页故意折了角。这份奥格斯堡和苏黎世通信的文件是用纹章院信纸写成的。书本文件就这么多了。你的衣服都准备好了没有？”

“准备好了，”邦德说，“我买了两套新的衣服，都是有袖扣，背后开叉，前面有 4 颗扣子的那种。我还买了一块标有布雷印记的金表和一条表链。这样一来，我绝对像那位男爵了。”邦德说着，转过身来，看着桌子对面的玛丽问道，“玛丽，你觉得这场戏怎么样？我会成功吗？”

“那还用说，肯定成功，”她点头，“我们已经竭尽全力准备了一切，该考虑的都考虑到了，我想不会有什么问题的。不过，”她犹豫了一下说，“我可不愿意你独自一人去，连枪都不带，就和那个魔鬼打交道。”她指着桌面上的一堆文件，说，“这堆可笑的东西都是关于纹章学的，不是你的拿手好戏。你一定要倍加小心，你答应我。”

“好的，我答应你。”邦德保证说，“好了，听我说，好姑娘，你去叫辆出租车到通用出口公司大门口等我，把这堆玩意全部放上去，好吗？我马上就下来。今晚上我得待在公寓里，把那些有纹饰的丝绸衬衫整理好。”他站起身来，“再见，玛丽。不，应该是晚安。我回来之前，你可千万别惹什么麻烦，好吗？”

“你自己能做到就行了。”她背过身，弯腰收起书和文件，尽量避开邦德的目光，她走向门边，走出门去，使劲地把门踢上。但很快，她又把门打开，泪汪汪地对邦德说，“对不起，詹姆斯，祝你好运！圣诞快乐！”然后轻轻把门关上，离开了。

邦德呆呆地望着那扇乳白色门，办公室已空荡荡的。玛丽是一位多么可爱的姑娘啊，但现在自己已有了特莱伊雪，这次到瑞士去，他就离她更近了，又可能要见到她了，他一直在思念着她，为她担心。她从瑞士达沃斯的治疗诊所寄来过 3 张明信片，邦德知道这个诊所是瑞士精神病心理学研究协会主席奥古斯特·柯默尔教授开的。情报局的神经专家莫洛尼爵士告诉邦德，柯默尔是这一专业的世界级名人。邦德给特莱伊雪写过几封热情洋溢、充满鼓励的信，并托人把这些信从美国寄出。他说，他很快将回家与她团聚了，实际上，他不知道今后该怎么办。想到这儿，邦德心情格外沉重。他掐灭了香烟，"砰"的一声关上门，走出了办公室，乘电梯来到"通用出口公司"的门前。

出租车已经等在门口，现在已晚上 7 点钟了。

上路后，邦德就开始计划当晚该做的事情。先要他那只箱子仔细装好，不能在里面玩什么花招。然后，他要喝两杯伏特酒，吃一大盘香椿炒蛋，再喝一些滋补液。等他感到微微有点醉后，再服用三片巴比妥安眠药，就可以上床美美睡一觉了。

邦德想用自我麻醉的方法，驱赶那些令人困惑的问题，使自己有清醒的头脑，去应付未来带有挑战性的工作。

第 9 章

独 闯 虎 穴

第二天，邦德按时出现在伦敦机场。他头戴硬礼帽，手拿雨伞和一份叠得很整齐的《泰晤士报》，带着全套行囊，模样有些滑稽。他的头衔使他享有一定的特权，他来到贵宾休息室，当服务员称呼他“希拉里爵士”时，他竟然朝后看了看，确认姑娘是否是跟自己讲话。他吓了一跳，感觉自己需要脱胎换骨，进入角色了，要时刻牢记自己就是希拉里·布雷爵士。

在贵宾休息室里，邦德要了两杯白兰地，避开其他客人，努力使自己真正像个男爵，卓尔不群。他不由得想起，其实那位真正的希拉里·布雷男爵，此时此刻或许正在峡谷里开荒种地，身上没有一点男爵的味道。他为什么要这样不合时宜，洗去铅华，甘当种田人呢？或许，那样的人才活得真实，活得自我，无拘无束吧。邦德想，一个真正的男爵就应该是这样，干嘛要装出一种所谓的绅士风度呢？

如果我以一个粗鲁的男爵形象出现，既自然又随便，肯定更像苏格兰那位真正的男爵。想到这里，邦德扔掉了上层人爱拿来装门面的《泰晤士报》，拿起了普通人爱读的《每日快报》，然后又要了一杯白兰地酒。

他登上了瑞士航空公司的 102 班机，不一会儿，飞机机翼上那对离头等机舱很近的引擎轻轻地响了起来，接着飞机慢慢离开了地面。

邦德看着窗外飘浮的白云，思绪飞到了苏黎世律师指定的接头地点。布鲁菲尔德的一位秘书会来机场接“希拉里爵士”；邦德当天或翌日就能和自称德·布勒维勒伯爵的布鲁菲尔德见面了。邦德突然感到一阵不安，见到他时，该怎样称呼他呢？是叫布鲁菲尔德先生，还是德·布勒维勒伯爵，抑或伯爵先生？邦德还真没有考虑这一问题。算了，干脆什么也不叫，实在不行，就叫一声“亲爱的先生”吧。

布鲁菲尔德的外貌会不会有变化？这种可能是有的，狡猾的狐狸常常会用各种方法来摆脱猎狗的追捕。

这时，空中小姐送来了香气扑鼻、美味可口的午餐，邦德吃了后，精神为之一振。机翼下一晃而过的，是法国冬季枯黄的方格田野，是孚日省的丘陵地带，邦德可以看见莱茵河上长年不化的积雪和浮冰了。飞机在巴塞尔停了一段时间加油休息，接着又起飞，不一会儿就看到了要个明显的黑色十字架标志，那就是苏黎世机场。

飞机上用 3 种语言广播道：“飞机就要降落，请大家坐好，系好安全带。”飞机开始降落，只觉得机身轻轻抖了一下，这架喷气式飞机便咆哮着向停机坪滑去。停机坪后面庄严的欧式建筑物上飘扬着鲜艳的瑞士国旗。

在迎客厅里，瑞士航空公司的接待台旁站着一个女人。当邦德出现在入口时，她迎了上来问道："您是希拉里·布雷爵士？"

"是的。"

"下午好，我是伊尔玛·宾特，伯爵的私人秘书，旅途还愉快吧？"

宾特小姐皮肤晒得很黑，很像一名女招待，一张长方形的蛮横脸上，长着一双锐利的黄眼睛。她笑的时候，嘴向两边一咧，形成一个长方形的洞，根本没有一点儿幽默感和欢迎的味道。她习惯性地用毫无血色的舌尖，舔着嘴角上的一个水泡；她的棕色头发像牛屎一样紧紧地盘在头上，一缕头发从滑雪帽下翘出来，一根帽带系在下巴下面。她粗短的下身穿了一条很难看的紧身裤，壮实的上身披了件灰色的风衣，左胸上别了一个冠状的装饰——大红字母"G"字。邦德暗自寻思：来者不善。

他漫不经心地答道："是的，不错。"

"你要拿行李吗？请跟我走，先出示下护照，这边走。"

邦德跟着她通过了护照检查，来到海关大厅。大厅里站着几个人，邦德注意到宾特小姐微微地向他们点了点头。一个手拿一个小盒子的人在四周转了一圈，离去了。邦德假装看行李单，眼光却瞟向前方，发现那个人闪进了域外的一个电话亭。

"你会讲德语吗？"宾特小姐问，舌头又伸出来舔嘴角上的水泡。

"对不起，我不会。"

"那会不会讲法语？"

"一点点。"

“哦，对不起，我随便问问。”

邦德的箱子卸在海关，那女人向工作人员出示了一张通行证。她出示证件的动作非常快，但邦德的眼神更快，证件上有她的照片，并有“联邦警察”的字样。

海关工作人员十分恭敬地说：“请吧。”说着，用黄色粉笔在邦德的箱子上写上了一个记号，一个搬运工人拿起邦德的箱子，就跟他们一同走向出口。

他们刚下台阶，一辆黑色的汽车迅速驶出停车场，在他们身边停了下来。司机身旁坐着那个刚才溜出大厅打电话的人。邦德的箱子放进了车后备箱后，他们就向苏黎世方向疾驰而去。汽车在宽阔的大道上奔驰，邦德注意到，坐在司机旁的那个人，一直在反光镜里偷偷地观察着他的一举一动。邦德听到他轻轻说了句难以听懂的话，小车即向右边的岔道拐去，路旁有块路标，上面写着：“私人飞机领地，闲人不得入内！”

邦德觉得，在他面前搞这样的小动作，有点可笑，显然，他受到了监视。

汽车开进了主楼左边的飞机库，在飞机库中慢慢行驶，然后在一架橘红色的“云雀”直升机旁停下。这种飞机常常用于森林防火好保安工作，机身上有一个冠状的红色 logo—字母“G”字。

原来，他要被这伙人带上一架飞机。

“哦！原来你们是乘这玩意来的，很不错啊，可以饱览阿尔卑斯山的风光嘛。”邦德说。

宾特小姐很冷漠，脸上没有任何表情，只在登上舷梯时，冷冷地说了声："请当心头！"

汽车司机把邦德的箱子递上了飞机。

飞机上有 6 把华丽的红皮座椅，驾驶位用有机玻璃座舱罩与其他座椅隔开。飞行员起动了飞机，巨大的叶片转动起来，开始加速；地面上的人一边用手遮挡扑面而来的雪花，一边离开飞机的下方；机身轻轻地抖了一下，就迅速升了起来，控制塔传来的无线电的响声，也渐渐消失了。

宾特小姐与邦德并排坐在机上过道的一边，有一个人坐在最后一排，用一张《苏黎世报》遮住脸，邦德斜靠在椅背上，高声问道："我们现在去哪？"

宾特小姐装着没听见，邦德又大声喊了一遍。

"到阿尔卑斯山去"，宾特小姐大声回道，挥手朝窗外一指，"你看，景色很美，你不喜欢这些山吗？"

"当然喜欢"，邦德叫道，"就像在苏格兰一样。"他靠回到椅子上，点燃一支香烟，朝窗外看去。

左边是苏黎世湖了，飞机的大致航向是东南，在约 600 米的高空飞行。

飞机到瓦伦湖上空时，邦德装作不感兴趣，从手提箱里拿出了《每日快报》，翻到体育版，他从头至尾仔细地把整版读了一遍，不时漫不经心地朝窗外看了看，左边的高山应该是雷蒂孔山脉。飞机正飞过铁路线与公路线的交叉点，进入普拉蒂高山谷。邦德正纳闷，飞机是继续在克洛斯特斯航行，还是向右转？

正寻思间，飞机向右拐了，向达沃斯山谷飞去。几分钟后，飞机就要飞越特莱伊雪所在的城市了，邦德向窗外看了一会，试图寻觅什么。当飞机还在灿烂的阳光中飞行时，达沃斯已笼罩在一层薄薄的云雾之中，地上看似下了很大的雪。

邦德记起了那条飞往帕尔森的航线，非常可怕，但那些日子已经翻篇了。现在的航线，左右都是高峰耸立，右侧是锡尔弗雷塔群山，左侧是兰古阿尔德山峰，前面是巨大的滑雪坡似的贝尔尼纳山脉，它的斜坡由高而低，延伸至意大利。右面窗外的一片灯海，应该是圣莫里茨了，飞机究竟要往哪儿飞呢？

邦德继续埋头看看报，机身轻轻向右转，眼前出现了更多的灯光。是蓬特雷西纳？这时，广播响起来了，请大家系好安全带。邦德心想，是该表露兴趣的时候了。他凝望着窗外，大地几乎都笼罩在暮色中，只有前面的巨峰依然在落日的余晖中熠熠闪烁。飞机正向一个山峰直驶过去，山顶附近有一小块平地，从一群建筑物中牵出一排电线消失在黑暗的山谷中。

在落日的余晖中，一辆缆车正慢慢向下滑去，不一会儿就被黑暗吞没了。飞机正向山峰的一侧飞去，离斜坡相距仅 30 米时，逐渐向平地和建筑物靠近。飞行员的手移动了一下操纵杆，飞机倾斜了一点，减慢了速度，盘旋而下。飞机的橡皮气垫触到雪地时，机身猛的震了一下，旋翼的呼呼声变得越来越弱。飞机，终于安全着陆了。

这里是什么地方？邦德看了一眼四周就明白了，他们现在在兰古阿尔德山脉中蓬特雷西纳的某个地方，大约海拔 3000 米。他扣好了风衣，准备迎接飞机开门的逼人寒气。

宾特小姐那张长方形的嘴说话了 ：“我们到了。”

随着冰块落地的声音，门被用力拉开了。落日的余晖照在那女人黄色的太阳镜上，使她的脸变成了黄色。夕阳下，她的眼睛发出一种暗黄的光，像孩子们玩的玻璃珠。

“当心头。”她说着，弯下腰，又短又粗的身子做了一个大转身动作，就顺着梯子爬了下去。

邦德也跟了下去，他屏住呼吸，北极地区空气稀薄，干燥寒冷的天气，令人难以适应。有两个穿得像滑雪教练的人站在下面，好奇地看着邦德，没有如何言语。邦德紧跟着那宾特小姐走在足迹杂乱的雪地上，一个人提着他的箱子紧跟其后。

飞机的引擎又咆哮起来，卷起的雪块打在邦德的右边脸上，一种生痛。直升机腾空而起，瞬间就消失在黄昏的天空。

邦德一边慢慢地走，一边观察四周环境、辨别方向。他前面是一座长条形的矮房子，里面灯火通明；右边大约 50 米外，可以看到一个缆车车站的轮廓，它的构架从接近地面的地方向上倾斜，顶上是一块厚厚的平板。

邦德正要细看的时候，突然，灯灭了，估计末班车已达山谷，夜晚整条线路停开了；车站的右边，是一个农舍式的大型建筑，带有一条很长的门廊，里面灯光稀稀落落，似乎是为大规模的旅游活动而建的；沿着斜坡走下去，可以看见一座 4 层楼房里射出的灯光，那幢楼的屋顶也是平的。

邦德在那楼房不远的地方就感到，这里就是他今晚的归宿了。宾特小姐进去后，为他撑着门，一道诱人的黄光倾泻出来，灯光照亮了一个红色字母“G”的大牌子，上面写着：“格罗尼亚俱乐部，会员专用。”下面有一行小字，写着“格罗尼亚峰旅馆”。牌子上还画了一只手的形状，食指指着电缆中心附近的建筑物。

原来，这里是格罗尼亚峰。

邦德踩着黄光，走进房间，宾特松开手，门呼的自动关上了。

他们来到了一间很小的接待室，房间内很暖和，一位留着平头、眼睛犀利的中年人，从一张桌子后面站起来，朝着他们微微点了点头。

“希拉里爵士住 2 号房间。”那个人对宾特小姐说。

“知道了。”宾特小姐很不客气地回答，然后对邦德说，“请跟我来。”

他们穿过一扇门，走在红色厚毯的过道上，左边墙上不规律地开了一些窗子，挂着一些美丽的滑雪画和高山风光画，右边是一些通向夜总会、酒吧、餐厅和厕所的门，最后便是卧室的门了，邦德被带到 2 号房间。这是一间美国汽车旅馆式的房间，小巧而舒适，内置一个卫生间，虽然窗帘拉上了，但邦德能够感觉到“窗含西岭千秋雪”的美景，站在窗前，可以欣赏到从山谷到圣·莫里茨山和苏韦雷托群峰之间的雪景。

邦德把手提箱扔在双人床上，脱下圆顶硬礼帽，放下雨伞，后面跟着的那个人把提来的箱子放在行李架上，看都不看邦德一眼，就退了出去，随手带上了门。

宾特小姐站在原地没动，问：“你对这房间还满意吗？”

“非常满意！”邦德发现，她那双黄眼睛对他的热情回答毫无反应。

她接着说：“那好。我现在给你介绍一下本俱乐部的一些规矩。”

邦德点燃了一支香烟，说：“好啊，很有必要。”他很有礼貌地露出感兴趣的样子，问，“现在，我们在什么地方？”

“在阿尔卑斯山里。”宾特含糊地答道，“格罗尼亚峰归伯爵所有，他在这里还修了一条空中索道，刚才你已看到缆车了。索道是今年才运行的，很受欢迎，也挣了不少钱;还有几条很不错的滑雪道，这里的滑道已经很有名了；还有一条比圣·莫里茨山顶雪道还大得多的雪橇道，你听说过吗？你会滑雪吗？喜欢雪橇吗？”那女人的那双黄眼睛盯着他。

邦德的直觉告诉他，绝不能做出肯定的回答，他很抱歉地说:“恐怕不行，我从来就没玩过那些运动，我只知道读书，没有时间也没有机会玩这些。”

他后悔似的笑了笑，一副自我批评的神态。

“真是遗憾。”她虽这样说，却露出了满意的神情，“这些设施给伯爵带来了巨额收入。这对他很重要，对他的研究所也大有帮助。”

邦德稍稍地抬了抬头，问：“研究所？伯爵的研究所都进行了哪些领域的研究？”

“生理学研究所，是专搞科学研究的。伯爵在变态反应领域是顶级专家，他的研究领域包括花粉热、海鲜过敏等病症。”

“哦，是这样。我可没这种病。”

“伯爵住在实验室里，在另一幢楼。我们这幢楼里，住着的是都病人。伯爵希望你不要问太多问题，不要去打搅他们。我们的治疗是很规范的。”

“我不会的。宾特小姐，请问一下，我什么时候与伯爵见面？”邦德说道，“我很忙，很多事情等着我回伦敦处理。例如，那些刚成立的非洲国家有大量的工作需要我去做，要帮他们制定国旗和货币图案，确定邮票和勋章，等等，学院人手紧张，希望伯爵能理解。虽然他的爵位问题很重要，但政府的事也一样重要。”

邦德说完后，宾特小姐赶忙说道：“可以理解，亲爱的希拉里爵士，伯爵今晚没空，请你原谅，他准备明天上午 11 点钟和你见面。你看行吗？”

“行。我也要整理一下我的文件。”邦德指着靠窗边的一张小写字台说，“我是否可以再要一张桌子，来放我的书籍和文件？”邦德有点不好意思地笑了笑，“你知道，我们这些读书人，总是要占很多地方。”

“没事的，希拉里爵士，桌子我马上就会让人给你送来。”她走向门边，按了一下门铃，十分尴尬地回身说，“你注意到没有，这里的门里面都没有把手？”其实，邦德早已注意到了这一点，但他说“没有”。

宾特小姐解释说：“这都是为了病人着想，他们需要保持安静。这样做的目的是控制他们互相走动，相互闲聊，是为他们好。你想出门，就按一下门铃。有人会来给你开门的。晚上睡觉的时间是 10 点钟，但你随时可以使唤值夜班的人。门是不会锁的，你随时可以回自己房间。我们 6 点钟在酒吧喝鸡尾酒。再见。”说着，她笑了笑，那长方形的嘴又咧开了，“我的姑娘们都盼着能见你呢。”

突然间，门打开了，进来一个满脸横肉，脖粗颈短，长着一双地中海特有的褐色眼睛的人，穿着卫兵的服装。邦德想，这个人是不是马里奥杰所说过的科西嘉叛徒？

宾特小姐用很糟的法语厉声说道："晚餐的时候，你给这个房间搬一张桌子过来。"

那人说了声"马上就办"，就出去了。

门自动回关，在门关上之前，宾特小姐用身体撑住了它。

卫兵穿过走廊，向右边拐去。邦德不知道卫兵是否就住在过道尽头。他的思绪随着卫兵行走的线路在不断向前移动。

"希拉里爵士，暂时就这样吧？邮差每天中午来，你有什么信件要寄，可以让他帮你。如果你想用无线电或电话，我们这里也有。你还需要我给伯爵捎些什么话吗？"

"哦，请你告诉他，我非常期待明天与他的会见，如果还有什么事，6点钟见面时再说吧。"邦德非常想独自待一会儿，好静静地思考一下，他指着箱子说，"我现在得赶紧把这些东西理一下。"

"那好，希拉里爵士，请原谅我耽误了你的时间了。"说完，宾特小姐关上了门，门外响起果断的脚步声。

邦德一动不动地站在房中间，轻轻地长叹了一口气，简直糟糕透了！

他恨不得对着那些豪华的家具狠狠踢上几脚。他抬头向上看了看，发现天花板上有4盏折光灯，但其中一盏空空的，像闭路电视监视器。如果是的话，它的监视范围有多大？应该不会比房间的直径大；会不会有窃听器呢？如有的话，可能就在这天花板里。显然，他必须假定自已随时都处在被监视的状态。

邦德的脑子转得飞快，他打开了行李，整理了随身带来的文件和物件，接着美美地洗了个澡，准备和"我的姑娘们"见面。

第 10 章

雪山俱乐部

晚上 6 点。酒吧。

酒吧是一间用皮革新装修的房子，室内还有一股刺鼻的皮革味。

一个石砌的大壁炉里燃烧着木柴，火势很旺；红色的电蜡烛，不停闪动着；镶有银币图案的枝形吊灯，悬在半空，灯光忽明忽暗；壁灯、烟灰缸和台灯都是铁制品；酒吧到处挂着小旗子，陈列着造型精致的酒瓶，倒也典雅；音乐从一个墙上的音箱里飘出，旋律却很暧昧，令人迷离。邦德想，从装修的格调来看，这可不是一个正经的地方。

詹姆斯·邦德进了酒吧，随手关上镶着铜扣的皮制门。室内一阵嘈杂的说话声，说话人好像是为了掩饰什么，声音突然大了起来。循声看去,邦德看到了一群花枝招展的美女,他立刻被她们吸引住了。

在这群美女中，宾特小姐看上去更加丑陋。她穿着一双定做的软皮靴，靴色有红有黑，显得特别刺眼而没有品味。她从这群美女中出来，大步迎向邦德，用她那猴子般冰凉的手拉住邦德："希拉里爵士，过来见见我的姑娘们。"

室内特别热，他被宾特小姐领着来到桌前，与姑娘们一一握手。他感到握过的手或冰凉，或热乎，或勉强，全然是公事公办的样子。邦德的额头冒着汗珠，耳朵里一串陌生的名字滑过：卢比、维奥莱特、波尔、安妮、伊丽莎白、贝莉尔……眼前晃过少女们美丽的脸蛋和波涛汹涌的胸脯，她们跟英国的村姑和牧羊女一样，单纯、靓丽，充满青春的朝气。寒暄过后，邦德在美女中间坐了下来。

邦德的右边坐着宾特小姐，左边坐着一个丰满的金发美女。他感到十分疲倦，酒吧招待员走过来时，邦德振作起精神，说："请来一杯威士忌，加点苏打。"声音很弱，说完，他漫不经心地点了一支烟，很快就吞云吐雾起来。

像射击孔一样的半圆形窗户下边，放着4张桌子，这个位置，如果在白天，可能是最好的观察孔了。桌边突然传来了一阵话剧式的对白，宾特小姐和那10个姑娘都坐在这里听。这10个姑娘都是英国人，年龄都在20岁左右，职业可能是空姐什么的，除了邦德，这没有其他男人，邦德有众星拱月的感觉。

一个风度翩翩的男爵忽然来到大群美女中间，气氛一下子就被激活了。邦德很意与美女卿卿我我，这是他的一贯爱好。他转向身边的金发女郎，亲昵地问说："美女，我没记住你的名字，你的芳名叫什么？"

"我叫卢比"，她用悦耳的声音答道，"你好有艳福啊，你看看，在我们女孩中间，只有你一个男人，哈哈。”

“是吗？的确有些意外。不过，我很高兴。你这名字挺好听的。要记住每个美女的名字，对我来说，可不是件易事啊。”邦德凑过去，在卢比的耳边低声诡秘地说，“你能帮我个忙吗，给我介绍一下每个美女的名字？”

威士忌送来了，酒调得很浓，邦德美美地饮了一大口。他注意到，这些女郎喝的都是可口可乐，掺了一些鸡尾酒。卢比喝的可乐里掺了台克利酒。

喝点儿酒没什么，但必须适量，不能有失有修养的上流人的身份。

卢比很为自己能第一个打开话题而感到高兴。“好吧，我就从你右边那位开始介绍。那是宾特小姐，是这里的管理员，你已认识她了；那位穿紫色毛衣的叫维奥莱特；再看旁边那张桌子，穿镶金边套衫的是安妮；她右边的那个姑娘叫波尔，她是我在这最好的朋友。”

卢比就这样一个一个往下介绍。与此同时，姑娘们在叽叽喳喳地交谈着。

“弗雷茨说我身体前倾还不够。”

“我也是。”

一阵咯咯的笑声。

“我屁股摔得很厉害，现在还青一块紫一块呢。”

“伯爵说我进步很快，要真让我走，可怎么办？”

“波莉已经回去 1 个月了，不知她怎么样了？”

“我觉得，斯葛尔防晒油效果不错。”

……从这些断断续续听到的聊天中，邦德知道了，这群活泼健康的姑娘，原来是在这里学滑雪的。她们会偶尔提到那个令人敬畏的伯爵，也偷偷瞄几眼宾特小姐和邦德，想从他们的反应来看自己的举止是否得体，说笑声是否过分。

卢比继续小声介绍，邦德努力把每个名字与人对上号，以加深对这群美女的印象，这些被禁锢在高高的阿尔卑斯山上的仙女，言谈举止像是一个模子里刻出来的，活力四射。这样的姑娘，只有在英国酒吧才可以看到，她们和自己的男朋友一边喝着啤酒，一边慢悠悠地吐着烟圈。碰到这样的姑娘，你别轻举妄动，你若行为不检点，她马上会说，“请自重！”“请别乱来！”“请把你的手拿开！”在这些女孩身边，你可以听到颇具特色的各种大不列颠方言和口音：兰开夏人口形大张的元音，伦敦人优雅的喉音，等等。

此时，卢比介绍到了最后一位：“那位珠光宝气的姑娘叫贝莉尔。好，我介绍完了。你能把名字都记住吗？”

邦德脑子里一下子塞了这么多东西，乱成一锅粥。他盯着那双亮晶晶的蓝眼睛说：“老实讲，我没记住。这么多美女，一下子真记不住，可不像圣特利连女子学院的喜剧明星那么好记。”

卢比咯咯地笑了。邦德看出，她是个不爱开怀大笑的姑娘，她很讲究，不会轻易就张开那漂亮的嘴；他还看出，她打喷嚏时也与他人不同，每次打喷嚏，她都用一方花边手绢小心地捂住嘴；她吃饭时也总是小口小口地吃，没怎么咀嚼就吞了下去，她一定是出身高贵的富家千金，很有修养。

“哦，我可不喜欢圣特利连女子学院的女孩，谁会喜欢她们？”

邦德也笑了：“我随口一说而已，再喝一点吧？”

“谢谢。”

邦德转过身问宾特小姐：“宾特小姐，你也再来点吗？”

“谢谢，希拉里爵士，来一杯苹果汁吧。”

坐在不远处的维奥莱特娇声娇气地说，她不想再喝可乐了：“喝了这种东西，我就想放屁。”

“喂，维奥莱特！”卢比觉得她很失礼，“这种话，你也说得出口？”

维奥莱特固执地说：“嘿！还打嗝呢，事实如此，有什么不能说的？”她真是一个地地道道的曼彻斯特人，说话直爽。

邦德起身走向柜台，心里琢磨着，晚上的时光该怎样度过。他要了杯酒，突然，想出了一个主意。他要打开局面，略施小计，用不了多久，他就会成为这群美女的中心人物。他要了一个平底玻璃杯，杯边上沾湿了水，随后，他拿了一块纸餐巾，回到原先的桌前坐下。

他眨了眨眼睛，说：“来，和大家玩一个游戏，谁输了谁给我们喝的酒和饮料埋单，好不好？这个游戏，我是在纹章院里学来的。”他记得自己最近一次玩这把戏，是在新加坡肮脏的酒吧里。

邦德把杯子放在桌子中间，把餐巾纸绷紧铺在杯口上，纸与潮湿的杯口紧紧贴在一起。他从口袋里掏出一枚硬币，把它轻轻放在餐巾纸上：“这里还有谁抽烟？我们需要至少 3 个抽着烟的人。”

这桌只有维奥莱特抽烟，宾特小姐拍了拍手：“伊丽莎白、贝莉尔，你们过来。”

姑娘们一下子都围了过来，好奇地唧唧喳喳谈论着这个游戏。

“他在干什么？”

“发生了什么事？”

“到底怎么玩啊？”

“现在”，邦德摆出一副游戏指挥的样子，“来，现在就要决定由谁埋单了。你们每个人抽一口烟，然后抖掉烟灰，像这样，用烟头在纸上烧一个小洞就行了，看，我给你们做个示范。”邦德用烟在纸上点了一下，纸上闪了一下火星，“现在由维奥莱特先烧，伊丽莎白接着烧，然后是贝莉尔，要把这张纸烧成一张蛛网，但不能让硬币掉下去，谁烧的时候硬币掉下去了，谁就输了，就谁埋单，都明白了吗？好吧，我已经烧过了，现在是维奥莱特。”

维奥莱特小心翼翼地烧，姑娘们兴奋地尖叫了起来。

“多好玩的游戏！”

“喂，贝莉尔，可要小心点！”

姑娘们可爱的脑袋朝邦德凑了过来，漂亮的头发扫着他的脸，3个姑娘很快就掌握了诀窍，十分小心地烧着洞。

最后，邦德向这些姑娘讨好，故意烧掉了关键的地方。硬币掉进了杯子，发出清脆的叮当声。

现场爆发出一阵胜利的笑声和欢呼声，高潮迭起。

“大家都看到了吧，姑娘们？”宾特小姐大声宣布，好像游戏是她发明的，“这次希拉里爵士埋单！真是一种令人愉快的游戏。”她看了看手表，“现在，大家不要再喝了，再过5分钟我们就该吃晚饭了。”

姑娘叫了起来：“啊，宾特小姐，让我们再来一次吧！”

邦德举着威士忌，站起来，彬彬有礼地说：“明天再玩吧，可别让我这个游戏把你们教坏了啊，使你们都抽烟，如果是这样，你们一定会觉得，一定是烟草公司发明了这个鬼把戏，而我就是烟草公司的代言人，对吧？”

姑娘们都乐了，哈哈大笑，被他翩翩风度所倾倒，谁都希望结识一个像他一样见多识广的男人。邦德暗自开心，局面已打开了，只用了几分钟，略施小计，就和她们成了朋友。从现在起，他找她们聊天就会很自然了。他跟在宾特小姐身后，进了隔壁的餐厅，心里还在为自己的小把戏感到得意扬扬。

已经 7 点半了，这时的邦德突然感到筋疲力尽，无精打采。一想到自己这难扮的角色，他就感到厌烦；一想到布鲁菲尔德和谜一般的格罗尼亚雪峰，他就不免感到焦虑。这狗东西究竟想干什么？

和刚才一样，宾特小姐坐在邦德的右边，卢比坐在另一边，维奥莱特在他对面，静静地坐着，闷闷不乐地打开餐巾。环顾四周，到处华丽堂皇，邦德觉得，布鲁菲尔德为他自己这座巢穴一定花了不少钱。他们的 3 张桌子安放在长长的弧形窗帘的一角，仅占这仿巴罗克建筑宽敞明亮、装修华丽的餐厅的一点点地方。餐厅里，带着翅膀的小天使塑像的身上，悬挂着一个多枝连环的大烛台；墙上还挂着许多不知名贵族的肖像，显得很庄重。布鲁菲尔德肯定是确信他要扎根此处，为此不惜重金，不会少于一百万英镑，相当于瑞士银行那条电缆索道的抵押款。

邦德清楚地知道，解决资金困局的最佳办法，就是租一座高山，抵押一条电缆铁道给当地的行政机构。如果你能说服当地农民同意在他们的土地上修电缆和滑雪道，你就成功了，剩下的事顺理成章，令人愉快了。这种标有高贵的“G”字母，拥有高档消费设施的俱乐部，一般人是进不来的；而一个伯爵办的研究所，气氛如此神秘，也使人敬而远之。一些报道认为，滑雪运动是当今世界上最为广泛的运动，似乎难以置信，但不是没有道理。滑雪运动的设备投资就比任何其他运动项目都要大。滑雪衣、靴子、雪橇、各种带子及一整套滑雪装备，是一个庞大的工业体系。清晨4点钟，太阳还没升起时，俱乐部就要开始供应滑雪装备及各项服务，工作要持续一整天。如果谁能得到一座布鲁菲尔德占据的那样的好山的话，谁就有好日子过了；用上三四年时间还清贷款，然后就可以享一辈子的福了。这样的好事情，谁不羡慕呢？

现在又该继续演戏了。邦德谦卑地问："宾特小姐，能给我解释一下'峰'、'高原'和'山'这些词之间有什么不同吗？"

对知识的热心，使宾特那双黄眼睛亮了起来："噢，希拉里爵士，这真是个有趣的问题。我还没想过，让我想想看，"她沉思了一会儿说，"'峰'是山顶的名；'高原'，人们认为它就是山丘，但又不太贴切。"她挥了一下手继续说，"实际上，是大山。奥地利人把大山统称为'高原'。但在德国，比如，我家乡巴伐利亚，却叫'山'。对不起，希拉里爵士，我也有点混乱，实在搞不清楚。"她脸上的长方形微笑，刚一显露就立即消失了，"我确实帮不了你，但这对你有用吗？"

邦德淡淡地说："我的职业要求我了解每个字的准确含义，对了，来喝鸡尾酒之前，为了好玩，我查了你的姓，宾特小姐，我有个发现，很有趣。在德语里，宾特是'快乐'和'幸福'的意思；在英国，这个姓与邦迪，甚至勃朗特等姓一个意思。有个姓邦迪的著名文学家就把他那不太高贵的姓改成了'勃朗特'，真有意思。"

邦德心里明白，他说的根本就不是那么回事。这是他又一个小把戏，是想显摆一下他纹章官的学问。他接着问："你能不能想起你的祖先，和英国有什么联系吗？你知道有一个勃朗特公国被纳尔逊僭号封爵了。你若能证实它们之间的联系，会很有趣的。"

宾特小姐似乎明白了邦德要说什么，是想告诉她，她可能是一个女公爵，宾特女公爵！于是，她饶有兴致地回忆着祖先的编年史，想起了一位令人骄傲的，叫格拉夫·冯·宾特的远亲。邦德耐心地听着，有意地提醒她谈谈近期的家族情况。她说出了父母的姓名，邦德把他们牢牢地记在心里。这样，他通过这种有趣的方法，就能查出宾特小姐到底是什么人。爱慕虚荣的确是一个陷阱，巴希利斯克说得一点不错，每个人都有虚荣心，而正是这种虚荣心帮邦德发现了这个女人来历。

宾特小姐骤然高涨的热情总算降了下来，一位彬彬有礼的侍者领班一直等在一旁。这时，他送上一本用紫色墨水写的菜单，上面的食品有鱼子酱、咖啡、爱尔兰威士忌，等等，一应俱全；还有特色好菜，如仔鸡、龙虾、菲力牛排，等等，琳琅满目。今天，邦德不想选什么大菜，他点了一份仔鸡。

卢比一个劲地恭维他的选择有眼力，这种热情使他感到受宠若惊："啊，你太有眼力了，希拉里爵士，我也喜欢吃这个。我绝对不是在开玩笑，请问，宾特小姐，我也可以吃仔鸡吗？"

她那种热情的声音，使人感到好奇。邦德不由得观察了一下宾特小姐的反应。

宾特小姐点了点头，表示同意，眼睛里充满了母亲般的温柔。

这究竟意味着什么？她的这种反应，已远远超出欣赏，而是一种热情，一种胜利的喜悦。

接着，当维奥莱特为她的酱汁嫩牛排要了一份马铃薯时，这一情况再次出现了。

“我就是爱吃马铃薯”，维奥莱特闪着大眼睛向邦德说，“你爱吃吗？”

“不错”，邦德附和道，“大运动量后应该多吃点。”

“啊，这简直太好了”，维奥莱特兴致勃勃地说，“你说，对吗，宾特小姐？”

“我很满意，亲爱的。弗里茨，我只要点奶酪色拉，”她笨手笨脚地笑着模仿说，“我得注意我的体形了。我在办公室伏案工作的时候，她们都在锻炼身体。我不敢和她们比，对吧？”

邻桌的一位带苏格兰口音，讲话有点含糊不清的姑娘，要求把她的牛排做嫩一点：“要刚刚熟就行了，最好还能见点血。”她反复强调说。

这是怎么一回事？邦德感到莫名其妙。这群美丽的小姑娘，今天难道刚从严格的节食班里解放出来的吗？他完全不知所以然。看来，要想深入了解这里，还得好好地调查一下。

邦德转身对卢比说：“你知道，我所说的姓很有意义，宾特小姐根据自己的姓，完全有可能向遥远的英国要求一个英国爵位，你也不是没有可能，告诉我你姓什么吧？看看我是否能从中发现点什么。”

突然，宾特小姐厉声打断了他的话：“希拉里爵士，不要在打听别人的姓，这是规矩。知道姑娘的名字就可以，这是伯爵治疗法的

一部分，这关系到她们的自我转化和疗效。”

“不，可我不明白。”邦德饶有兴致地说。

“到此为止，希拉里爵士，伯爵明天会向你解释的，他有他的特殊理论。为保密起见，请到此为止，如果有一天女孩子的隐私被泄露出去，世界会为之震惊的。”

“这一点我丝毫不怀疑”，邦德说，“那么，我们现在……”他在头脑中寻找一个能使自己随意发挥的话题，“给我谈谈滑雪吧。你们滑得怎么样？我可滑不来，也许看看你们上课，能给我点启发。”

这话题，真的让卢比和维奥莱特兴高采烈了好一阵子。

菜送上来了，味道还比较可口，邦德边吃边不停地说笑。仔鸡很新鲜，是刚杀后烤的，里面还加了些芥末奶油酱汁。姑娘们都埋头狼吞虎咽地吃东西，一会儿就风卷残云，盘里的东西一扫而光。姑娘陆陆续续都放下了手中的刀叉，唧唧喳喳的，谈话声又开始响起来了。

邦德的话题转向餐厅的装饰。这样使他有个机会好好看一眼这里的侍者，餐厅侍者总共有 12 个人，3 个科西嘉人、3 个德国人、3 个斯拉夫人和 3 个难以确认国籍的人，从外表看，这 3 个人像是巴尔干半岛人，或是土耳其人，要不就是保加利亚或南斯拉夫人，此外，厨房里可能还有 3 个法国人。这些人会不会就是“魔鬼党”的旧成员呢？这种小集团的模式在欧洲尝试已久，即从每个大集团或特务组织里抽出 3 个人来组成一个基本单位，这些基本单位都是以 3 人为标准配置。那 3 个斯拉夫人是前“魔鬼党”的人吗？他们看起来很粗鲁，却都有职业性的缄默不语的特征，在机场打电话的那个人就是其中之一。邦德从细枝末节中还认出了别的人，比如有两个接待员和送桌子到他房间里去的那个人，姑娘们管接待员叫弗里茨和约瑟夫·伊凡，管送桌子叫阿赫麦德，有些人还是滑雪教练，如果没估计错的话，这是一个非常严谨的组织机构了。

晚饭之后，邦德借口有事告辞了。

他回到屋子，在两张桌子上都铺开了书和文件，他故意埋头伏案，心里回想着的，却是这一天的情况。

10点钟左右，走廊上响起了姑娘们互道晚安和乒乒乓乓的关门声。

他脱掉衣服，把墙上的恒温器从摄氏30度降到15度，关上灯，盯着黑洞洞的天花板躺了一会儿，然后，对着那些可能的窃听器，发出了一声疲倦叹息声，在床翻了个身，就睡了。

第 11 章

短兵相接

清晨，一声凄厉的惨叫，把邦德从梦中惊醒。

这可怕的声音是一个惊恐万状的男人发出来的，开始的声音尖利刺耳，然后声音越来越小，像是有人掉下了悬崖的叫声。这声音是从右前方，应该是缆车站附近传来的。即使隔着两层窗子，邦德在房间里也能够清晰地听到，叫得那么恐怖，使人毛骨悚然。

邦德翻身下床，拉开了窗帘，他只看到一个卫兵，在车站到俱乐部中间乱糟糟的雪地上走来走去。山坡那边空荡荡的，没有人迹。天空万里无云，太阳照着皑皑雪山坡上，闪着耀眼的光芒。

窗前各种各样的马车驶过，忙碌着去接那些日光浴游客，这个地方大清早工作就开始了，人也在大清早就死去。毫无疑问，刚才那声惨叫，不是梦，是一种临死前的惊叫。

邦德看了一下手表，已经 8 点钟了，早饭肯定已经准备好了，他离开窗前，按响了门铃。

门开了。邦德一直怀疑开门人是个 R 国人。

邦德立刻摆出一副官员和绅士的模样 :“你叫什么名字？”

“我叫彼得，先生。”

“彼得？”邦德重复道，他真想说，“那些从‘魔鬼党’来的老朋友现在怎么样了？”但他没说，却接着问道，“刚才外面是什么叫声？”

“你在说什么？”那双褐色的眼睛顿时警惕了起来。

“刚才我好像听见有人在缆车站那边大叫了一声，这是怎么回事？”

“好像是出了个意外事故，先生，你现在想用早餐吗？”他笨拙地从胳膊下拿出一张菜单，递了过来。

“什么事故？”

“好像有一个教练摔了下去。”

这叫声才过去几分钟，这个人怎么快就什么都知道呢？

邦德继续问 :“他伤得很厉害吗？”

“也许吧，先生。”那双见怪不怪的眼睛，温和地盯着邦德说，“要用早餐吗？”菜单再一次被递了过来。

邦德显得很关切地说 :“好吧，但愿那位可怜的家伙不出什么大事。”

他拿起菜单点菜 :“你要是听到了什么，就来告诉我。”

“如果摔得很严重的话，肯定会通告的。谢谢你，先生。”说着，那个人退出了门去。

刚才的那叫喊声使邦德意识到必须注意防身，一切都还是个谜，但他感觉自己所有的肌肉终将能够派上用场，他做了半小时的下蹲运动、俯卧撑和深呼吸扩胸。他心里猜测，自己已经困在大雪封山的阿尔卑斯大峡谷里面了，自己的出路可能只有从这地方逃出去了，而且估计也只能靠滑雪下山，他必须尽快地做好这种准备。

他洗完澡，刮了脸后，彼得送来了早餐："有那个可怜的教练的消息吗？"

"我没有听到什么，先生。那是户外的事，我是在俱乐部里面干活的，不方便打听。"

邦德自言自语似的说："他一定是走滑了，伤了脚踝骨。可怜的家伙！谢谢你，彼得。"

"不用客气，先生"，那双褐色的眼睛中露出一丝冷笑。

邦德把早餐放在桌子上，费了好大劲儿才打开那扇双层窗子。他移开放在窗台上的挡风板，吹去上面的尘土和死蚊蝇，寒冷干燥的高山空气顷刻间涌入。邦德把恒温器提高到摄氏 30 度，以抵挡这刺骨的寒冷。他坐在窗台之下，吃完了简易的大陆风味早餐。

这时，他听得见姑娘们聚集在外面晒台上的谈话声。她们高声争论着，每一个字都听得清清楚楚。

"萨拉不该告发他。"

"谁让他黑夜里要进去侮辱她。"

"你真的认为他侮辱她了？"

"她是这样说的。换了我，也会这样做的。这种人禽兽不如。"

"听你的意思，好像他该死。他是什么人？"

“南斯拉夫人，叫伯蒂。”

“我明白了，他长得很丑，牙齿一露出，可真吓人。”

“你不该说死人的坏话。”

“你怎么知道他已经死了？到底怎么回事？”

“弗里茨告诉我说，他滑了一跤就失去了平衡，从滑雪道上滚了下去，简直就像是人拉的雪橇，就这么回事。每天早晨都有两个人穿着紧身裤，专门在滑道的起跑区喷洒，他们这种衣服穿起来行动灵活，在冰上跑得很快。”

“伊丽莎白！你话说得太残忍了！”

“啊呀，就是这么回事呀。不相信你自己去问。”

“难道他没想办法救自己吗？”

“别开玩笑了，在那 3000 多米长的冰坡上，下滑的速度每小时 100 公里。他有时间自救？他连忏悔的时间都没有。”

“他是不是从拐弯的地方飞出去的？”

“弗里茨说，他一下子就掉到山下了，落进了计时裁判站的小棚，离冰坡大概百米处，他必死无疑。”

“你看，弗里茨来了。弗里茨，给我一盘炒蛋和一杯咖啡，好吗？让他们把蛋炒得像我平常要的那样嫩。”

“可以，小姐。那么你要点什么，小姐？”等姑娘们都点好了菜，邦德就听到侍者离开时靴子在木板上发出的吱吱声。

那位爱评论的姑娘又开始评论了：“看来，今天发生的事，一定是对他进行的某种惩罚，惩罚他企图侮辱萨拉。做了坏事，总要遭报应的。”

“别开玩笑了，上帝从来不那么残酷地惩罚人的。”

接着，她们的谈话又转入了律法书和天真的道德评论。

邦德坐了下来，点燃了一支香烟，沉思着凝视窗外的天空。

不错，那姑娘说得很对，上帝是不会这样惩罚一个人的，但布鲁菲尔德会这样做。布鲁菲尔德召集他的全体部下开了个会，宣布伯蒂的罪行和死刑。然后伯蒂就被带了出去，抛在了滑雪道上。也许是他的同伴暗算他，受命把这个罪人绊倒或把他推下山去，以致发生了这一切。很有可能是这样，因为那惨叫声，显然来自于猝不及防的恐惧。当那人向下掉的时候,他一定用手指和靴子死命地抓冰，但无济于事而掉进了那个冰冷的峡谷，发生了令人胆寒的恐怖事件，多可怕的一种死亡!

邦德曾经从山顶上滑到过雪道底部，以证明自己的胆量。为了抵挡狂风，他戴上面具，在里面还塞满了皮革、泡沫和橡皮，但即使这样，他感到胆战心惊，这一切至今记忆犹新。当他到达终点时，虽然可以勉强从那散了架的小雪橇上站起来，但双腿哆嗦得厉害，而那次的距离还不足 2000 米，可这个人却皮开肉绽地在冰坡上滚了 2000 多米。他是头先着地还是脚先着地？他的身子什么时候开始翻滚的呢？当他意识尚存，经过那些垒高的拐弯处时，他是否试着用脚或手臂尽力停下来……不可能，下滑的速度这么快，不可能有清醒的意识。天啊，多悲惨的死法，这是典型的布鲁菲尔德式的死刑，一个地地道道的“魔鬼党”式的惩罚。

邦德吃完早餐后，又坐下来看书。他可以断定，“魔鬼党”又开始行动了。但这次的行动目的是什么呢?

10 点 50 分时，宾特小姐来了。

寒暄之后，邦德开始收拾起桌上的书和文件，然后跟着她绕过俱乐部大楼，走向一条清洁的小路，路边的牌子上面写着："私人住地，非请勿入！"

邦德昨天晚上只看到这栋房子的轮廓，现在可以看得清清楚楚了。这是一栋用本地产的大理石修建的两层楼房，虽无特色，但很牢固。楼顶造型简单，是一块平面水泥板，楼顶的一端有一个小型的无线电发射天线。邦德想，昨天晚上就是这玩意儿指挥飞机着陆的，这东西可能也是布鲁菲尔德对外联系的工具。楼房建在这块断崖的边缘，虽然在格罗尼亚群峰之下，但绝不会有塌方的危险，楼房下面的陡坡一直延伸到一个悬崖，地势十分险要。在下面的远处就是森林的边缘线和通向蓬特雷西纳的尔尼纳山谷。森林中，两条铁轨闪闪发光，一个小型火车头拉着长长的货车正在穿过贝尔尼纳山口，向意大利驶去。

进楼的气阀门"嘶"的响了一下，打开了。大厅的走廊有点像俱乐部的走廊，所不同的是两边都有门，墙上没有画。楼道内死一般的寂静，很难看出这里是干什么的。

邦德忍不住发问："这里是什么地方？"

"实验室。"宾特小姐面无表情地回答，"这里大多是实验室，也有教室，还有伯爵的住所，他喜欢住在工作的地方，希拉里爵士。"

"他可真了不起。"

他们已经来到走廊的尽头，宾特小姐在一扇门上敲了几下。

"进来！"

邦德走了进去，听见门在身后慢慢合上了的声音。他感到难以形容的兴奋，他知道会有意想不到的事发生，从去年掌握的材料看，布鲁菲尔德的体重 120 公斤，高高的个子，脸色苍白，留个平头，黑色眼珠，眼珠白多黑少，嘴唇扁薄难看，手脚又细又长，毫无表情的脸很像墨索里尼。邦德猜想，这个人的外表与资料有什么样的变化没有？邦德可以断言，这位先生肯定不是德·布勒维勒伯爵的远亲。

邦德正想着，房间外的小阳台上一个人从躺椅上站起身来，从太阳光里走进书房的阴影处，向他伸出双手，表示欢迎。

邦德看来这个人一眼，心顿时沉了下去。对的，这个人个头的确很高，手脚也又瘦又长，除此之外，身体特征与他掌握的材料，没有任何吻合的地方。布鲁菲尔德的长发仔细梳理过，像个花花公子，但眼前这个人已经满头银丝了；布鲁菲尔德的双耳应紧贴在头上，并有两个大耳垂，但眼前这个人的耳朵却稍稍向外伸出，也没有耳垂。布鲁菲尔德的体重应有 120 公斤，但眼前的这个人只穿了一条黑色羊毛裤衩，看起来最多不过 80 公斤，而且看不出那种中年减肥所留下的松皮。他满脸堆着微笑，嘴角一直友好而喜悦地向上翘着，额头上布满了沟纹。文件上说布鲁菲尔德鼻子短而粗，但这个人却长了个鹰钩鼻子，而且右鼻孔周围都烂掉了。可怜的家伙，看起来已是三期梅毒患者。他戴着一副墨镜，大概是为了抵御海拔高的山地上白雪反射的辐射光。

邦德把自己携带的书放在身边一张空桌上，握住那只干瘪而温暖的手。

“亲爱的希拉里爵士，见到你真是太高兴了。”据说布鲁菲尔德的声音阴沉而缓慢，但这个人的声音却轻快又活泼。

邦德一边暗自骂布鲁菲尔德就这德性，一边却说道：“很抱歉，我 21 号来不了，那天公务太多，脱不开身。”

“是的，宾特小姐已经跟我讲过。这些新建国的非洲国家的确面临着许多问题，嗯，我们到这边坐坐”，他挥了一下手，说，“或者我们还是到外面阳台上去？”他说着，指了指他褐黄色的皮肤说，“我简直像个日光仪，我是太阳的崇拜者，我晒得太厉害了，所以不得不让人给我设计这种镜片，否则这种海拔高度，紫外线……”

“我从来没有见过这种镜片，好吧，我们到阳台上去坐，把书放在这里。如果需要查阅，我再来取。您的事情我已做了大量工作”，邦德很和蔼地笑了笑，“身上能留下日光浴的痕迹，回雾都伦敦，倒是挺有意思的。”

邦德戴着一副打高尔夫球时用的旧风镜，穿了一身既合体，行动又方便的衣服，上身穿了一件背心和白色的海岛衫，下身他没有穿那种时髦的、质地柔软的高弹力裤子，而是选择了那种已过时的布料制成的，但感觉舒适的滑雪裤，还套了一条又长又丑的棉毛裤，脚上穿着惹人注目的滑雪靴，脚踝的鞋带系得结结实实的。

邦德看了看室外的天气，说：“我最好还是脱了背心。”说完他脱下背心，跟着伯爵走上了阳台。

那人上了阳台，又躺在那张铺有垫子的铝制躺椅里。

邦德拉过一把铝制的轻便椅子，把它放在既可以面对太阳，又可以观察到“伯爵”面部的地方。

“关于这次见面的必要性，你能告诉我吗？”布鲁菲尔德带着那凝固不动的微笑转向邦德，太阳镜后面那双毫无表情的眼睛，深不可测，“我的意思，不是说你这次来访不受欢迎，而是很受欢迎。好了，请谈谈吧，希拉里爵士。”

邦德对这个肯定要提的问题，早已做好了两种准备：假设伯爵耳朵上长有耳垂，对这一问题的回答是第一种答案；如果没有耳垂的话，就用第二种答案。他现在开始斟酌字句，十分严肃地用第二种答案回答他。

“亲爱的伯爵，”邦德的语调非常亲切，似乎是看到伯爵那满头银丝和翩翩风度而不由自主地这样称呼的，“纹章院的工作有时单靠研究资料是不够的，你也知道，为你这件事，我们在工作中遇到了很多麻烦。我指的当然是德·布勒维勒家族在法国革命前后失踪和布鲁菲尔德家族在奥格斯堡附近出现，这段时间没有任何文字依据这件事。”邦德顿了一下，以示强调，“我想提一个建议，希望这对你有利，而这也是我此行的目的。在我们的研究工作上，你已经花了不少的钱，如果见不到了切实的希望，还要继续进行研究，是很不公平的。当然，如何见到切实的希望，这需要一定的生理依据来作为凭证。”

“哦，是吗？什么生理依据？”

邦德努力一字不差地背出巴希利斯克教给他的那些遗传学的问题，比如，哈布斯堡家族的嘴唇，皇室远亲和其他家族的一些特征，然后，他向前探了一下身子，以表示强调：“德·布勒维勒家族就有一个与众不同的生理特征，你知道吗？”

“是吗？我没意识到，你说说看？”

“我带来的是个好消息，伯爵”，邦德微笑着表示祝贺，“我们所搜集到的所有德·布勒维勒家族的雕像或肖像画，都在一个生理部位上与众不同，这种生理特征具有强烈的遗传性，即这个家族的人耳朵上都没有耳垂！”

“伯爵”赶紧去摸自己的耳朵：“哦，我懂了”，他较放心地说，“我现在明白了。”

接着，他又反问道，“难道你必须亲自查验我的耳朵？我的话或者照片不管用吗？”

邦德露出很窘的样子：“很抱歉，伯爵，我们纹章院的大主管的规定如此，没办法，他治学非常严谨。我不管是一个研究员，希望你能理解，我院对与头衔有关的事，态度都是极为严格的，比如，我刚谈到的这件事就存有争议。”

那人用黑色的镜片盯着邦德：“既然现在你已经看到了，你还认为这个头衔有争议吗？”

这是个最难回答的问题，邦德突然感觉，镜片后面的眼睛，深不可测，是那么熟悉，似曾相识。

“当然，伯爵，我所看到的，使我可以建议研究工作应该继续进行，而且可以说成功的机会大大增多了。我已准备了一份有关血缘关系的材料，几天之后，就能给你。还有，我说过了，许多漏洞要填。如果要让巴希利斯克感到满意，最重要的，就是要弄清你家从奥格斯堡移居到格丁尼亚的确切时间。如果你允许我提一些关于你的男性祖先的问题，这将有很大的帮助，哪怕是告诉我你父亲和祖父的一些细节，也会十分有益；但最为重要的是，你能否花一天时间，陪我去一下奥格斯堡，看一下档案馆里的布鲁菲尔德家族的手迹。他们的教名和家族的细节，或许可以引起你的一些记忆或联想。剩下的事，就由我们在纹章院办理。这项工作不到一周就可以完成。所以，这事究竟怎么办，我这次是专门来听你的意见。”

伯爵若有所思地站起身来，邦德也跟着起身。邦德向栏杆走去，漫不经心地欣赏外面的山景，但脑子在想，这只肮脏的苍蝇，我能逮住他吗？短暂的会面，邦德感觉这个人就是布鲁菲尔德，并迅速得出了一个肯定的结论：是美容术和腹部去皮手术使他变成一个与原布鲁菲尔德外表特征完全不同的人，但那双阴森可怕的眼睛是无法改变的。

“你是否有把握通过耐心细致的研究工作，即使存在一些历史空白问题，我也能获得让巴黎法官代理人感到满意的公证书？”

“当然可以”，邦德说，“不过，还得靠纹章院权威的鼎力相助。”

布鲁菲尔德脸上露出了凝固不动的微笑：“那我就满意了，希拉里爵士，我就是德·布勒维勒伯爵，完全可以肯定这点。”他的声音中第一次增加了感情的色彩，“我一定要让官方承认我的头衔，欢迎你成为我的客人！只要能对你的研究有帮助，我随时都会支持你的。”

邦德流露一丝烦恼和想要告辞的神情。

他很有礼貌地说：“好的，伯爵先生。谢谢你的合作。我准备马上开始工作。”

第 1 2 章

步 步 惊 心

一位身穿白大褂的人把邦德带出实验大楼，白口罩几乎盖住了这人的整个脸，只露出眼睛，看上去像是实验室的工作人员。邦德不想和他说什么，言多必失，他现在已完全置身于敌人的枪口下，必须小心翼翼，不能走错一步。

邦德回到房间，从准备好的一叠白纸中抽出一张，然后在桌前坐下，在纸的正上方写下“纪尧姆·德·布勒维勒，1207—1243”的字样。现在他要做的，是从书本和笔记中抄下近 500 年来德·布勒维勒家族的子子孙孙，这些材料不知要多少纸张，3 天时间他必须完成这件麻烦事，这种事情倒也简单，关键是关于布鲁菲尔德家族衰败史，要理清楚就很难了。好在他做了一些功课，准备了有一些英国布鲁菲尔德家族的基本情况，可以与布鲁菲尔德周旋，他的核心任务，是在周旋中想方设法探索布鲁菲尔德和新的“魔鬼党”在干什么诡秘勾当。

房间一定被搜查过了，这一点，邦德凭职业敏感和蛛丝马迹已确信无疑。在他去见伯爵之前，邦德走进洗澡间，躲开天花板上那个监视器，拔了六七根头发，在他收拾需要带的书时，顺手把这些头发，分别放在了文件和护照中间，现在这些头发都不见了。他站起来，假装去衣柜取手帕。他发现，原来整整齐齐放在那儿的东西，显然有被仔细翻查过的痕迹。他不动声色地回到桌前，继续工作，庆幸自己带的行装没有被动过。他心想，务必处处留心，不能露出半点马脚。一想到雪橇道上那令人恐怖的死路，他就不寒而栗。

当他把家谱抄到 1350 年时，阳台外传来的吵闹声，打断了他的工作，他已抄了不少东西了，那张大纸都快写完了。他想出去观察一下，看看四周的环境；工作累了，也需要四处走走，这对一个初来乍到的客人也不算是什么过分的举动。他回来时就特意半掩着门不关。他出了门，沿着过道走进接待处的休息厅，一个穿深色大衣的人正在那儿忙着登记来客的名字，他看到邦德，很有礼貌地向他打了个招呼。

出口处的左边，是滑雪设备维修中心，邦德走了进去，看见一个巴尔干人，正在工作台上，将一根带子用力绑在一只雪橇上。他抬头看了一眼邦德，又继续干活。邦德假装好奇地欣赏一排排靠在墙上的雪橇。这些新式的滑雪板，与他以前用过的不一样了，滑雪板上的扣带设计得很别致，多了一个安全放松扣，可以把脚后跟固定在板上。这些滑雪板是用金属材料制成的，只有滑雪杖是玻璃纤维做的，邦德觉得用这种材料制作，摔倒时就太危险了。

邦德饶有兴致走到工作台旁，看着那人干活。突然，他惊喜发现了一样东西：一捆塑料片！塑料片就放在工作台上，它是用来连接靴子和雪板紧扣带的；在光滑的雪面上，它有防止脚下的雪结成球的作用。邦德探着身子，右肘撑在台上，口中一个劲地夸奖那人的活干得如何精细。那人听了，也很高兴，应承了几句，继续专心地干活。邦德一边说话，一边将左手偷偷滑到右臂下，拿起一块塑料片，迅雷不及掩耳地塞进了袖子里，然后又问那个人一些无关紧要的问题。

那人也不怎么搭理他，邦德像自讨没趣一样走出了维修中心。

维修中心里，那人听到大门轻轻关上的声音，突然警觉起来，挪过那堆塑料片，开始认真数起来，一次，不对；再数一次，还是不对。他感觉不妙，立即走出维修中心，来到了接待处，用德语和那个穿深色大衣的人讲了些什么，穿深色大衣的人点了点头，就拿起电话。那工人见事毕，就回到维修中心去了。

邦德朝通向缆车站的小道走去，他把袖子里的塑料片装进了裤子口袋，感到很得意，他无意间找到了一件可以用来开弹簧锁的工具。

有几个衣着时髦的人，正向俱乐部走来，邦德快步离开了俱乐部，挤进了从缆车里蜂拥而出的人群之中。来滑雪的人从光滑的坡上飞驰而下；由滑雪教练带领的初学者，三三两两从山谷里走出；会员餐厅的台阶到处是人，他们没资格进这个餐厅，有的是没钱，有的不是会员，或找不到加入俱乐部的门路。

雪地到处是杂乱无章的脚印。邦德来到了格罗尼亚滑坡的第一个高速直线下滑道口，这儿也已来了一些滑雪的人。一大块有“G”

字和标有王冠图形的木板上写着："红色和黄色标记的滑雪道开放；黑色标记的滑雪道不开放。"这意味着带有黑色标记的滑雪坡，可能有雪崩的危险。

在一块上了漆的金属板上，画着上述3个滑雪坡的线路图。邦德仔细看着，记住了那条红色的路线。他觉得，这条道可能方便利用，图上还有红、黄、黑几个颜色的小标志。邦德向下眺望，山下各色彩旗迎风招展，滑道上人影闪动，一个个消失在索道下山角的左拐弯处。

带红色标记的滑道，成"之"字形在索道架下穿梭于林中；有一条伐木用的滑道，通向最后一条直线滑坡道，滑坡穿过高低起伏的草地，直插索道终点站。伐木道旁，有一条铁路干线，一条从蓬特雷西纳到萨马德的公路。邦德暗暗把这些牢记在心，然后开始观察人们的起滑动作。这些滑雪动作各有千秋，有的人是初学者，有的人则是行家里手了。他们猫着腰，低着头，弯着身子，像离弦的箭一样，唰的直冲下去，让人望而生畏。

有的初学者用滑雪杖笨拙地撑三四次才能滑下山去，他们被远远地抛在别人的后面，走走停停，晃晃悠悠地往下滑去。有一个初学者简直糟透了，他的滑雪板像犁杖一样扭来扭去，偶尔也在平滑的雪坡上斜着直冲一下，可每当他到了不太光滑的雪面时，他就失去控制，闯进雪道旁边的厚雪堆里，带来一些小小的雪崩，搞得狼狈不堪。

邦德是在阿贝格的圣安东滑雪学校学会滑雪，他的成绩不错，那时就能与高手过招，获得一枚金质奖章。现在这种金属滑雪板，看起来要比以前那种老式的钢边木板更快更灵活；邦德发现，现在的滑雪技巧，是肩部动作小，只需轻轻扭动屁股就行了。邦德对这种技术还有点羡慕，它比老式下蹲的滑雪姿势要优美；邦德也有点疑虑，这种技巧在新形成的深雪区不知是否同样有效？特别是这条的雪道太陡了，很可怕，该怎样控制速度，他一点底都没有。他不敢一开始就往下冲，怎么也得停几下，滑不了几分钟，双腿一定会哆嗦，他的膝盖、脚踝和手腕就会感到筋疲力尽。所以，他觉得必须加强体质锻炼。

邦德决定离开这个地方，依箭头的方向朝格罗尼亚雪橇道走去，这条雪橇道位于电缆站的另一侧。起点处的木棚，是供乘橇者做准备工作用的。木棚与电缆站之间架了许多电话线，在电缆站下面的车库里，有些很多雪橇，双人的和单人的雪橇都有。一条链子上挂着一块牌子，写着每天开放的时间：9 点至 11 点，链子一直穿过结着冰的峡谷口，这些冰弯来弯去地向左边延伸，消失在山间。一块金属牌上的地图标着滑下山谷的弯曲线路，急转弯和危险处都按英国的传统标有诸如“死亡跳板”、“竞技的 S 道”、“鬼见愁”、“骨架散”和最后一段陡坡叫“天堂之路”这类名称。邦德好像亲睹了早上发生的惨案，听到了那可怕的尖叫声。没错，早上的死亡事件就是布鲁菲尔德一手策划的。

“希拉里爵士！希拉里爵士！”邦德猛地一下从他的思绪中醒了过来，转过身去，看见宾特小姐站在从俱乐部来的小路上，两条短粗的手臂别在腰间。

“吃午饭啦！”

“好的，来啦！”邦德向她喊道，在斜坡上慢慢地朝她走去。

滑坡虽然在百米之外，但其险峻程度令人害怕，他的呼吸都很急促，手脚都发软。

邦德来到宾特小姐跟前，说声很抱歉，没有注意到时间。

宾特小姐脸上阴沉沉的，一言不发，那对黄眼睛厌恶地审视着他，转过身往回走，邦德跟在她的后面。

邦德脑子里回顾着今天上午发生的事情，他干了什么呢？做错了什么事吗？怎么宾特小姐的态度变化这么大？最好还是以进为退，这样保险些。

走进休息厅时，邦德很随便地说：“对了，宾特小姐，我刚才去了滑雪维修中心。”

她停了下来。那个接待员正埋头看旅客登记簿。

“是吗？”宾特小姐冷冷地应道。

“我找到了我所需要的东西。”邦德从口袋里拿出那个塑料片，脸上挂着一副天真愉快的微笑，“我真笨，竟忘了带尺子，维修中心刚好有这玩意儿，我就拿了一根。我离开时，会还给你们的。你知道，画那些家谱图不能没有这个的。”邦德在空中上下划了几条直线，“得把它们画在一定的平行线上。你不会介意吧。”他迷人地笑了笑，“刚才一见到你时，我就打算告诉你。”

宾特小姐尽量控制自己的情绪：“没事的，以后你有什么需要，打个电话好吗？伯爵会给你提供一切方便的。”她打了个手势说道，“好了，你先回房间吧，等一会儿，有人带你到餐厅的。待会儿见。”

餐厅里的几张桌子，已被那些晒够了太阳的人占了，邦德穿过大厅走向正开着的落地玻璃窗，弗里茨穿过拥挤的桌子朝他走来。他的目光冷冷的，含着明显的敌意。他拿着菜单说："请跟我来。"

邦德跟着他来到挨着栏杆的桌子。卢比和维奥莱特已经在那儿了。邦德庆幸自己这次蒙混过关，侥幸逃过一劫，塑料片还在他手里，他在想，刚才那些话是不是太天真、太愚蠢？他坐下来要了一份双倍无果味的伏特加马提尼酒，用脚碰了一碰卢比的脚。

卢比笑了，没有把脚抽回去。维奥莱特也不知所措地笑了起来。她们很快就聊了起来。

刚才阴沉的气氛已被爽朗的笑声所代替。

宾特小姐也来了，在她的位子上坐下来。她又变得和蔼了。

"希拉里爵士，听说你要和我们一起待上一个星期，这让我太高兴了。和伯爵见面愉快吗？他是个很有趣的人。"

"非常愉快，非常有趣，我们相见恨晚，只可惜我们之间的谈话太短了，而且讨论的都是我自己的事情，我本想问问他的研究工作，我怕他觉得这样会很无礼。"

宾特小姐立刻收起了笑容："这个，我敢肯定，他不会的。伯爵一般不喜欢和别人谈他的工作，你应该知道，他在这门科学领域里会引起许多人的觊觎。"她脸上露出一丝冷笑，"亲爱的希拉里爵士，我指的当然不是你，而是指那些治学态度不严谨的人和那些化学公司派来的间谍。我们躲在这高山峡谷里面，远离尘世，为的就是躲避是是非非。这种与世隔绝的生活方式，警察也是理解的，并给予了密切配合，保证我们的研究不受干扰。他们对伯爵的工作给予了很高的评价。"

“你指的是过敏症的研究吗？”

“是的。”宾特小姐答。

主管走了过来，在她旁边站住，双脚啪的一声合在一起，送上了菜谱。

邦德要的酒来了，他喝了一大口，又点了一份蛋和一份新鲜色拉。

卢比的仔鸡也送来。维奥莱特要的是一大盘马铃薯做成的什锦冷盘。宾特小姐点的还是她常吃的乳酪和色拉。

“我感到奇怪的是，你们除了吃些仔鸡和马铃薯，就不吃别的了。这是不是与你们的过敏症有关系？”

卢比开口道：“是的。也不知为什么……”

突然，宾特小姐厉声打断了她的话：“别讲了，卢比。这里不能谈治疗，你不知道吗？就是和我们的好朋友希拉里爵士也不能谈。”她向周围桌子上坐着的许多人说，“你看，这些人真有意思。希拉里爵士，你不觉得吗？他们可都是社会上的知名人士。我们已经把格什塔和圣英利茨的国际旅客都招徕了。那边，被一群快乐的年轻人围在一起的，是马尔波罗公爵，旁边那位是惠特尼先生和坦夫妮·斯特雷特夫人，瞧她多美啊！他俩都是滑雪的高手。坐在大桌子旁那位一头长发的姑娘就是影星艾修拉·安德烈，瞧，她的皮肤晒得多漂亮啊！另一位是乔治·邓巴爵士，”她笑了一声，“假如肯特郡公爵也来的话，就全齐了。滑雪旺季才开始就能这样，这难道不是好兆头吗？”

邦德随声附和。点的午餐端来了，邦德要的蛋的味道不错，煮得很老的鸡蛋切开放在一只铜盘里，上面浇有奶油和乳酪汁等调料，四周还有一些英国芥末；蛋是奶汁烤法的。邦德很满意，交口称赞了一番厨师的烹调技术。

“你过奖了，”宾特小姐高兴地说，“我们厨房里有3个法国烹调大师，男人都很擅长烹调，对吧？”

凭直觉，邦德吃东西的时候，感觉到有一个人正朝他走来，站在桌前。

邦德扫了他一眼，他看上去像是军人，年龄与邦德相仿，脸上流露出一种困惑的表情。他向女士们微微一欠身，对邦德说：“对不起，打扰一下，我在旅客登记簿上看到了你的名字，您是希拉里爵士吧？”

邦德的心咯噔一下，该来的总是要来的，为此他已有心理准备。只是偏偏有那该死的女人在自己身边，且无可逃避，真是糟透了！

邦德尽量地克制自己，点头道：“是的，正是鄙人。”

“希拉里·布雷爵士？”对方的脸上显得更为困惑了。

邦德站了起来，用背对着桌子和宾特小姐：“没错！有事吗？”他拿出手绢擤擤鼻子，准备迎接生死攸关的挑战似的。

“大战时你在洛瓦特童子军吗？”

“哦？”邦德装出一副为难的样子，并适当地压低了嗓子，“你是说我的堂哥吧，他6个月前去世了，可怜的兄弟，我继承了他的爵位。”

“啊，上帝！”那人的困惑终于消除了，但开始伤感起来，“这消息真让人心碎，我的好战友，天啊！不过，怎么我没在《泰晤士报》上看到这一消息？生死婚配那一栏，我是每日必读的。他是怎么死的？”

邦德感到浑身都在流汗："他从一座山上摔了下去的，把脖子摔断了。"

"上帝啊！可怜的家伙！他总是爱一个人在山顶上乱转。我得马上给珍妮写封信，表示哀悼。"他伸出手来，"很抱歉打扰你了。我刚才还在想，要是能在这个地方见到老朋友希拉里可就太好了。好，再见，真是抱歉打扰你了。"

他穿过桌子走了，邦德用眼角瞟了一眼，见他坐回到一桌英国人当中去了，兴致很高地跟女士们聊开了。

邦德转身，坐了下来，一口气将杯中的酒喝完了，开始吃鸡蛋。宾特小姐的眼睛一直在盯着他，让他很不自在，觉得汗珠从脸上流了下来。

他一边拿出手绢擦汗，一边自言自语似的说："天啦，这餐厅真够热的，居然碰到我堂兄的朋友，我可怜的兄弟，他还在就好了，就可以战友重逢了。"他忧伤地皱了皱眉头，"那人我可不认识，不过，长得倒挺帅。"邦德顿了一下，朝桌子对面那人看去，"宾特小姐，你认识他吗？"

宾特小姐连眼睛抬都没抬一下，就干脆地说："不，那些人，我一个都不认识。"她那双黄眼睛仍审视着邦德，"这真是难得的巧合，你和你堂兄长得一个样吗？"

"啊，非常像。"邦德激动地说，"简直一个模子刻出来的，过去也常常被人搞混。"他又朝那群英国人看去，上帝保佑，他们在收拾东西，准备走了。他们看上去不是特别的时髦、富有，估计是一帮英国退职官员组成的旅游滑雪团。邦德回顾了一下刚才谈话时的情形，这时咖啡端来了，卢比很高兴地和他聊起那天早上她的滑雪成绩，说着说着，又用脚来踩他。

用不着紧张，他断定宾特小姐可能没有听到什么，因为桌子周围很吵。

不过，这完全是侥幸过了关。好险，这一天已是第二次遇到麻烦了！

在敌人的虎穴里，提心吊胆的日子，真不好过啊！

这样下去，情况可能会越来越糟。

第 13 章

暗 通 款 曲

邦德回到房间，觉得有必要把这里的情况向上级汇报一下，于是提笔给巴希利斯克写了封信：

亲爱的巴希利斯克先生：

我已平安抵达。我乘直升机来到这个美丽的格罗尼亚峰，它地处恩加 4000 米高处。和我在一起工作的，是一群英俊的、来自不同国家的小伙子，还有一个叫宾特的小姐。她是很讲效率的人，是伯爵的秘书，慕尼黑人。

今天早晨，我和伯爵进行了一次卓有成效的谈话。他希望我在这儿待一星期，以便完成他家族谱系图的初稿，那么长的时间，我希望得到你的准许。我已跟伯爵解释过，那些新建立的国家，还有许多事等着我们做。

他本人忙于公众福利的研究工作，研究过敏症及其病因。现在他正在给10个英国姑娘进行这种病的治疗。但他还是同意每天与我见面，希望我们能够把德·布鲁菲尔德的法国迁移与后来的格丁尼亚迁移之间的空白衔接起来。我已向他提议，为了解决你和我曾讨论过的那些问题，我要到奥格斯堡实地查访一次，才能结束工作，但他还没有给我明确答复。请转告我的堂嫂珍妮·布雷，她可能会收到她已故丈夫，即我堂哥的一个好友的来信问候，这人是堂兄在洛瓦特童子军时的战友。今天午饭时，他走到我面前，误以为我就是他的战友，真是无巧不成书！

我在这里工作条件很好，可以完全不受外界干扰，与疯狂的滑雪世界毫无关系。这里工作和生活有些限制，不过十分合理，例如要求姑娘们晚上10点钟之后必须回卧室，免得到处乱逛，聊个没完。这些姑娘来自英国各地，是一群幸运的姑娘，每天无忧无虑，从不关心身边发生了什么事。

该谈我最感兴趣的事情了。伯爵的耳朵上的确没有耳垂，这显然是个好消息。他仪表堂堂，满头银发，一脸微笑，和蔼可亲，细长的手指意味着高贵的出身；遗憾的是，由于他视力差，再加上这里的海拔高度，阳光强烈，他不得不戴一副大墨眼镜。他的鹰钩鼻的一个鼻孔有些变形，不过我认为，一个小小的整容手术就可以校正。他讲一口纯正的英语，语调轻快悦耳。伯爵待人真诚，我们肯定会相处得很好的。

还有一件事：我们需要在血缘衔接方面寻求一些帮助，如果你能与《德·哥达年鉴》的老印刷商取得联系，请他们帮忙，那将再好不过了，他们可能会有线索，请把所有有用的东西都电传过来，由于有了耳垂这个新依据，我现在更相信这种联系存在的可能性。

您的希拉里·布雷

另外，请别把这事告诉我母亲，不然她会因我在这冰天雪地的高山上，而整天为我的安全担心。今天早上，这儿才发生了一件严重的意外事故，一个斯拉夫人，从雪橇上滑下去，掉到了山底摔死了，真是个悲惨的事故。可能明天他要被埋在蓬特雷亚纳，你是否认为我们应该送个花圈以示哀悼?

又及，邦德

反复地读了写好的信，心想，这块“大骨头”得让那些负责“柯罗那”行动的官员啃上半天。尤其是要他们到蓬特雷西纳把出事者姓名的事情打听出来这件事，得花点儿功夫。为了打掩护，他在信函中做了点手脚，因为他知道，信发送以前肯定会被蒸汽打开封口，并拍摄下来，或者干脆把它毁了。正是为了避免这一点，他才提一下《德·哥达年鉴》，有关这方面的纹章学知识，以前各种书籍还未提及过。布鲁菲尔德一定会对这本年鉴与他的血缘方面的联系极感兴趣。

邦德按了下门铃，把信交给服务员去邮寄，然后又投入了工作。他先拿着那块塑料片来到卫生间，用剪刀把塑料片的一端剪去 5cm 宽，然后，以拇指的第一个关节作为一个大致的尺度标准，在剩下的 45cm 塑料片上划出尺寸，为的是圆“尺子”的谎，接着他回到办公桌前，继续搞德·布勒维勒家族谱系图。

5 点钟左右，光线渐渐暗了下来。

邦德站起身来，伸了个懒腰，准备打开门边的电灯开关。他关窗的时候，看了一眼窗外。阳台上空空荡荡，没有一个人。安乐椅上的泡沫坐垫已收进去了。电缆中心那边的机器仍在轰鸣，白天的噪音都是它制造的。昨天此刻缆车已经停了，最后两班缆车也走完了它的行程。

邦德关上窗子，走到恒温器前，把温度降到摄氏 21 度。他刚要按电灯开关，就听到轻轻的敲门声。

邦德低声说："请进。"

门被打开，又迅速地关上了，只留下一条窄窄的缝。

原来是卢比，她把手指放在嘴唇上，示意别出声，又朝卫生间指了指。邦德好奇地跟她进到卫生间，关上门，打开了灯。

她小声地恳求道："请原谅，希拉里爵士，我非常想和你谈谈。"

"没关系，卢比。不过，为什么要在卫生间谈呢？"

"啊，你不知道吧？对，我想你可能不知道。这可是不能说的，但我可以告诉你。你不会讲出去吧？"

"当然不会。"

"我告诉你，这些屋子里都装有窃听器，但我不知道装在什么地方。有时，我们聚在房间聊天，宾特小姐却什么都知道，我们想，可能还装有摄像机。"她咯咯地笑了起来，"我们在卫生间洗澡时，总觉得好像有人一直在偷看。你相信，这与治疗有关系吗？"

"不知道。"

"希拉里爵士，我来找你，是因为午饭时你说的话，太让我激动了。你说，宾特小姐也许是一位女公爵。有这种可能吗？”

“当然。”邦德愉快地说。

“我没机会告诉你我的姓，我感到很遗憾。现在我专门来告诉你的，”她的眼睛睁得大大的，显得十分兴奋，“我的姓是温莎！”

“天啦！”邦德叫道，“你真的姓是温莎？”

“那当然。我猜你就会这样说。我家人常说,我们是皇室的远亲。”

“一点没错！”邦德想了想说，“我想，我们可以对此进行一下研究，请你告诉我你父母的姓名。”

“我父亲叫乔治·艾伯特·温莎，我母亲叫玛丽·勃茨，你能从名字看出什么名堂来吗？”

“当然可以,艾伯特这个姓就非常重要。”邦德煞有介事地说,“你瞧，维多利亚女王有位王子叫康思特，他的名字就是艾伯特，你知道吗？”

“真的，太好了！”卢比叫了一声，但马上用手捂住了嘴。

“要确认你的皇亲贵族身份，当然需要大量的论证。你从英国什么地方来？在哪里出生的？”

“我是兰开夏人，生于莫尔卡姆湾，那个地方盛产褐虾，还有小鸡。”

“难怪你特别爱吃鸡。”

“不是那样的。”她好像感到很吃惊,“完全不是那样,你知道吗？我对鸡过敏。我简直无法忍受它们，它们全身长满了毛，一天到晚呆头呆脑地啄食，跑来跑去，还有一股难闻的味道，我很厌恶它们，甚至一吃鸡，身上就要长皮疹。”卢比停了一下，继续说，“我们家有个很大的养鸡场，里面有现代化的大型孵鸡设备。我父母很想让我子承父业，但我有这种毛病，使他们感到很无奈。有一天，我在《养鸡场报》上看到了一条广告，上面说瑞士的一个研究所正在研究并医治鸡过敏症，任何患有这种病的人，都可以申请一个公益性的医治疗程，提供膳宿，每周还给10英镑零花钱。患这种过敏症的人，性情急躁，心慌意乱，我想尽快治好它，就申请了。”

“我完全可以理解。”邦德鼓励她说下去。

“我报名后，父母送我去了伦敦，是宾特小姐给我考试的。”她咯咯地笑着说，“我真不知道我是怎样通过的，我在学校的成绩可不太好，普通教育测试我都两次不及格，但宾特小姐说，研究所就想要我这样的人，我是大约两个月前来到这儿的，感觉还可以，就是管得很严。伯爵把我的病全治好了，我现在很喜欢鸡。”她的眼睛突然充满了感激之情，“我现在觉得世界上鸡是所有家禽中最可爱的动物。”

“哦，这倒是件有趣的事。”邦德听得很入迷，“现在说说你的名字吧，我会去查查资料的，希望尽量能够帮到你。可是你们这里规矩那么多，我们怎么才能单独见面呢？唯一的可能就是晚上在我们的房间里。”

“你是说在晚上？”她流露出很紧张的神情，蓝色的大眼睛睁得大大的，旋即又兴奋，还有一点少女的迟疑。

“是的，这是唯一的办法。”邦德大胆地上前，搂住她，吻了一下她的嘴唇。

“啊，希拉里爵士！”她轻声地喊了一声，但她没退缩，顺从地站在那儿，乖得像个可爱的大洋娃娃，心里一直想成为公主。“可你怎么出去呢？他们守得这么严。走廊里那个卫兵总是走来走去。”她转动着眼睛，“其实，我就住在你隔壁的 3 号房间，要是有个办法出去，一切就解决了。”

邦德从口袋里拿出一张 2.5cm 长的塑料片递给她：“直觉告诉过我，你就住在离我不远的地方，我在纹章院学会了一个本事，可以把这个门打开。你看，把这塑料片插进锁边的门缝里，再往上一拨，门就打开了，它能顶住弹簧锁里的锁舌。拿着，我还有一根，一定得藏好，而且此事一定要保密。”

“啊，那当然了。但你认为我会有希望吗？我是说我的姓那件事。”她伸出双臂搂住他的脖子，用她那蓝蓝的大眼睛凝视着他。

“别抱太大希望”，邦德很冷静地说，试图恢复自己的威严，“我马上查书，尽量从中找出一点线索来。哦，茶点的时间快到了。不管怎样，我们会给你一个答复的。”他给了她一个长长的吻，他自己也感到，这个吻很深情。她热烈地回吻着他，使他的良心好受得多。

“好了，宝贝。”说着，他的右手顺着她的背滑下去，拍了拍她的臀部，“你必须回去了。”

卧室里很黑，他们俩像捉迷藏的孩子一样，先在门口听了听动静，楼道里静静的，没有一声响动。邦德把门一点点地打开，在她出去之前，又在她臀部亲昵地拍了一下。

卢比走了一会儿，邦德才开了灯，房间里顿时亮堂起来。

他踱到桌边，拿起了《英国姓氏词典》翻阅起来，他在词条中查到了“温莎”这个姓，认真地阅读起来。邦德花了几个小时阅读参考书，这些书的字号很小。也许是高原缺氧的缘故，他感到头痛得很厉害，他需要喝点酒。

已经6点了，他快速地冲了个澡，梳理了一下，按门铃叫来了警卫。他走出门，朝酒吧走去。

酒吧里已有几个姑娘。维奥莱特独自坐在一旁，邦德过去在她身旁坐了下来。她见到他显得很高兴，她正在喝一杯鸡尾酒，邦德又给她要了一杯，自己要了一杯加冰块的威士忌。他喝了一大口，放下酒杯说，"上帝知道，我太需要喝酒了。我像奴隶一样在黑暗的房子里干了一天活，你们可好，在阳光灿烂的雪坡上跳舞！"

"可不是这样！"她一生气，说话时冒出了爱尔兰的土音，"上午那两节课，简直烦死人了，下午全泡在阅读那些鬼书里了，我功课已经拉下了许多。"

"什么鬼书？"

"还不是那些有关农业方面的书籍。"她那双黑眼睛谨慎地看着他，"你可不能说出去啊，我们是不准对外人讲我们接受的疗法的。"

"好的。"邦德轻快地说，"那我们就谈点儿别的。你是哪儿的人？"

"爱尔兰的南方。在香农附近。"

邦德乱猜说："就是那个马铃薯盛产地吧。"

"对了。我从前特别讨厌马铃薯，每天看的是马铃薯，谈的是马铃薯，吃的还是马铃薯，后来就马铃薯过敏了。不过，现在我完全好了，爱上马铃薯了。现在我整天盼着回家去吃马铃薯。"

"我想，你们家人一定会很高兴的。"

"那可不！我的男朋友会更高兴的，他是个马铃薯批发商。我过去说过，我绝不会嫁给与马铃薯这种令人讨厌、肮脏、丑陋的东西有关联的人。哈哈，现在见了我，他一定会大吃一惊的。”

“为什么呢？”

“因为我在这里所学的，都是一些最新的关于怎样提高马铃薯产量的科学方法,以及最新的化学药品。”她说到这里,突然用手捂着嘴,迅速环视四周,看了看酒吧招待,看看是否有人听到了她愚蠢的讲话,等她看完后，脸上露出满意的微笑，“希拉里爵士，现在该你告诉我了，你在这里干什么？”

“我只是为伯爵做点纹章学方面的事，午饭时我不是说过吗？就是那种事情。我看你不会感兴趣的，枯燥无味。”

“不。其实，我对你给宾特小姐谈的事情，非常感兴趣。”她把酒杯举到嘴边，放低声音说道，“告诉你一个小秘密，我姓奥尼尔，祖先几乎都是爱尔兰国王，我的……”她忽然停了下来，似乎看到他背后什么东西，赶紧改口，高声说，“我的肩总是转不好，一转肩就会摔跤。”

“我对滑雪也是一窍不通，”邦德也高声说，在对面的镜子看到了宾特小姐的身影。

“啊，希拉里爵士。”宾特小姐看着他的脸说，“哈哈，才来一天多，你就已经长出晒斑了。来吧，我们到那边去坐。卢比小姐，一个人坐在这儿，多可怜呀。”

他们起身顺从地跟她走了过去，邦德想起姑娘们私下都不守规矩，挺有意思。这是对严格的纪律和这可恶的女监工严格管制的一种典型的逆反。虽然这事对他很有利，但他必须小心对待这事。如果姑娘们做出一些过分的事，一定会引起宾特小姐他们的警觉的。他们越是不想让他了解这些女孩，他就越想搞到她们的姓名和地址，不论用什么方法。卢比自然是第一目标，邦德坐到她身旁，手不经意地抚摸了一下她的肩膀。

邦德再要了一杯酒，威士忌渐渐缓解了邦德的紧张情绪，疼痛不再布满整个头部，而是集中在右边的太阳穴。

他说："我们还是做那个游戏吧？"

姑娘们齐声赞同，她们从酒吧里拿来了玻璃杯和餐巾纸，姑娘们围在桌子周围。

邦德开始发烟，姑娘们都兴致勃勃地抽了起来，偶尔也被烟呛了几口。

杯子的那张纸网已变得千疮百孔，连宾特小姐也被姑娘们兴奋的欢叫声所感染："小心点！轻一点，伊丽莎白！边上的小角肯定没事！"

邦德往椅背上一靠，让姑娘们自己玩。

他转向宾特小姐说："啊，我在想，如果有时间，我想乘缆车到山谷看看。今天我听见大家说，圣·莫里茨在山谷的另一面，我还从未到过那儿，很想去看看。"

"哎呀！亲爱的希拉里爵士，那是违反规定的。来这儿的客人和工作人员都不能乘坐缆车的，那是为游客开的。在这里，我们一贯不与外人接触。怎么说呢？我们是一个虔诚的小团体，有严格的规定，像修道院一般。唯其如此，我们才能有安静的环境从事研究工作，也才能对治疗有利。"

“这一点我很明白。”邦德会意地笑了笑。“可是，我可不是病人。我难得来一次，能不能给我一个例外？”

“我想这不太好，希拉里爵士。你应该全神贯注在伯爵的事情上。”她的口气完全像是命令，“不！我只能向你表示歉意，你提的要求不可能。”她看了一看手表，拍手叫道，“好啦，姑娘们，该吃晚饭啦，都过来！”

邦德只是想试探一下，没想到这个女巫急成这样。

邦德跟着宾特小姐来到餐厅时，真恨不得抬脚在她那包得紧紧的屁股上，狠狠地踹一脚，以解心头之怨。

第 14 章

午夜催眠

晚上 11 点时，四周死一般的寂静。

为了避开天花板上的电眼，詹姆斯·邦德进浴室洗了个澡，然后躺在床上，关了灯。

10 分钟以后，他悄悄爬了起来，穿上衣服。他在黑暗里摸索着用塑料片轻轻地塞进门缝，顺着门缝滑向锁，然后轻轻向上一顶，塑料片咬住了锁舌，并将其压了进去，轻轻一推，门开了。

在门里仔细地听了好一会儿，没有任何动静，他才小心翼翼地探出头。

空荡荡的走廊好像要把人吞进去，邦德溜出来，把门轻轻地带上，几步走到 3 号房门口，按动门把，轻轻一推，悄悄挤了进去。里面漆黑一片，但邦德听得见床上有人在翻身。为了避免关门时发出的吱呀声，邦德用他的塑料片顶住锁舌，慢慢关上门，然后将塑料片轻轻抽出，锁舌无声地弹了出来。

床上躺着的人，轻声问道：“谁？”

“是我，亲爱的。”邦德迅速脱掉衣服，轻手轻脚走到床边，坐了下来。

房间里黑得伸手不见五指，床上的人伸手在他身上摸了摸：“噢，你没穿衣服！”

邦德抓住她的手，顺着手臂摸下去，低声说：“你不也没穿衣服吗？”

“这样很好。”

他非常小心地躺了下去，身体紧挨着她。他注意到，她早给他准备好了这个位置，心中顿时一阵狂喜。他温柔地吻她，吻到后来就像发了狂似的。她颤动起来，浑身酥软，任他亲吻。当他的手开始在她身上抚摸时，她一下抱住了他：“我觉得冷。”

邦德知道她在撒谎，但还是依了她。他把压身下的被褥拉出来盖在两人身上。

现在她那美妙无比、温暖柔软的身体完全属于他了。他紧紧地搂抱着她，他的左手抚摩着她平平的小腹，然后用手指轻轻地抓搔她的下部，她的皮肤细软得如天鹅绒。她不安地抖动起来，发出一阵低微的呻吟，并把手伸下去抓住了他的手：“你真的爱我，对吗？”

又碰上了这种可怕的问题。邦德想了一下，小声说：“我觉得你是个非常可爱、非常美丽的姑娘。要是早点儿认识你，那就好了！”

邦德这几句言不由衷的套语，使她松开了手，不再抵抗了。

房间里充满着淡淡的芳香，她的秀发漫出的气息，像是夏日刚割过的青草味儿，她的呼吸充满了牙粉的清香，她全身都洋溢着迷人的爽身粉香气。一阵轻风悠悠地飘了进来，给这房间增添了甜美和温情。他们正互相给予对方真正的欢乐。

慢慢的，床安静下来了，两人静静地拥抱在一起。邦德知道，他们并没做错什么，谁也没有伤害对方。他明白，彼此都需要对方。

过了一会，邦德凑到她耳旁，轻声叫她："卢比！"

"嗯。"

"关于温莎家族人的姓氏，可能要让你失望了。"

"是吗？没什么，我本来就不太相信这玩意儿。这些古老家族的故事，你是知道的。"

"不过，这次我带来的书太少。我保证，回去后我还会好好查。我从你家的情况查起，然后往前推你祖辈、曾祖辈，还得查一查教堂、市镇的记录之类的东西。我研究好后，就把结果寄给你，用很大的羊皮纸，漂漂亮亮地排好。每行开头的字母都用彩色的斜体大字，即使查不出皇家贵族血统，有一个家谱，也是很有价值的。"

"你是说，给我搞出一个像博物馆里那些家族的族谱图？"

"是的。"

"那太好了。"

小房间恢复了沉寂，她的呼吸也逐渐平稳了。

邦德想：多么不可思议啊！死神就在离这山顶不远的地方徘徊，而这小小的房间里居然还有如此恬静的爱、温暖和幸福，就像在气球里做爱一样。19 世纪曾有一个花花公子在伦敦俱乐部和人打赌，说他要在一个气球里和女人做爱。

邦德马上就要睡着了。他轻轻地从卢比那柔软的身子上滑下来。在这儿很好，他可以舒舒服服地睡一觉，早晨再回到自己的房间里去。卢比已经睡着了。他慢慢将手臂从她身下抽出，看了一眼他左手上的手表，夜光表的指针正指着午夜12点。

邦德朝右翻了个身，想挨着卢比柔软的腰身，突然，不知是从枕头下还是从地板下，又好像是从楼房里深处传来一阵响亮、悦耳的电铃声，卢比动了动身子，迷迷糊糊地说："哎呀，该死的铃！"

"这是为什么?

"哦，这是在给我们治疗呢。现在是午夜了吧？"

"是的。"

"别管它。接着睡吧。"

邦德在她脖颈上吻了一下，没说话。

电铃停了。紧接着传来一阵低沉的嗡嗡声，还伴着一个稳定不变的一种节拍器的声响，每几节拍中间休止一下，滴嗒声和嗡嗡声交织在一起，很具催眠效果。它迫使你引起注意，但又让你处于一种半醒半睡的状态中，这犹如孩提时在夜里所听到的声音。形状像挂钟的录音机里传来伯爵的声音，邦德认为这些声音都是从他那儿发出来的。

这声音低沉而有节奏，如喃喃私语，既亲切却又富有权威性："你要睡着了"，说到"睡"的时候，音调落了下来，"你很累了，你的手和脚像铅一样沉重。"最后一个字仍然用降调，"你的双臂也沉重起来，你的呼吸开始像孩子的呼吸一样均匀。你闭上了眼睛，眼皮像铅一样重。你觉得很暖和、很舒服。你现在在往下沉，沉，沉，沉进了梦乡。你的床像鸡窝一样松软，你就像鸡窝中的一只小鸡，软绵绵的，就想睡觉，一只可爱的小鸡，毛茸茸的，很惹人爱。”接着，传来一阵轻快的翅膀扑腾声，以及令人昏昏欲睡的母鸡带一群小鸡的叽叽咕咕的声音。

持续了大概1分钟，那低沉声音又继续说：“鸡宝宝也要睡觉了，它们和你一样，舒舒服服地闭着双眼躺在窝里，你非常、非常、非常爱它们。你喜爱所有的小鸡，你要让它们都成为你的小宝贝。你想让它们长大，长得又漂亮又结实。你不愿让它们受到伤害，你很快就要回到那些可爱的小鸡身边去，照看它们。你将回去为全英国的鸡解除病痛，你将去改良全英国的鸡种，这会使你非常非常愉快。但你可不要把这说出去，不要把你的方法告诉别人。这些都是你自己的秘密，完完全全属于你个人的秘密。别人会设法套出你的秘密，但你什么也别说。他们可能会想办法窃取你的秘密，你就无法使你的鸡宝宝们健康成长了，成千上万的鸡要靠你才能活得更加快活。所以，你要保守你的秘密，什么也不说。一个字也不能说，完全不说，你要记住我说的话，你会记住的。”

伯爵的声音越来越远，小鸡甜甜的咯咯声也渐渐消失，只留下嗡嗡的电流声和节拍器的滴嗒声。

卢比已进入了梦乡，邦德拿起她的手腕，摸了摸脉，脉的跳动与节拍器的节奏完全一致。最后，催眠机的嗡嗡声也渐渐弱了下去。小屋十分寂静，只有夜里的寒风还在低声呜咽。

邦德觉得不可思议，他长长地叹了口气，这些他都听见了，他突然想回到自己的房间去想想。他轻轻钻出被单，穿上衣服，很容易地打开了门。走廊上一点动静也没有。他溜回到自己房间，小心翼翼地关上门。然后他走进浴室，关上门后，打开了灯，在马桶上坐下来，用双手抱着头。

他知道，刚才所听到的，是深度催眠术。那个隐藏在幕后的催眠者，在人似睡非睡的状态中，单调、机械地重复一个信息，使其深深植入睡眠者的意识之中。现在，那信息会整夜地在卢比的潜意识中发生作用。如此重复几周以后，被催眠者便会产生一种对那声音的本能、机械的服从。这种服从是深刻的、不可抗拒的。

这种催眠的目的是什么呢？听起来，催眠的信息毫无恶意，甚至是善意的，接受这个信息的姑娘的过敏症被治好了，她回去后就可以帮助家里经营鸡场了，满腔热情地投身工作。可是，狼会改掉吃羊的本性吗？难道这恶魔变成了天使，像老一套的故事中所讲的那样，变成了一个行善积德的人？那又如何解释这里严密的监控？如何解释这些“魔鬼党”气息的工作人员？如何解释发生在雪橇冰道上的惨剧？这善意的医学研究肯定是个幌子，后面一定藏有祸心，是什么祸心呢？该怎样找出恶魔的真正动机呢？

邦德疲惫不堪地站起身，关掉浴室的灯，一声不响地上了床。他十分兴奋，苦苦思索了半小时，可毫无结果，最后他迷迷糊糊睡着了。

他醒过来时已是早上 9 点了，打开所有的窗户，阴沉沉的天空，乌云密布，要下雪了。缆车候车室旁边，专吃野餐时人掉下的面包屑和残渣的雪燕、阿尔卑斯红嘴山鸦，不安地绕着楼房盘旋。毫无疑问，这是暴风雪来临的前兆。

阵阵狂风凶猛地呼啸，听不到缆车上来时传来的呜呜声，铝制的缆车全被暴露在这样凛冽的山风中，也够受的。

邦德把窗子关上，按了按铃，请他们送早饭来。

早饭来了，托盘上有张给他的字条，上面写着："伯爵11点钟想见你一下。宾特小姐。"

邦德吃好早饭，开始继续整理德·布勒维勒家族史。他已完成了大半，可以带给伯爵看看。这事干起来很简单，但要顺利引诱布鲁菲尔德上钩，找到他的蛛丝马迹，可不那么容易。他准备大胆地从格丁尼亚那一段开始，往前追溯，让这老恶棍谈他的青年时期，谈他的父母。不管在"雷弹行动"后，他把自己装扮成了什么，世界上绝不会有两个截然不同的布鲁菲尔德。

会面安排在伯爵的书房里。

"早上好，希拉里爵士，你昨晚休息得好吗？要下雪了。"伯爵朝窗户挥了挥手，"干我们这一行的，倒喜欢这天气，不会使我们分心。"

邦德笑了笑："我倒觉得这些姑娘很让人分心，她们都是那样美丽迷人。对了，她们得了什么病？我觉得她们不像有病的样子。"

布鲁菲尔德随便地说："都是些过敏症，希拉里先生，这种病影响了她们的工作，尤其是农业方面的工作，她们都是从乡下来的姑娘。我发明了一种治疗这种病的方法，目前治疗得很顺利，疗效很好，我很满意。饮食方面，她们也配合得很好。"这时他身边的电话响了起来。

"请原谅"，伯爵拿起听筒，"好吧，请给我接过来。"他停了一下，邦德很知趣地翻阅着他带来的文件。“我是德·布勒维勒。哦？可以，好吧。”

他放下听筒，说：“对不起，是我的一个研究人员打来的。他买了些试验用的材料，缆车停开，不过为了请他送上来，他们要专门为他开一趟。真够勇敢的，他一定病得很重，可怜的家伙。”那绿莹莹的镜片后面没有一丝同情，脸上仍挂着凝固不变的微笑，“现在，亲爱的希拉里爵士，我们接着谈吧。”

邦德把那些文件摆在桌子上，骄傲地用手指点着各代名人，伯爵声音里充满了兴奋与满足，不时插话或提问。

“这简直是太好了，我亲爱的伙计，你是说在纹章学中记载着这个家族曾经被授予一只折断的长矛或一把折断的剑，真的吗？那是在什么时候？”

邦德开始滔滔不绝地讲了许许多多诺曼底征服时的事：“那把折断的剑很可能是因为某人参加了某一战役而被授予的。为了证明这一点，伦敦方面还得进一步的研究。”邦德说着收起纸张，拿出笔记本，“现在我要从另一头往回推证，伯爵。”邦德摆出一副审问官的威严，“在格丁尼亚，有你的出生日期，是 1908 年 5 月 28 日，这没错吧？”

“对的。”

“你父母的名字呢？”

“父亲是厄内斯特·乔治·布鲁菲尔德，母亲是玛丽亚·斯塔夫·米切罗普。”

“他们也是在格丁尼亚出生的？”

“是的。”

“那么，你的祖父、祖母呢？”

“祖父厄内斯特·斯蒂夫·布鲁菲尔德，祖母伊丽莎白·罗波米埃尔卡娅。”

“嗯，这就是说，厄内斯特从某种意义上讲，是你们家族的教名了？”

“好像是。我的曾祖父也叫厄内斯特。”

“这非常重要。你看，伯爵，在奥格斯堡叫布鲁菲尔德的人中，至少有两个叫厄内斯特的！”

刚才，伯爵的手一直很轻松地放在书桌上，而现在，这双手不由自主地握在了一起，扭动了一下，指关节处的血色不见了。

好啊，狐狸的尾巴终于露出来了！邦德把他的一举一动看在眼里。

“这很重要吗？”

“我想非常重要。教名是始终贯穿着一个家族的，我们把它视为极重要的线索。现在，你能回忆起更早一些的事吗？你做得很好。我已经查了三代人。已经往回推到了1850年左右。过些时候，我还要问你一些有关日期的问题，再往后查50年，就要查到你们家族在奥格斯堡时期的历史了。”

“哦！”这是个带着痛苦的叫声，“我的高祖父，我对他可真是一无所知。”他的双手抓住吸墨纸，紧紧捏着，“也许，如果这是个钱的问题，一切好商量，证人我来找。”他的手一摊，向前伸直，“亲爱的希拉里爵士，你是聪明人，你能够理解我的。从档案室、户籍登记处、教堂里搞到的摘录，等等，非得要有根有据吗？”

哈哈，要不打自招了。

邦德赶紧带着愿意合谋的语气说："我不太明白你的意思，你就是伯爵啊。"

布鲁菲尔德又把双手平摆在桌面上，为自己找到了合伙人而悠然自得："你工作很努力，希拉里爵士。你生活在遥远的苏格兰？我看，你的生活或许可以变得更舒适一些。你如果想购置什么，如小轿车、游艇，还有一份额外的补助金，等等，无论需要什么，你尽管告诉我好了，说个数目就行。"

布鲁菲尔德那双绿色的眼睛，紧盯着邦德那双不敢正视他的害羞的眼睛："我只需要你一点小小的合作，当然，也是最为重要的合作，经费没问题，每周 500 镑吧，解决技术问题或搞文件这类的事，可以由我来安排。我需要的，就是你的证明，对巴黎的司法部来说，纹章院的证明是最权威的，对吧？"

太顺利了，顺利得简直叫人难以置信！故事怎么往下编呢？邦德假装很胆怯地说："你这事，伯爵，当然，呃，也不是不可能的。"邦德脸上露出明朗的笑容，"如果你能搞到有说服力，也就是说，无可挑剔的文件，由我出面证明其真实性，这当然是合情合理的。"邦德装出一副哈巴狗只等主人来奖赏的样子，"你明白我的意思吗？"

伯爵很认真地说："你完全不必担心……"

这时，走廊里传来一阵吵闹声。门突然开了，一个人被一把推了进来。那人往前一扑，倒在地上。

两个卫兵跟着走了进来，站得笔直。他们先看了看伯爵，又斜眼看了看邦德，对邦德在场感到很吃惊。

伯爵厉声问道："怎么回事？"

邦德早已知道他们会怎样回答，心里很紧张。

那人虽然满脸的雪花和血污，邦德还是认出了他。

金黄的头发，那塌鼻子是以前代表海军参加拳击比赛时被打扁的。他是邦德情报局的一个朋友。

没错，他是苏黎世情报站的二号情报员柯贝尔！

第 1 5 章

生 死 攸 关

不错，他就是柯贝尔。天啦，这简直糟透了！

苏黎世情报站对邦德的使命全然不知，柯贝尔肯定是自作主张，追踪那个“买材料”的 R 国人到此地的，海外分站的人总是干这种的蠢事！

那个领头的卫兵操着一口斯拉夫口音的德语说：“我们是在索道车后面的敞篷里发现他的，他全身都冻僵了，还拼命抵抗，我们只好把他收拾了。显然，他是在追踪鲍里斯管理员到这里的。”他突然停了一下，然后继续说，“我是说，这人可能来自峡谷，伯爵先生。他说他是英国人，从苏黎世到这儿来旅游的，不想买票，是想省一次车费。我们搜了他的身，有 500 瑞士法郎，他身上没有任何能证明身份的东西。”那人耸了耸肩说，“他说他名叫柯贝尔。”

听人说到自己的名字，躺在地上的人动了一下，他抬起头，环视着房间。

柯贝尔已被打得鼻青脸肿、血肉模糊，他打起精神，看到邦德，他先是吃了一惊，顿然间，好像抓住了救命稻草，用嘶哑的声音说："感谢上帝，詹姆斯，快告诉他们，我在通用出口公司工作，就在苏黎世，你是知道的。看在上帝的份上，詹姆斯，告诉他们我是好人。"说完，他的头又垂落到了地毯上。

顿时，其他人的目光一下子全转向邦德。

布鲁菲尔德的绿眼睛里射出玻璃窗上闪烁的白光，紧绷的脸上露出一丝奇特而可怕的冷笑："你认识这个人，希拉里爵士？"

邦德摇摇头，他知道，这时自己一句话，就等于宣判了柯贝尔的死刑："我可没见过他，可怜的东西。应该把他送到医院去，看似伤得不轻，开始说胡话了吧。"

"通用出口公司？"伯爵的声音似乎很遥远，"这名字听起来有点熟悉。"

"噢，我可不熟悉。"邦德说得很肯定，"我是第一次听说这名字。"他从衣袋里掏出香烟，若无其事地点着火，抽了起来，手一点也不抖。

伯爵用德语轻声吩咐警卫说："送到审讯室去。"然后他又点了一下头，示意把这人拉走。两个警卫弯腰来抓住柯贝尔的胳膊，柯贝尔抬起头来，不满地看了邦德一眼，被拖出了房间。

带到审讯室去了，用现代方法审讯，结果只有一个：全部招供！谁知柯贝尔能挺多久？现在一切都靠柯贝尔的个人意志力了。

"我已吩咐将他送到病房去，在那儿医生会好好照顾他的。"伯爵坐在桌前盯着邦德，"请原谅，希拉里爵士，这个不速之客扰乱了我的思路，今天上午就谈到这吧。”

“好吧。关于你的建议，我会很好地配合，尽力维护你的利益，请你相信，伯爵。”邦德诡秘地一笑，“我相信，我们可以得出令人满意的结果。”

“是吗？那太好了。”伯爵双手抱在脑后，望着天花板，过了一会儿，他用怀疑的眼光看着邦德，漫不经心地说，“我想，你该不会与神秘的英国情报局有什么联系吧，希拉里爵士？”

邦德哈哈大笑，随着这阵笑声，他的紧张情绪不由自主地缓和下来。

“天啊，怎么可能？！情报局，英国从前的确是有过，可大战一结束后，这些机构不是都解散了吗？你难道不知道？”邦德笑呵呵地开了一个玩笑，“让我戴上个假胡子四处活动，我真觉得没意思，既危险有没有额外收入，毕竟不是正事，对吧？”

邦德的话似乎并没有起到什么效果，伯爵依然不动声色地微笑着。过了一会儿，他冷冷地说：“既然如此，那就请忘掉我的问题吧，希拉里爵士，也许我太多疑了。我不希望此地被人干扰。我想在宁静的气氛中进行科学研究，我想你能够理解我的观点。”

“当然。”邦德一边说，一边走过去收拾书桌上的文件，“现在我也要进行我的研究工作了，回到 14 世纪去，但愿明天我能给你一些有趣的证据，伯爵。”

伯爵客气地欠了欠身，邦德拉开门出去了。

走廊里，邦德悠闲自在地走着，侧耳细听着周围每一个声响，楼内静寂无声。他看到走廊里有扇门没关严，透出血红色的灯光。

邦德心想进去看看，他轻轻推开门，伸头向里望去。这个房间低矮狭长，沿墙围着一圈塑料贴面的长方形工作台；窗子关着，天花板上的氖光灯发出红光，很像是冲洗胶片的暗室；长桌上摆满着各种曲颈瓶和试管，靠墙的试管架上排满了装有混浊液体的药瓶与试管；3 个工作人员正在聚精会神地工作，身着白色制服，半边脸被口罩盖住，头发被白色的外科手术帽罩住了。

邦德感到这个场景颇有些戏剧性，他转身穿过走廊来到外面，外面正下着暴风雪，他拉起衣领罩住头，艰难地朝那俱乐部走去。

回到房间，关上门，他走进浴室，坐在马桶上，像往常一样开始琢磨下一步的行动计划。

他想,刚才是不是该救救柯贝尔？似乎有这个可能,可以说:“啊，不错，我认识这个人，他是个好人，我们曾在伦敦的通用出口公司一起工作过。这么这副德行啊，老伙计，发生什么事了？”

但幸好他没有这样做，通用出口公司在过去也许是一种很好的掩护，但如今，全世界所有的特工部门都已识破了这个幌子。显然，布鲁菲尔德也会知道这一点。邦德别无选择，不得不把他喂狼，谁叫他自己往枪口上撞？如果他柯贝尔有专业素质，他应该知道邦德在担负着某种使命，也会明白邦德的苦心，该怎么做，他应该自有分寸，这是个生死攸关的问题，他没有退路，目前，还得扮演这个冒牌的纹章学家。他望着窗外漫天飞雪，寻思着风雪什么时候能停？非得等风雪停了，才能找个机会逃出去。虽然希望渺茫，但总比坐以待毙要好，等到柯贝尔被逼和盘托出，邦德将必死无疑。

邦德想了一下自己的“装备”：一双手、一双脚、一把吉列牌剃刀、一只洛克牌手表，配一个金属表带。如果使用得当，这些都是极有攻击力的武器。

邦德站起来，抽出吉列剃刀的刀片，装在裤袋里，然后用大拇指和食指捏住刀座，取下刀柄，刀座稳稳地卡在他的指关节上。行了，就这样！

还应该做些什么？是不是应该带些证据走呢？对，他该试试，尽可能把姑娘们的姓名全弄到手，最好是连她们的地址都弄到。直觉告诉他，这一点非常重要。为此他还得利用卢比，邦德思考着如何从卢比口中套出情报。

一切考虑完毕后，邦德走出浴室，装模作样地坐在书桌前做家谱。12 点半，他听见门把手轻轻地扭动了一下，卢比悄悄地溜了进来。她把手指按在嘴唇上，进了浴室。邦德若无其事地放下手中的钢笔，站起身伸了一个懒腰，懒洋洋地走进了浴室。

卢比惊恐万状，蓝眼睛瞪得大大的："有麻烦了，"她轻声急促地问道，"你到底干了什么呀？"

"没干什么啊。"邦德故作镇定地说，"出什么事了？"

"他们警告我们，除非宾特小姐在场，否则我们不能和你接触！"她说话时浑身发抖，连牙齿都在打颤，"你说，是不是我们的事被他们发现了呀？"

"这不可能。"邦德想了一下，说，"我想，我知道是怎么回事了。"反正已有这么多的困惑，再加一个，让她宽宽心吧，"今天上午伯爵对我说，我现在成了此地不安定的因素，说我扰乱了你们的治疗，并要我少管些闲事。说实话，我相信，这就是症结所在。实在令人遗憾。我觉得你们这些姑娘们都非常可爱，而你更是她们中的佼佼者。我很愿意为你们每一个人都做点什么。”

“什么意思？为我们做什么？”

“比如，姓氏的事。昨晚我同维奥莱特谈到这些，她也很感兴趣。如果能给其他姑娘也推算一下，大家一定会感到高兴。谁不对自己的祖宗族谱感兴趣呢？”邦德耸耸肩，又说，“无论如何，我已准备离开这个鬼地方。像现在这样被人驱使、任人摆布，我实在受不了。他们把我看成什么人了，不过我还是那句话，我倒乐意为你们这些姑娘效劳。你可以把你所知道的姑娘的姓名全告诉我，我就有可能给她们推算出各自的家族谱系，等你们返回英国，就给你们寄去。你们在这里还要待多久？”

“还没有告诉我们确切的日子，大概还要一个星期左右吧。到时会有另一批姑娘来接替我们，每当我们动作慢了点儿，或是功课跟不上时，宾特小姐总说但愿下一批人不要再像我们这么笨才好。”她的蓝眼睛中充满了关切，“不过，希拉里爵士，你准备怎样离开呢？你知道，这儿实际上就是监狱。”

邦德显得很有把握地说：“哦，我自有安排。再说，我已无心干下去了，他们也不能勉强我，对吧？好了，把名字告诉我吧，卢比，你认为这样会使她们高兴吗？”

“我想，她们一定会喜欢的。她们的姓名我当然知道，你恐怕记不住，用笔写给你？”

邦德将纸撕成一条一条的，然后拿来一支铅笔：“讲吧！”

看见邦德的举动，她觉得十分好笑，她说：“好吧。我和维奥莱特的你已知道了。然后是伊丽莎白·麦克努，她是亚伯丁人；贝莉尔·摩根，赫尔福德郡人；波尔·丹皮尔，德文郡人，顺便说一句，她们都讨厌牛，可现在她们每顿饭都少不了牛排，说起来你也许不相信。所以，我得说，伯爵真是个大好人。”

“是的。”

“还有从坎特伯雷的安妮·乔特；从国家种马场的卡尔思·雯德诺，从前她只要她一看见马，就避之唯恐不及，可她现在天天梦见小马，只要有关于小马的文章，她都要读。还有丹尼·罗伯森……”

她一口气说完了 10 个人的名字。邦德认真写完，道：“那个 11 月份离开的、名叫波莉的姑娘，现在怎么样了？”

“波莉·图斯克，她是东安杰尼亚人，不用记了，回到英国后我就能找到她，希拉里爵士。”她伸出胳膊搂住他的脖子，“我还能见到你吗？”邦德紧紧地搂住她，温柔地说，“当然可以，卢比，你随时都能在维多利亚大街的皇家纹章院找到我。你回去后给我寄张明信片。不过看在上帝的份上，别再叫我什么‘爵士’，你可是我的好友，记住了吗？”

“好的，我知道了。那么，希拉里”，她明眸一转，深情地说，“你可要当心啊，我是说逃跑的事，你肯定一切妥当吗，要不要我帮忙？”

“用不着，亲爱的，你守口如瓶就可以，这是我们之间的秘密，知道吗？”

“那还用说，亲爱的。”她看了一眼手表，“噢！我得走了。5 分钟后就开午饭了。”

邦德躲过天花板上的眼睛，悄悄地把门打开，她轻声说了句“再见”，便飘然离去。

邦德轻轻关上门，深深地嘘了口气，走到窗边，透过积满雪霜的玻璃往外望去。户外大雪纷飞，白茫茫一片，天空阴沉沉的，地上阒无人迹，走廊上飘着片片雪花，寒风像幽灵般在屋顶盘旋，发出声声地狱一般的吼叫。

邦德想，但愿到了晚上雪能停下来。对了，上路还需要些什么装备？防雪镜和手套，这两样东西，在午饭时可以搞到。他又走进浴室，揉了些肥皂水在眼里，痛得他直想大叫，那双褐蓝色的眼睛里立刻布满了鲜红的血丝。这效果不错，很逼真。邦德按铃，叫来看门人，然后心事重重地走向俱乐部餐厅。

当他穿过旋转门走进饭厅时，人们的说话声戛然而止；他穿过饭厅时，人们都谨慎地盯着他，没有人搭理他。

邦德像往常一样坐在卢比与宾特小姐之间。

宾特小姐冷冷地和他打了个招呼。可他毫不理会，朝侍者打了个响指，点了双份不兑水的马提尼伏特加混合酒，然后，他转身对着宾特小姐，笑眯眯地望着她那多疑的黄眼睛，“能做点好事吗？”

“那当然，希拉里爵士，有什么我能为您效劳呢？”

邦德指了指他那双正在流泪的眼睛：“我怕是得了和伯爵一样的病，眼结膜炎。这儿的光照太强烈了，特别是雪的反射光很强，吃不消啊。我干的又是些案头工作，能不能给我找一副防雪镜？借用几天，等眼睛好了，就还给你的。”

“行，待会儿，我就叫人送到你房间去。”她把领班叫来，用德语吩咐了几句，那人用毫不掩饰的厌恶眼神看着邦德说，他双脚啪的一并，行了个礼，“立即照办，尊敬的小姐。”

“我还有一个请求。”邦德说道，“请给一瓶荷兰杜松子酒，我晚上总睡不好，睡前喝杯酒可能好一些。在家时我每晚喝一杯威士忌，在这儿就喝点杜松子酒吧，入乡随俗，对不对？”

宾特小姐注视着他，脸上毫无表情，简洁地对侍者说：“按他说的办！”

侍者端来了邦德的菜：肉饼、特色炒蛋和乳酪。那人一并脚跟，行了个礼，转身离去。

难道这家伙今天早上也在审讯室？邦德不声不响地咬着牙，真他妈的，如果今晚这些卫兵落到自己手里，一定会毫不留情！

宾特好奇地看着他，他急忙让自己的情绪松弛下来，然后，满脸堆笑地说天气，这暴风雪还会下多久？晴雨表显示了什么？

维奥莱特好心而谨慎地回答邦德说：“教练认为今天下午就会放晴，气温已经开始升高。”说完，她紧张地看着宾特小姐，生怕自己对邦德的话说得太多，但宾特小姐的脸没有任何异常反应。

酒来了，邦德两口就喝完了，又要了一杯。他觉得应该做点什么事，让大家都诧异且受一点点伤害。于是，他气冲冲地对宾特小姐说：“今天早上从缆车里逮出来的那个可怜的家伙现在怎么样了？他看上去很糟，但愿他能起床走动了。”

“他好多了。”

“噢，那是谁？”卢比急于想知道。

“一个私闯进来的人。”宾特小姐流露出警告的眼神，“不谈这事了。”

“哦，为什么不能谈呢？”邦德不以为然地说，“毕竟，在你们这里没有多少激动人心的事，发生些不寻常的事，倒可以给人换换空气。”

宾特小姐不再说什么，沉默是最好的反击。

吃完饭后，邦德故意挨到最后一个离开饭厅，然后来到空无一人的走廊里，迅速取下一副最大的手套，塞进毛衣里。他悠闲地向接待室走去，来到滑冰间。门大开着，一个面色阴沉的男人，坐在工作凳上。邦德走进去随意和他谈着天气。

谈话间，他很自然地问起金属滑雪板是否要比老式的木制滑雪板安全些。他两手插在衣袋里，东拉西扯，心里默默地数着靠墙的架子上有多少副滑雪板。那些都是姑娘们用的，不行，带子太小，套不住他的靴子。不过，在门边有一副滑雪板，是教练用的。邦德眯着眼，估量了一下：尺寸和构造都不错，正是那种包着金属头的最好的一种滑雪板，头上刻着红色的“V”字。这种滑雪板很昂贵，多为行家使用，专用于滑雪大赛。邦德记得，在什么地方听人谈起过这种标准型雪具，它的速度接近滑水的速度。起滑后，他肯定会跌倒，因此选择前锁和侧锁合二而一的滑雪板最好。有两条皮带能横着绑住脚踝，套住脚背。这样扣紧之后，即使跌倒，滑雪板也不会飞出去。

邦德很快估算了一下，他穿上这种滑雪板，穿过走廊，回房间所需的时间。

第 16 章

雪 山 突 围

一切准备妥当，剩下的就是如何安排时间的问题了。

柯贝尔怎么样了？邦德知道，用粗暴的方法对付职业谍报人员，是不会马上有效果的。除非把柯贝尔打得失去知觉，在他说胡话的时候，抑或可以套到一些边边角角的废料。一个有意志力的职业特工会随机应变，编造冗长的故事，消磨时间，而这些故事也需要证实，所以这些时间里面随时都有可能出现转机。

毫无疑问，布鲁菲尔德肯定有人在苏黎世，他可以用无线电联系，让他们去核实情报。如果核实的结果，证明柯贝尔在撒谎，审讯又重新开始。至于邦德及其身份何时暴露的问题，就要看柯贝尔对邦德在格罗尼亚俱乐部的出现怎么理解了。既然邦德坚决否认与他相识，他就能猜到，邦德此行，一定负有神秘的使命。他如何机智地掩护邦德，如何忍受严刑逼供？他或许可以说，他当时头昏脑涨，神志不清，错把邦德以为是他的兄弟詹姆斯·柯贝尔了，或者编些类似这样的谎言，蒙混过关。柯贝尔会不会随机应变，会不会杀身成仁？他带了自杀药片吗？或许他滑雪服的裤子上的某颗纽扣就是药片……

邦德觉得，不能有任何侥幸心理。是的，应该明智一些，做好万全准备。他必须假定，他们随时都有可能会来找他。或许他们熄灯前不会来，因为这会在姑娘们中间引起恐慌。　他们一定会在晚上来，第二天他们就可以声称，希拉里爵士已乘早晨第一班缆车下山去了，而实际上他已被深深地埋葬在白雪下面，或者被丢进了南格尔特峰下的冰河里，50 年以后或许才有人在河底发现，有一个遍体鳞伤、无法辨认身份的遇难者。

邦德坐在书桌前，装模作样地写着 15 世纪的德·布勒维勒家族的名单。

不知过了多久，他从桌边站了起来，踩到窗前。雪不知什么时候已经停了，云开日出，地上的积雪开始融化，格罗尼亚滑雪道上依然白雪皑皑，他要开始做好一切准备了。

在邦德的记忆中，世上有千百种密写墨水，可邦德目前能搞到的只有一种，且是最古老的一种，即他自己的小便。他拿了一支笔、一个干净的笔尖和护照走进了浴室，坐下来，从口袋里掏出一张纸，把上面记录的姑娘的姓名和地址，蘸着尿液抄到护照的空白页上。看上去，护照上什么也没有，可要是拿到火上一烤，浅褐色的字迹就会赫然在目。他将护照放进裤子后面的口袋里，又从毛衣里面拿出他偷来的手套，戴上试了试，觉得还合适，只是稍稍紧了点儿。他打开水箱，把手套撑在止水活塞上。还有什么该考虑的？开始他会非常冷，但很快就会汗流浃背，湿透衣衫。穿上他现有的滑雪衫就足够对付了，再戴上手套、防雪镜，带上那瓶杜松子酒。对了，可以把酒瓶放在上衣边上的口袋里，而不是放在后面，这样摔倒时不易打碎。那么，用什么来保护脸呢？开始邦德想用他那件暖和的棉毛衫，撕出两个破洞套在头上，但又想棉毛衫肯定会滑动，那样的话就可能把眼睛给遮住了，带来不便。他想到有几块丝织的印花手帕，可以试着围住防雪镜以下的脸，若有碍呼吸就把它扔掉。就这样了，这是他的全部装备，剩下的一切，就交给命运之神吧。

邦德放松了心绪，走出浴室，回到桌前，继续整理族谱。

房间非常安静，邦德手腕上那块洛克表的滴答声，急促而有节奏，他尽量控制自己不去听，全神贯注地回忆地图上格罗尼亚雪道那蜿蜒起伏的线路。

晚饭时，餐厅的气氛与午饭时一样，十分微妙。

邦德埋头吃东西，只想着多喝些威士忌以暖身，只想把肚子填得饱饱的，可以精力旺盛。吃完东西，他依然温文尔雅地与女孩子东拉西扯，对紧张的气氛装出一副不以为然的样子。他在饭桌下温柔地踩了一下卢比的脚，告诉她他要离开了，就此别过，然后大步流星走出了餐厅。

吃晚饭前他已换好了衣服。看到他的滑雪服，还在零乱的衣堆里，没人动过，他不禁松了一口气。他装模作样地开始了工作，削好铅笔、摆好书，然后在纸上写着："西蒙·德·布勒维勒，1510—1567；阿方斯·德·布勒维勒，1546—1580；1571 年与马里埃·德·古尔结婚，有后裔，叫让·弗朗索瓦·皮尔。”谢天谢地，就要从这些连篇的鬼话中摆脱出来了。

9点15分，9点30分，9点45分，10点。

时间在一分一秒地流逝，邦德紧张地等待着最佳时机，他局促不安，手心直冒汗。他把手在裤子上擦了擦，站起来，伸展了一下四肢，然后走进浴室，放开水龙头，装作在洗澡的样子。他取出手套，放在浴室门边，然后裸着身子回到房间，躺到床上，关掉了灯，他尽力控制好呼吸，10分钟后，他发出睡熟的鼾声；又过了10分钟，他悄悄溜下床，非常小心地穿好了滑雪衫，从浴室门边拿起手套戴上，又戴上了防雪镜，深红色的绸巾紧紧地捆在防雪镜下面，全身只剩下前额的一点头发露在外面，最后他把杜松子酒瓶放进侧面的衣袋里，护照放进屁股口袋，吉列刀座套穿在左手指上，洛克手表放在右手，表带紧紧套住手掌心，扣在手指上，这样手表面正好卡在中指关节上，滑雪手套的带子从毛衣的袖子里穿出来，一切准备就绪。他弯下腰来，用塑料片在门上的锁里挑了几下，拉开门，暗暗祈祷电眼已经关机，看不见走廊里射进来的一线光亮。他侧耳听了一下，便轻轻溜出了房间。

和平常一样，左边的接待室里亮着灯。邦德轻手轻脚一寸一寸地靠着墙往外挪动。那卫兵正低着头，伸长脖子，好像在看一张时刻表。

邦德把吉列剃刀放进裤袋，左手指绷紧做劈掌形。他两步冲进去，猛地挥掌猛砍那人的脖根。那人的脸撞到桌子又砰的一声反弹回来，歪着头看着邦德。邦德左手又一个闪电似的拳击，洛克手表的正面击中了那人的下巴，砸碎了。那人身子一摊泥似的从椅子上掉到地毯上，静静地躺着，蜷着身子，就像睡着了。邦德蹲下去看了看，他已经停止了心跳。邦德把他拉直，这人正是伯蒂尔遇难那天，邦德看见的那个沿着雪橇滑道独自返回的人。上天有眼，算是替天行道。

桌上的电话突然响起来，发出蜂鸣声。

邦德看了一下电话，接着拿起话筒，用手帕捂着嘴，说："你好。"

"一切正常吗？"

"正常。"

"听着，10 分钟之内，我们就来抓那个英国人，你明白吗？"

"明白。"

"注意警戒。"

"是。"

对方放下了电话，邦德紧张得直冒冷汗。

好在是他接的电话，这么说，他们 10 分钟内就要来了。桌上有一串钥匙，邦德抓起就往前门跑。试了 3 把钥匙，才打开门。进去一看，里面只有一台压缩机。邦德又奔向滑雪室，好在没上锁，他跑进去，借着接待室的灯光，找到了他中午选中的那副滑雪板，还有放在一旁的滑雪杖。他小心地从木架上取下滑雪板和滑雪杖，飞步走到大门前拉开门，把雪板和雪杖放在地上，转身将门反锁上，然后用力把钥匙抛向茫茫雪地中。

雪夜的天空，正是上弦月，发出炫目的白光。雪地上的反光晶莹闪亮，像地上铺的一层钻石地毯，整个山谷像白昼一样亮堂，只是温度极端的低，与白天温差太大了。

邦德用了几分钟时间来整理装束，他迅速地把脚伸进滑雪板边槽里，扣紧前扣，感到钢丝套才到他的后脚跟，太短了。沉住气，不能慌，他调整了前面的螺钉，又试了一次，这回行了。他压下安全扣，刚好扣紧了前面的靴子。接着，他又把所有的七八个安全扣都扣好，以防脱扣摔跤，做完这几个动作，他的手指头已冻僵了。他整整花了 1 分钟才把所有的扣子都扣上，现在他还要在另一块滑雪板上重复一次刚才的动作，真的很辛苦。最后，邦德直起身来了，他把手套戴在冻得发痛的手指上，拿起长矛般的滑雪杖，沿着山脊上昨天踏出的模糊不清的痕迹悄然滑去。

雪野白茫茫一片，他拉下防雪镜遮住眼睛，他仿佛是在阳光照耀的水底潜泳，感觉不错。滑雪板发出吱吱的声响，平滑地划过松软的雪地，他试图用挪威人最先发明的大跨步的滑雪法来加快速度，冲过比较平缓的雪坡，但是行不通，靴子的后跟似乎死死地钉在了雪橇上，提不起来，他只好靠使劲撑雪杖，来加速往前冲。

天啊，这样他就会留下痕迹，就像有轨电车的两条轨道。他们一旦打开了前门，就会跟踪而来。他现在要是加快速度，他们的滑雪教练很轻易就能够追上他。所以他必须争分夺秒，他从隐约可见的缆车头和候车室之间一穿而过。

前面就是格罗尼亚滑雪道的起点了，旁边的金属布告牌上积着一层厚厚的雪。邦德没敢停下来，直冲过去，滑入了滑雪道，迅速向前滑去。

刺骨的寒风迎面扑来，邦德感到脸上额头冻僵了，他弯腰屈膝，手前伸,放在脚前,径直往下冲去。两块雪板间保持约 15CM 的距离。他以前看见的行家滑雪姿势是双脚并拢的，感觉就像是一块支滑雪板。就算他能够做到,现在也不是讲究风度的时候,现在是逃命要紧,重要的是不能摔倒，要的是速度!

速度真的好快,像飞一样,邦德自己也没想到自己能滑得这么快。脚下雪厚厚的，软软的，非常适合滑雪运动，甚至使邦德有信心尝试双板平行旋转。用现在的速度做这个小动作，应该把肩臂的转动控制在最小，而且要把重心落在左边的滑雪板上。当右脚的雪板边沿碰到山坡时，他成功地完成了这个转弯动作，雪板冲起一片飞雪,雪粉在月光的辉映下晶莹闪亮。从速度、技巧以及对滑雪板的驾驭中,邦德得到的运动乐趣竟使他一时间忘记了危险的迫近。

邦德直起身子，俯冲进入下一个弯道，身后洁白的雪坡上，留下了一个巨大的“之”字形雪痕。接着，他开始高速度直线下滑,一直滑到山腰上，才向左转了个弯。他调整好滑雪板，对准前面 45 度的山坡，像一颗黑色的子弹射了过去，他感到了一种难以形容的快感。

该向左转弯了，那里黑、红、黄三组旗帜的绚丽色彩，在月光下交相辉映。他得在那儿停一下，再转过一个山坳。这个上坡不陡,不用大转弯。邦德飞速冲上去，感觉滑雪板一个飞跃，就到了顶坡,脱离了地面，然后猛地扎进雪地。与此同时，他用右手的雪杖在地上一点，借着冲力，来了一个左转弯，旋即又落回到雪地上，在一片飞扬的雪粉中,骤然停住。他简直帅呆了,这种跳跃转弯优雅无比,这是高速滑雪中是一个高难动作，他居然在夜空中在茫茫雪坡上不经意就完成了，他真希望自己的滑雪教练能目睹他这漂亮的表演。

他正处于山肩上，缆车银色的电缆线在头顶凌空而过，一直延伸到远处树林里。那里的电缆铁塔在月光下闪闪发亮。邦德记得，在电缆线下有几道弯曲曲的斜坡。坡上的雪道，坚实而且清晰可见，滑起来会很轻松。但新的积雪又使他想改道，从别处下去。邦德推起防雪镜，想看看能否发现引路的旗帜。他看见左下方有一面旗，转几个“之”字形的弯，他就可以滑到那儿了。

当他戴好防雪镜，握紧滑雪杖，准备再次出发时，发生了两件事。先是从山顶传来一声沉闷的爆炸声，一个光点缓缓升向空中，到在高空停了下来，然后在空中炸开。一颗挂在降落伞上的照明弹发出耀眼的光亮，四周立即亮得如白昼一般。接着，又有一颗在天空中炸开，雪山的每一个角落都照亮了。与此同时，邦德头顶上面的缆车索道开始发出呜呜的声响。他们要乘缆车来追他了。

邦德暗暗骂了一句，立刻加速下滑。

他们很快就会从缆车上下来，带着枪。

他非常小心地翻过了第二个山坳，接着，转了个弯，朝陡坡下面的“之”字形雪道冲去。这该死的缆车速度有多快呢？每小时 30 公里，40 公里，还是 50 公里？这可是最新型号的缆车，肯定速度很快。在瑞士阿罗萨和魏斯峰之间有一种缆车每小时速度就能达到 60 公里。他刚进入第一个“S”雪道，头上的电缆就轰隆隆地叫了起来，接着又变成了嗡嗡声。这表明缆车正在通过第一个索塔。

邦德的膝盖开始疼痛起来，是冻的结果，膝盖是滑雪者致命的虚弱部位。

前面的“之”字形更小，蜿蜒得更快了，旗帜是在左边吗？镁光照明弹摇摇晃晃地落得更低了，几乎就照在他的头顶。啊，旗帜在那儿。再转两个“之”字形的弯，通过一个“Z”字形高速滑道，就能滑到旗帜那儿去。

在他右边的雪中突然响起了一阵巨大的爆炸声，雪花腾飞四起；接着，左边又响了一声。他们是在高空索道车厢里向邦德扔手榴弹的，还有机枪的扫射！真是枪林弹雨，谁知道哪一颗子弹会打中自己？邦德感到了死神的威胁。

这念头还没闪过，在他前面就响起了一阵震耳欲聋的爆炸声。他被气浪冲倒，雪杖和雪板也跟着他来了个侧滚翻。

慢慢地，邦德站起来，一边大口喘气，一边吐着嘴里的雪。他的一条带子脱了，他用颤抖的手指，摸到了松动的锁扣，用力把它扣好。20 米外又一声巨响，他得赶快逃离索道周围的火力爆炸网。现在他眼里只有左面那旗子，要不顾一切冲到那里去。

这意味着，他又得做“Z”字滑行，他定了定神，看清楚了通过陡坡的方向，不顾一切地向下冲去。

第 1 7 章

死 里 逃 生

滑道四周，地形十分复杂。到处坑坑洼洼，布满陷阱。

照明弹低低地掠过时，周围就不时出现阴影，这些阴影就是沟洼，非常可怕。一旦掉进去，后果不堪设想。所以，每次滑到一个阴影前，詹姆斯·邦德都要紧急刹车，来一个急剧转身停滑的动作，这样对腿和膝盖的伤害特别大，他每次都感到疼痛。

直滑到了那面旗帜面前，他才停下来喘气，他滑雪的技术没有丢，很棒，这么紧张，居然没有摔跤。回顾缆车，已停止不动了，山顶和山腰的缆车站有电话联系，为什么戛然而止呢？突然，从前面的缆车里射出了耀眼的蓝光，好像是回答他的疑问，可是听不到子弹声。想什么来什么，两道急促的火光亮起，从第一面旗帜附近，两支枪同时射来，子弹唰唰飞过他的头顶，打在树上和地上，顿时雪花四起。

看来，邦德最终还是被那些教练追上了。恐怕用不了几分钟，他们就会追到他身边来。一颗子弹打中了他的一只雪板，清脆的声音在山谷中回荡。

邦德深吸了一口气,雪杖一点,出发了。他左手用劲,离开缆车道,朝下面旗帜滑去。周围雪白的山峰,似刀切一般雄伟壮丽,直插夜空。

滑到山峰的边缘时,似乎走进了某种危险。邦德突然有一种直觉,又像是一种模糊的记忆，一种不祥的预兆。

噢，天！最后一面旗帜居然是黑色的！

他正处在黑区滑雪道上。这意味着此地有雪崩的危险！

可是，邦德已没有机会再返回红区滑雪道了，没有时间，追兵越来越近，何况红区雪道离缆车太近，在敌人的射击范围。他现在只有一个机会，就是趁新雪刚刚覆盖雪道，冒险穿过雪崩区，摆脱追兵！如果发生雪崩，那就九死一生，看运气吧，天要亡我，就没有办法，雪崩对后面的追兵也是考验。好吧，就下地狱走一遭吧！邦德飞速穿过这个没有任何标记的大斜坡，然后看好下一个地方，沿着山坡朝树林滑去。

山坡太陡,他不敢滑得太快,控制好速度,以“之”字形滑下去。

天空中又出现了几颗照明弹，接着，是一串串各种各样的烟花，射向天空，在群星下炸开，好看极了。看来，布鲁菲尔德还挺聪明，故设疑兵之计。这是个绝妙的主意，山谷中有些游客可能正在好奇地听着山顶上神秘的枪声和爆炸声，这些烟花正好能起粉饰太平的作用。让游客们认为，原来枪林弹雨是有些人正在野餐，在搞庆祝活动呢。

邦德想起来了，今晚不正好是圣诞夜吗！邦德急速地蜿蜒下滑，冲向美丽的雪坡,雪板在吱吱作响。在山坡上滑雪过银白色的圣诞节,感觉真的很奇特!

突然，在邦德的头顶上方，传来了阿尔卑斯山上最可怕的声音——轰隆隆的迸裂声!

最后的时刻到了:雪崩爆发了!

雪板下的地面猛烈地颤动着，而且抖动得越来越厉害，就像特快列车呼啸着穿过长长的地下隧道。天啦,雪崩真的来了,快逃命吧!

邦德对准山下的树林，死命下蹲。雪板颤抖着穿过白色的迷雾，向山下飞去。

向前冲，向前冲!

他的速度使风在他面前形成了一道墙，极力要打破他的平衡。身后雪山的呼啸声似乎越来越大，他头顶的山岩上已响起了破裂声。

整个大山都在动，地动山摇!

如果他能将这猛刮过来的风雪击退，冲进树林中，就安全了。

邦德想了想，决定将重心换到左手。他认定，黑色雪道的通道出口，在他刚才看准的最后一面旗帜的下方。如果不是，那他就死到临头了!

他不敢多想，不顾一切地滑去，迎面而来的是黑压压的树林。林中会有通道吗?看到了，右边即是!

邦德换了个姿势,控制着速度,他从身后和上面传来的连续响声,判断雪崩逼近的距离。

雪崩离他不远了，脚下的震动不断地加大，后面的大雪块顺着树林的通道，汇集到一起，以泰山压顶之势，迅猛地压过来了!

到了，旗帜就在那儿！这时，他听见了一棵树被压倒的轰鸣声，接着又是一连串巨大的炸裂声，雪崩的泰山压顶之势，摧枯拉朽，把能够吞没的一切瞬间都吞没了，非常可怕！邦德慌忙把右手的雪杖猛地一撑，急速朝左转，对准林中宽阔的白色通道飞流而下。他知道，雪浪滚滚顷刻间就可以把他吞噬，怎么办？

万一跑不过雪浪，只有一个办法，那就是蹲下身来用手紧紧抱住靴子和踝关节。这样，如果雪没有盖住雪板，还有可能从雪下找到路钻出来。当然，你在雪中淹没之前，必须摸清楚地面的逃生之路，雪压过来的时候，像球一样地卷起身子，绝不能动，否则，雪杖和雪板就会搅在一起被雪四面埋住。

好了，他看见通道的尽头了，明亮的豁口已经出现，只要能冲出这片开阔地，就万事大吉了。树木碎裂的噼啪声，在身后愈来愈响。逼近的雪浪有 100 多米高。

邦德在接近通道时，右手雪杖猛地一戳，滑雪板转动着向左拐，这是他最后的希望，赶快滑到树林后面去。如果留在雪崩封住了他出逃的必经的豁口，那他就只能束手待毙。

邦德左脚的滑雪板已转了过来，但右脚上的雪板被一小树根绊了一下，他感觉自己突然临空而起，然后砰的一声，重重地摔在地上。他喘着粗气，感到五脏六腑都在翻滚，难受极了：这下完了！他连用手抓东西的力气都没有了。一股狂风席卷而来，汹涌的雪暴猛地盖住了他，大地猛烈震动，呼啸的声音震耳欲聋；剧烈的抖动之后，开始了沉重的隆隆声。

邦德抹掉满脸的雪粉，挣扎着站起来，活动了一下麻木的腿。

两只滑雪板都脱落了，防雪镜也没了。这阵雪暴也许有50米高，气势磅礴，从森林中倾泻而出，直奔山下的草地而去，破碎的大雪块汹涌澎湃，居然与邦德擦身而过，在邦德的左侧前面一百米处，仍然在往前猛冲，邦德只是被边上气浪中的雪盖住，雪不多，树林最终成了邦德的安全屏障。

枪声逐渐近了，不容邦德再犹豫。他脱掉被汗水浸透的手套，从裤兜里掏出酒瓶。这东西，现在对他来说太有用了！他一口气喝干了那一小瓶杜松子酒，扔掉空瓶。

圣诞快乐！他一边祝自己圣诞快乐，一边弯下腰束紧脚上的鞋带，检查全副装备。

他站了起来，动了动脚，感到有点头重脚轻，不过，他的胃挺舒服，有一股惬意的酒的暖气在流动。他开始向右，穿过草地，离开这轰轰作响的雪流。

不好，前方的草地上横亘着一道栅栏。看来，他唯一的出路，只能是靠着缆车站走。

缆车站中没有任何缆车，但他能听到缆绳的吱吱作响的声音。邦德停了下来细细分辨，居然是上山的缆车，难道他们以为他已被雪崩埋葬了，必死无疑，因此要收兵返回格罗尼亚峰？缆车站的前院里停着一辆黑色的大轿车，车站里面有灯光，但不见有人的动静。不管怎样，得继续滑下去，这是他逃离滑雪道的唯一出路。

邦德吸了口气，活动了一下四肢，直奔而下。

突然，身后响起了大口径手枪尖厉的啪啪声，他周围的雪地上落下很多子弹孔，雪花四溅。

他赶紧刹住脚，滚到路边，看子弹是从哪里射来的。

又响了一枪，一个身着滑雪装的人，正在向这边快速滑来，是一个教练！

是的，他一定是走的红色滑雪道，那么追踪邦德的其他人是不是全在黑色滑雪道上呢？但愿如此，邦德狠狠地瞪着那人，蜷起身子左晃右动，以躲开射来的子弹，并竭尽全力向前滑去。

邦德注视着距他越来越近的缆车站，栅栏中有一个口子，刚好可让滑雪者通过。车站前面有一个大的停车场，两旁各有一条矮堤保护着车站的主要道路。道路的前面，有一条铁路路轨从蓬特雷西过来与该路交叉。交叉点估计在峡谷下面 3 公里处。

又一枪打在邦德前面的雪地上，这已经是第 6 枪了，那人枪法，实在不敢恭维，估计枪里没有子弹了。尽管如此，邦德的处境十分不妙，他筋疲力尽，又饥肠辘辘，没有力气与那家伙进行格斗了。

一道耀眼的灯光突然照亮了铁路线，一列火车飞驰而来了，邦德听声音知道是辆快车，电气机车的运转声隐约可闻。怎么这么不凑巧！就在他要横穿过铁轨的时候，列车也要通过缆车站！他决定了：不能等，等就意味着坐以待毙，必须赶在火车通过之前，穿过缆车站！

这是他唯一的希望，邦德将滑雪杖使劲往地面一撑，加快速度往前冲。

突然，一个男人从黑色车厢中跳出来，蹲下身子朝他瞄准。紧接着一束子弹射过来，子弹在邦德耳边唰唰飞过，他时左时右，极力躲避。当冲到那人顶上时，邦德顺势猛地挥起雪杖的尖头，打中他的头。那人惨叫一声，倒在地上。他身后两米远的地方，教练在叫着什么。

电气机车的大黄灯照着轨道，邦德很快地看一眼，发现灯下有一辆巨大的红色清雪机正用两扇白色叶片把雪扫向机车左右两边。

他风驰电掣地滑过了停车场，直奔路基的土坡。紧接着，他两手握杖猛一撑地，滑雪板腾空而起，带着他飞离地面，钢轨在下面一晃而过，然后砰的落地。

离他只有 2 米远的地方，火车的汽笛发出震耳欲聋的吼叫。

他冲上了冰路，由于惯性，想要停下来，但停不住，一直冲向坚硬的雪墙，到枕木堆前几厘米才刹住脚，好险！

这时，身后传来凄厉的惨叫声、木头挤碎声和火车突然刹车发出的吱吱声。

此时此刻，清雪机的雪扇就停在邦德的头顶上，扬出来的雪粉，经灯光一照，竟变成了粉红色，漫天飞舞，煞是好看。

邦德擦去脸上的雪粉，睁眼一瞧，不禁恶心得直想呕吐。

那人想追上他，跳得太迟，或许根本没来得及跳，就撞到了扫雪机的扇叶上，被铰得血肉横飞！

邦德从路基上抓起一把雪，使劲擦着自己的脸和头发，然后又抓了一些雪，擦掉衣服上的血迹。他突然意识到，灯光通明的火车上有人推开窗子，有人走下火车，来到铁路上。

邦德清醒过来，一脚踢开前面的黑雪。愤怒的瑞士人在他身后怒吼着。邦德毫不理会，慢慢移动滑雪板往上滑行。他眼睛看到的，是前面的黑色深沟，但脑海里仍然旋转着那巨大的红色扫雪机。

邦德已神志恍惚，面色铁青，跌跌绊绊地滑了 3 公里，然后停下来大口大口地喘着气。下面是十分危险的越野滑雪道，一共 3 公里长，途中有一个缓坡，直通萨马德。

这时，路上出现了一辆过路车。邦德在堤基边舒适柔软的雪上靠了片刻，呼吸已上气不接下气。稍稍休息后，他又继续前进。他已经滑了这么远的路，把敌人甩到不知哪里去了。还有 100 米，他可以到达一个山村小教堂了，那可爱的灯光、温暖的避难所。教堂尖尖的钟楼放射出微光，与左边灯火通明的建筑群和一个冰凉的大湖中的水光交相辉映。

邦德听到了华尔兹优美的旋律，在沉静的、冰冷的空气里荡漾。那是一个滑冰场，是圣诞之夜的冰上舞会，拥挤的人群，欢声如潮！邦德有从地狱重新回到人间的感觉。

邦德的滑雪板碰到了一堆马粪，他跌跌撞撞，撞到在面前的雪墙上。他有极度虚脱的感觉，必须坚持住，打起精神！这是圣诞晚会，要泰然自若。

到了第一栋房子。门上挂着华贵的马镫标记的旅馆中，传出手风琴悠扬的乐声和优美的怀乡曲。旅馆旁边有一条弯弯曲曲的上山路，通往圣·莫里茨。

邦德拖着沉重的脚步，准备安置好他的滑雪杖。他用手指梳理了一下结满冰的头发，将湿透的手帕拉下来，结头塞进衬衣领。

冰场上灯火闪亮，传来轻快而有节奏的音乐。邦德直起腰，这里停着不少汽车，滑雪板都插在雪堆上，成队的拖车紧靠着排得密密麻麻的平底雪橇，五颜六色的彩带迎风飘舞。入口处，一个高音喇叭，用三种语言喊着：“盛大的圣诞舞会！化装舞会！门票只要两法郎！带上你的舞伴，快来啊！”

邦德把滑雪杖插在地下，弯下腰，想解开脚上的滑雪板，不料却一头栽倒在地上。他真想躺在地上美美地睡上一觉，但他知道，这样肯定会被冻僵，再无生还的可能。他轻轻叹了口气，强打起精神，绑腿已冻得像一块硬板，和他带冰的靴子一样。他用一只滑雪杖有气无力地往金属扣上敲着。他试了一次又一次，最后他终于打开了锁，解开皮带。他得把这些该死的东西藏起来，把上面惹眼的红字遮起来。

他拿起滑雪具，来到入口，借着灯光，把滑雪板和滑雪杖一起塞到一辆大型豪华汽车下面，然后摇摇摆摆地往前走。邦德进去时，票桌后那男人好像已喝得半醉，含混不清地用法语、英语和德语嘟哝道：“两个法郎。”

邦德靠着桌子，拿出一枚硬币来买票。看见钱，那人的眼睛突然发亮，叫喊道：“化装舞会，必须要化装。”他从旁边的箱子里拿出一个黑白相间的假面具，放在桌上。“一法郎。”他咧嘴笑道：“现在你就是一个匪徒，或者是一个间谍了，是不是？”

“是的。”邦德付了钱，戴上假面具，慢慢悠悠地离开桌子，摇摇晃晃地走进入口。

一层层阶梯木制长凳围着巨大的正方形滑冰场。感谢上帝，总算有地方可以坐一下了。最底下与冰面平行的座位上有个空位，邦德摇摇晃晃地走下木阶梯，说了声“对不起”，就一屁股坐下来，两手撑着头。

身边有一个姑娘，打扮得和周围那些丑角、美国西部牛仔、海盗没什么两样。

她一把拉过裙裾，对同伴嘀咕着。

邦德并不介意，在这样一个晚上，他们不会把他赶出去。

扩音器里放出小提琴独奏曲“溜冰圆舞曲”，麦克风响起了一个男人的声音：“女士们、先生们，这是最后一曲，请场上所有的人都手拉手地跳起来，迎接最后的时光。还有10分钟就是午夜了。女士们，先生们，这是最后一曲！”

场上群情激昂，欢声笑语，连成一片。

邦德不停地祈祷：上帝啊，让我单独留下来吧，我要睡着了。

恍惚中，他感觉有人碰了碰他的肩，“先生，请到场上去吧。所有的人都要上场度过最后的时光，剩下只有1分钟了。”他抬头一看，一个人身着黄色制服，站在他身边，目光里充满着关切之神。

“好的。”邦德无可奈何地说。他警告自己不能露脸，不要引起他人的注意。

他吃力地向场里走了几步，就站住不动了。他垂着头，像只受伤的鸭子。他左右看看，人圈之中有个空，便小心翼翼地走过去。他感激地抓住一只向他伸过来的手，另外一个人正想抓住他的另一只手，却又改变了方向。

突然，滑冰场对面，有一个穿着短小的黑色滑冰裙，裹着红色皮领的姑娘，她戴着面具，快速滑过来，显然是冲他来的，猛地在邦德前面停住，滑起的冰渣刚好打在他的腿上。

邦德注意到她突然的举动了，觉得身影那么熟悉，明亮的蓝眼睛，那种凛然不可侵犯的眼神！噢，天啦，邦德的茫然被一种惊喜代替，脸上露出激动的、灿烂的笑容。他取下自己的面具，张开双臂。

姑娘滑到他的身边，也取下了面具，果然，她左手紧紧抓住他的右手，亲热地拥抱了他："詹姆斯，我是你的特莱伊雪！发生了什么事？你怎么会在这里？"

"特莱伊雪！"邦德有气无力地说，"哦，特莱伊雪，抱紧我，我站不住了，我等一会儿跟你解释。"

场内响起了一曲《友谊地久天长》，所有的人都挽起了手，邦德抱着特莱伊雪随着曼妙音乐旋律翩翩起舞……

第 18 章
一　路　狂　奔

邦德不知道自己是怎样支撑着身子把舞曲跳完的，终于，舞会结束了，大家齐声欢呼，然后，三三两两离开滑冰场。

特莱伊雪挽起邦德的手臂，看着他疲惫不堪的样子，心疼不已。

邦德强振作精神，用嘶哑的嗓音说："特莱伊雪，我们混在人群里，得离开这儿，快！我被人盯上了。你有车吗？"

"有，亲爱的。别担心，一切都会好的，抱着我，我掩护你，外面是不是有人在等你？"

"有这个可能，留神一辆黑色'奔驰'牌汽车。他们有枪，你最好还是离开我，我会设法找到你，告诉我，车在哪儿？"

"停在路的右边。我要跟你在一起，我不离开你。对了，你把这件皮大衣穿在外面。"她迅速把大衣从身上脱下来，给邦德，"紧了些，将就一下。来，把手伸进袖子。"

“可这样，你会着凉的。”

“没事，我还有毛衣呢，好多衣服。好，那只手，这下行了。”她拉上拉链，“亲爱的，你看上去可爱极了。”

丝丝“葛浪”牌香水味从皮大衣里散发出来，这使邦德想起在皇家城堡的日子，多好的姑娘！看到她现在正陪伴着自己，想到即将离开这该死的雪山，邦德充满了温情，他挽着她跟在人群后面，向门口涌去。

危险的时刻到了。布鲁菲尔德肯定派了一辆装满魔鬼党成员的车下山了，在四处搜索邦德的行踪。他们在火车上看到过，邦德朝萨马德方向滑去了。现在，他们一定已在火车站附近张网以待。他们会料到，他会混迹舞会的人群中吗？也许入口处卖票的那个醉鬼，还记得他。如果那辆豪华车开走了，露出了那带有红箭头的滑雪板，可就不妙了。邦德松开特莱伊雪的手，悄悄把右手上被震松的洛克指节环，重新放回原位。她给了他力量，现在他可以再来一次漂亮的出击！

她看了看他，问：“你在干什么？”

他握住她的手：“没什么。”

快到出口，果然，邦德透过假面具看到两个打手模样的人，站在检票员身边，全神贯注地盯着走过的人群。对面的路上赫然停着那辆黑色“奔驰”车，排气管里还冒着白烟。

现在真的是无处可逃，只能蒙混过关了。邦德用手搂住特莱伊雪的脖子，轻声说：“过检票处时，你吻我，不要停下来。他们就在那儿，不过别担心，咱们能应付得了。”

特莱伊雪伸出一只手，搂住他的肩膀，把他往身边拉了拉："太好了，亲爱的，你知道吗？我就喜欢这种刺激呢。"说完，她已从侧面吻过来，邦德迎了上去，两人随着又笑又唱的欢乐人群过了出口，来到路上。

他们仍然搂抱在一起，朝路那头走去。那可爱的白色敞篷车，就停在那里。

突然，"奔驰"车的喇叭尖厉地叫起来，也许是邦德走路的姿势，也许是他穿的老式滑雪裤引起了车里那个男人的注意，他不停地按喇叭。

"亲爱的，快点。"邦德急促地说。

姑娘一下钻进车子，当邦德从另一边车门冲进车时，她已将车起动了。

邦德回过头，透过后窗，看见原来在检票口的那两个人正站在路边。有这么多人在场，他们不敢开枪，只好快步向"奔驰"车跑去。

谢天谢地，那车头正对着圣·莫里茨！

特莱伊雪开车穿过了村子里弯弯曲曲的小路，拐上了主道，这正是邦德半小时前冲下来的那条路。

那辆"奔驰"至少要花 5 分钟的时间，才能调过头来追他们。特莱伊雪的车技一流，邦德是很清楚的。前面有一辆雪地专用车，车下的防滑链吱吱作响。她不断地按喇叭，那尖厉的声音，邦德是很熟悉的。

他笑着说："我的天使，我领教过你的车技，不过，还是小心点儿，不要翻进沟里咯。"

姑娘瞟了他一眼，开心地说："你听起来好多了，可惜我没法看你。把假面具摘下来，把大衣脱了，车里的热气一会儿可以把你烤干。噢，上帝把你还给我，是我最好的圣诞礼物！"

邦德被特莱伊雪的情绪感染了，不那么沮丧了。他很高兴能够与自己的女人意外重逢，把这些天他所经历的事情，早就抛在脑后了。那些恐怖、绝望和高度紧张的记忆，他也不是第一次经历。

他说："亲爱的，上帝真好，这个圣诞节，太特别了。到了苏黎世，我再告诉你我的故事。"他摇动手柄打开车窗，把面具扔出去，然后把大衣脱下来披在她肩上。

车到了一个路口，那儿立着一个很大的路标：从这里进入峡谷。

邦德说："往左拐，特莱伊雪，先到菲利苏尔，然后再去库尔。"

她应声猛地来了一个急转弯，快得让邦德心惊胆战。接着，她又是一个滑弯，邦德觉得车已无法控制了。可恰恰就在路头的黑冰处，打滑的车又被稳稳地控制住了。

邦德问："特莱伊雪，我的宝贝，你胆子怎么这么大？你防滑链都没有啊。"

特莱伊雪笑了，很得意："我在轮子上装汤洛浦长途赛车轮钉了，别担心，坐稳了，我带你回家！"

她的声音轻松愉快，这种情绪在皇家城堡时是没有的。

邦德转过身，第一次近距离仔细地端详她。不错，她现在真的判若两人，朝气蓬勃，神采飞扬，飘动的秀发映衬着她美丽的脸庞，性感的嘴唇总是带着笑意。

"漂亮吗？"

“漂亮极了！宝贝，告诉我，你怎么会在萨马德？这是奇迹，你在关键时刻救了我，是上帝的安排吗？”

“我会告诉你的，不过，你也得告诉我，你今天怎么了？我没见过你这么狼狈不堪的样子，一开始我简直不敢相信自己的眼睛，你打架了？”她迅速地瞥了他一眼，“你脸色很不好。”她停顿了一下，“好吧，可怜的人，告诉你我的故事吧。那天，爸爸从马赛打电话给我，问我的近况，还问我见到了你没有。当我告诉他很久没有见你时，他着急起来，命令我去找你。”她看了邦德一眼，“你知道，他可喜欢你了。他说他发现了你正在寻找的那个人的地址，把那个人的地址告诉了我，所以我就来了。”她笑起来，“前天我就到了萨马德，缆车昨天没开，今天是圣诞节，所以上帝就让我们这么重逢了。现在，该你讲了。”

敞篷车一直在高速前进，冲下弯弯曲曲的斜坡后，开进了峡谷。

邦德透过后窗玻璃往外一看，小声地诅咒起来。原来，在他们后面约 2000 米处，两盏雪亮的车灯正朝他们射来。

特莱伊雪说道：“我早知道，我一直看着后视镜呢。他们的车比我的快些，是个轻车熟路的司机，车上还带了防滑链，不过，要追上我，还没那么容易。别管他，说说你吧，你干了些什么？”

邦德开始给她编故事，告诉她，这山里隐藏着一个大匪徒，英国警方想抓他。邦德与警方以及国防部又有点关系……

说到这里，特莱伊雪笑了：“别骗我了，亲爱的，我早知道你在英国秘密情报局工作，爸爸都告诉我了。”

邦德矢口否认：“噢，你爸爸乱说。”

她心照不宣地大笑。

于是，邦德继续说，他被英国秘密情报局派来调查这人是不是警方要抓的那个人。他发现正是此人，但自己身份已经暴露，因此不得不迅速逃离虎穴。他给特莱伊雪讲述了月光下白茫茫的雪山滑道上的那些刺激、恐怖细节：险坡、悬崖、雪崩、枪林弹雨、炸弹、扫雪机绞死的追踪者，等等，把特莱伊雪听得如痴如醉，心驰神往。

故事讲完了。特莱伊雪意犹未尽，说："那时我要是和你在一起就太好了。"然后，顿了一下，冷静地问，"亲爱的，告诉我，你杀了他们多少人，实话实说。"

"你问这个干吗？"

"好奇。"

"你不许告诉别人，包括你爸爸！"

她奇怪地说："当然了，我们俩之间的事，我不会告诉任何人，守口如瓶。"

"好吧。首先，我杀了那个在俱乐部大门口站岗的卫兵。如果不把他解决，我就逃不出来。我想，雪崩的时候，也许还埋葬了一个。在山脚，他们向我开枪时，我用雪杖砸了一个，完全是自卫，不知是死是活。还有，就是被扫雪机绞死一个，他向我开了 6 枪，死有余辜。一共 3 个半吧。"

"那他们还剩下多少人？"

"你到底想干什么？"

"我就是好奇，相信我，好吗？"

"好，他们总共有 15 个人，现在还剩下 11 个左右。"

“后面车里有 3 个，如果我们被抓，会不会被杀死？”

“我想会的。我什么武器也没有，请原谅，特莱伊雪，我连累你了。”

“你说什么呀？我们是一伙的。”

“哦，是的。他们是最危险的人。”

“我也有一个坏消息告诉你，他们距离我们越来越近，而油箱里不到 10 升汽油了，我们得在菲利苏尔停下来，那有个加油站，但关门了，得叫醒他们。如果 10 分钟之内加不到油，我们只能束手就擒，你得赶紧想个好主意。”

一条深谷横在前面，上有一个“之”字形桥的弯道。

他们已通过了桥上的第一个弯道，耀眼的灯光从峡谷对面射过来，两车相距不到 1000 米，峡谷只有约 300 米宽；过到了桥上的第二个“之”字形弯道时，他们避开了追击的车灯光。

突然，前面出现了一个塌方路段，抢修工作正在紧张进行，一块警告牌上写着：“注意！此处施工，小心慢行！”这段塌方的路紧靠右边的高山，左边是一条冰河。在塌方的路中间，有一个巨大的木制红箭头，指向一座简易桥上的狭窄通道。

邦德突然叫道：“停车！”

特莱伊雪猛地把车刹住，前轮刚好在桥上。

邦德拉开车门跳了出去：“你快开！到下一个转弯处等我，快！”

特莱伊雪二话没说，开车便走。

邦德跑回几步来到大的红箭头处。箭头叉在两根木杆上，邦德用力一扭，把它转了个方向，刚好指向左边，对着那个小小的土堆，几米外便是通往快坍塌之桥的老路。邦德扒开土堆，把路桩拔起来扔掉，然后再把土堆弄平。

这时，车灯已从身后的拐弯处转过来了。

邦德一个转身，飞跃跳过临时道路，闪进了山后的阴影之中，将身子紧贴在山壁上，屏住呼吸，观察着路上的一举一动，那是即将开演的一出好戏。

那辆“奔驰”速度真快，一下就冲进了颠簸的临时通道，车下的防滑链敲击着挡泥板。车头对准那箭头指着的黑森森的老路口冲了过去，邦德借着月光，看见车里3张紧张得扭曲了的脸，接着，传来令人绝望的尖厉刹车声，想必是司机看见了面前的深谷，车子停下了，但它的前轮却已经悬在山崖上了。车的底盘挂在崖边摇了几下，就翻了下去。随着“轰”的一声，可怕的坠落发生了，车砸到了旧桥下的一块巨石上。

接着，又是“轰”的一声。邦德跑过去，朝下望去。车子正仰面朝天，还在往下坠。

然后，又是一声撞击。这下车子撞在了岩石上，火花四溅。

最后，一个筋斗掉进了深渊，几秒钟后，“轰”的爆炸了，灯光消失了，只剩下月光折射在金属上的闪光。

邦德倒抽了一口凉气，看着浓烟滚滚的“奔驰”一个大翻滚，跌进了冰河，隆隆的回声从深渊中回传来，石土还紧随着汽车的残骸哗啦啦地往下掉。

一会儿后，万物恢复了平静，白色的月光撒满了峡谷。

邦德返回，重新拨正箭头，把土堆恢复原状。他在裤子边上擦了擦汗水，步履蹒跚地向下一个转弯的路口走去。

敞篷车关了车灯，停在路边。

邦德钻进车子，无声地瘫倒在座位上。

特莱伊雪一声不响，发动了车子。

山谷下菲利苏尔昏黄的灯光给人以温暖的感觉。她伸过手来紧紧地抓住他的手："你今天累坏了，睡吧。到了苏黎世，我叫醒你。"

邦德没说什么，无力地拿起她的手，亲吻了一下，将头靠在车窗上，呼呼地睡着了。

在梦里，他还一直在紧张逃离狼窝，被雪崩和布鲁菲尔德的匪徒追着……

第19章

机场婚誓

清晨。雾蒙蒙。苏黎世机场，一片沉寂。

瑞士航空公司一架开往伦敦的喷气式客机，因大雾而误点，正在等待起飞指令。

邦德要了香喷喷的咖啡和煎蛋，他和特莱伊雪一起吃早点，上早点之前，他去买了一张机票，回伦敦复命。把护照递给那睡眼惺忪的边防检查官员，盖了个戳，他走到公用电话间，在电话簿上查找通用出口公司。

果然，在上面找到了总代表亚历山大·米埃尔的私人住宅地址及电话号码，邦德透过玻璃门看了一眼候机厅里的钟，指针正指向6点。这个时候，米埃尔应该已经起床了。

他拨了号码，过了一会儿，话筒里响起一个睡意朦胧的声音："喂，我是米埃尔。"

“对不起，410 ，我是 007 ，我是在机场给你打电话，出现了紧急情况，我不得不这样做。请记下来，纸和笔准备好了吗？”

米埃尔的声音立刻变得清醒了:“等一下，007。准备好了，说吧。”

“先说坏消息。可以肯定，你的 2 号完了，电话里不细说，回伦敦后，我立即会把详细情报发给你，我将于 1 小时后乘瑞士 110 航班于飞回伦敦。估计明后天，会有 10 位英国姑娘要从恩加丁山谷乘直升机到这里，是南方航空公司的一架黄色‘云雀’式直升机。我回伦敦后会用电传把她们的名字发给你，她们将会飞回英国，但很可能不会乘同一航班，而且也不会在同一机场降落，可能是普雷斯蒂克机场、盖特威克机场，或伦敦机场。我希望你能把她们的航班号和到达的大概时间告诉伦敦，这需要花些工夫，你肯定有办法。好了，我可以肯定你现在已被监视了，还记得刚取消的‘贝特纳姆’行动吗？是的，就是他，他有无线电设备，可能会猜到今天早晨我会和你联系。你看看窗外，有没有被监视的迹象，苏黎世肯定有他的人。”

“我的天，怎么会这样？”米埃尔的声音有点紧张。“等一等。”

电话搁下了，邦德对米埃尔一无所知，只知道他的代号是“410”。他想象得到，米埃尔一定走到窗边，轻轻拉开窗帘的一角往外看。

话筒里又传来米埃尔的声音 :“看来是那些该死的家伙，对面停着一辆黑色汽车，有两个人。我马上打电话给安全局的朋友，请他们帮帮忙。”

邦德说 :“你一定要小心谨慎，我想我们的人会与警察部门妥善处理这事。请把这些情况直接加密电传给 M 局长本人，好吗？告诉他，如果我能顺利回去的话，今天务必要见到他。我还想见到 501，对，他是情报局科研处的负责人。如果可能的话，还要有个农业部的专家。可能要搞得他们圣诞节都过不好，我只能表示歉意了。你能把这一切安排好吗？太好了。你那边有情况吗？”

“我想到机场去看你，向你详细了解2号的情况，你看行吗？他在跟踪一个叫雷特兰德的人，那家伙在本地的化学品商店里买了许多稀奇古怪的东西。2号认为那家伙很可疑，但他没告诉我那人买的是什么东西，只说他要看看这些东西到底送往哪儿。”

“不要！千万别来机场，离我远点。我目前的情况非常糟，如果他们发现了悬崖下的‘奔驰’车残骸，我就逃不掉了。我要挂电话了，请原谅，圣诞节快乐，再见。”

邦德放下话筒走回餐厅。特莱伊雪一直在门口守望，看到邦德，她喜笑颜开。

邦德拉住她的手，像那些在机场分别的恋人似的，紧紧偎依在一起。

“好了，特莱伊雪，我的事情都安排好了，现在是你的问题。你的敞篷车是个麻烦，肯定有人看见过你被那辆‘奔驰’车追过。这里也一定有雪山大魔头的耳目，吃完早点，你就赶快离开这个是非之地吧，附近有没有可去的地方？”

“沙夫豪盛或卡斯坦茨。”她恳求道，“不过，詹姆斯，这么快我们就要分开吗？我等你这么久，好不容易见面啊。我干得也不错呀，为什么我不能跟你在一起呢？”那个在皇家城堡时绝不会流泪的女人，而现在却泪眼迷离，她生气地用手揩了一下眼睛。

天啊，邦德突然意识到，自己再也找不到一个像她这样好的姑娘了，她身上具有他所喜欢的一切。她漂亮，床上床下的功夫都很棒；她敢冒险，有勇有谋；她总是那样青春靓丽，她很爱我，但又不束缚我，还会让我继续过我从前那种生活；她是个孤独的女孩，没有什么复杂的关系，也没有牵挂的财产；最重要的是她需要我，需要我的爱护。我腻烦了那些不负责任、逢场作戏的游戏，不想事一完就再受到良心的拷问。我也没有什么社会背景，不存在她能否适应的问题，我们简直是天生的一对。

邦德冲口而出，说出了自己这一辈子从未说过的话："特莱伊雪，我爱你，嫁给我好吗？"

她吃惊地看着他，面色苍白，双唇颤抖，说："亲爱的，你不是开玩笑吧？"

"不，我是真心的！"

她猛地把手抽回，蒙住脸，一会儿，她松开手，满脸微笑地说："詹姆斯，你知道吗，这是我朝思暮想的结果，可是来得太突然了，我太幸福了！是的，我当然愿意嫁给你！我不会像傻子一样缠着你。再吻我一次，我就走。"她深情地望着他，投入了他的怀抱。

邦德捧起她的脸，在嘴唇上深情吻了又吻。

特莱伊雪满脸绯红地站起来："我现在就走，先开车到慕尼黑，到我最喜欢的'四季饭店'去，我在那儿等你，好吗？我的行李在萨马德，我会叫人送来的。你打电话和我说说话，好不好？我们什么时候举行婚礼？我得马上把这好消息告诉爸爸，他一定会高兴得合不拢嘴。"

"我们可以在慕尼黑结婚，就在领事馆，我有外交豁免权，很快就可以把手续办妥，然后我们可以到一所英国教堂举行仪式，更确切地说，是一所苏格兰教堂，我是苏格兰人。我今晚、明天都会给你打电话，只要有时间我就会和你联系。不过，宝贝，我得先把这件事办完。”

“你可要小心，别让我担心。”

邦德笑了：“好的。要是他们开枪，我就躲起来。”

“你要说到做到。”她仔细端详着他，“你该把那块红手帕取下来了，你不知道它已坏成什么样子了。”

邦德解下脖子上的红色花手帕，它已被汗水浸透变黑了。她说得不错，两个角已撕破，可能是他准备滑下那高山时，塞在嘴里咬破的。

他把手帕递给她。她接过手帕，一言不发地转身，走出餐厅，下了楼梯，朝出口走去。

邦德坐下来，食不甘味地吃着早点，心底涌起一种依依不舍的感觉。

詹姆斯想：我终于要结婚了，特莱伊雪·邦德，邦德太太！简直是妙不可言！他从未像现在这样激动过。想着想着，他拿好东西，向候机厅走去。

不一会儿，候机厅的扬声器里，传来了登机的通知：“各位旅客请注意，乘坐瑞士 110 号航班飞往伦敦的旅客，请到 2 号门登机。乘坐瑞士 110 号航班飞向伦敦的旅客，请在 2 号门登机。”

邦德掐灭烟头，迅速扫视了一下四周，定了一下神，向 2 号登机口走去……

第 2 0 章

庄 园 复 命

飞机起飞了。

邦德这些天出生入死，疲于奔命，实在太困了，很快他就酣然入梦了。

这次，他是美梦不断，梦中他看见一个很像大使馆的地方，雄伟壮观的城堡式建筑的门廊上，张灯结彩，彩灯的光芒照耀着宽大的楼梯和通向客厅的大门，门口站着男管家，客厅里不断传来一大群客人的谈笑声。特莱伊雪裹着牡蛎色绸缎，裸着双臂，戴着宝石首饰，一头金发卷成华贵的盘发，是那种最时髦的发型。发型的最高处别着一个闪闪发光的钻石，放射出灿烂的光芒。邦德穿着他平时最讨厌的燕尾服，硬领顶在下巴与脖子之间，胸前佩着他的奖章和他的圣·乔治勋章。这是他和特莱伊雪盼望着的壮丽的夜晚。

“邦德先生和詹姆斯·邦德太太，”宴会主持人高声宣布，邦德感觉在灯光闪烁的白色客厅里的那些高贵的人群，突然鸦雀无声。他领着特莱伊雪穿过两道门，特莱伊雪对那些敷衍场面、向她表示祝贺的人显得有点过于热情，最后她亲吻着女主人，把邦德引到前面："这就是詹姆斯，瞧他脖子上戴着的这些奖章多么气派。"

"请系好安全带，熄灭香烟，先生。"

邦德惊醒了，全身是汗。他当然可以继续过从前那种紧张、充满刺激的生活，所不同的是有了个家，有了特莱伊雪。他在伦敦西区的那套公寓够大吗？也许他可以把楼上的房间也租下来。可是，他怎么安置那个叫"梅"的苏格兰宝贝儿呢？

飞机触到了跑道，减速装置发出一阵喧嚣声，接着，飞机滑过被蒙蒙细雨淋湿的柏油跑道。邦德突然意识到自己没有行李，可以直接去护照处验证，然后出机场回到公寓，把这套满是汗臭的滑雪衫换掉，局里会不会派车来接？

邦德走出机场大厅，看见一辆他熟悉的大轿车正停在门口，司机旁边坐着的正是玛丽小姐。

"玛丽，实在对不起，让你这样过圣诞节，我可真是过意不去！好吧，坐到后边来，告诉我，你为什么不在家做葡萄干布丁，或者去教堂，或者……"

她坐到后座，说："看来你还不太知道怎样过圣诞节，在圣诞节前两个月就得开始做葡萄布丁，做好了晾在那儿让它慢慢入味。而教堂，不到 11 点钟是不会开门的。"她看了他一眼，"其实，我最想来看看你是否还好？我猜，你一定遇到了麻烦，看上去十分可怕，头没有梳，脸也没刮，跟海盗形象差不多。"她皱了皱鼻子，"而且，你多久没洗澡了？我真纳闷他们怎么会让你上飞机，应该把你隔离检疫才对。”

邦德大笑起来 :“冬季运动很累人，打雪仗，坐雪橇。老实对你讲，我昨天晚上还去参加了一个圣诞化装晚会呢。”

“你就穿着这双又大又笨的靴子参加舞会？得了吧，我又不是三岁小孩，骗得了我？”

“信不信由你。我告诉你，舞会是在滑冰场举行的。说正经的，玛丽，告诉我，为什么把我当作大人物似的对待，又接又送的？”

“是 M 局长吩咐这样做的，你得先去总部报到，然后和他在贵宾餐厅共进午餐，接着，你与你想见的那些人开会，一切都是特级优先，所以我想我最好到场。既然那么多人都过不成圣诞节了，我只好也像他们一样。实话告诉你，我的节目不过是和我姨妈吃午餐，可我讨厌火鸡和葡萄布丁。1 小时前，值勤官通知我，有个重要人物要飞回，我不想错过这次美差，所以我让他告诉司机在去机场的路上把我带上，于是我就来了。”

邦德认真地说 :“太好了，你真是一个好姑娘。其实，现在要紧的是，简单写一份报告，实验室得配合一下，现在那里有人吗？”

“当然有。M 局长要求每个部门都要有人值班,圣诞节也不例外。告诉我，詹姆斯，你是不是真的遇到麻烦了？我从未看见你这么可怕的样子。”

“嗯，麻烦是有点，待会儿我汇报时你就知道了。”汽车在邦德的公寓门口停下，“现在我得洗一个澡，把这些脏衣服换了，你给我把梅叫来，让她给我多煮点黑咖啡，最好加些白兰地进去。你想吃什么就跟梅说，也许她有点葡萄布丁。现在是9点半，听话，去给值勤官打个电话，执行M局长的命令，我10点半去和他会面。另外，请他叫实验室的人半个小时内做好工作准备。”邦德从他屁股裤兜里掏出护照，“把这个交给司机，要他尽快把这东西交给值勤官本人，并告诉他，”邦德在一页纸上叠了一下，“墨水是……嗯……土法制造，只需烘烤一下就可以。这样说他们会明白的。记住了吗？好姑娘。咱们现在去叫梅吧。”邦德三步并作两步跑上楼梯，两短一长地按了门铃。

10点半，邦德准时到了他的办公室，他看起来比刚才有精神多了。办公桌上放着一个文件夹，其右上角有颗红星，这意味着绝密。里面放着他的护照和他护照第二十一页的影印照片，一共12张，都是放大了的。上面写的那些姑娘的名单字迹很浅，却还看得清。还有一张标着“私人文件”的字条，邦德读完，不禁大笑起来。那上面写着：“墨水的痕迹显示尿酸过度，这是由于血液中有过量酒精造成的，给你一个警告！”字条下面没有签名。看来圣诞的欢乐气氛也渗透了这幢建筑里的秘密部门，甚至渗透到了这严肃的公文！邦德把字条揉成一团，想着玛丽·古德莱特对他的爱，然后小心地用打火机烧掉了纸条。

玛丽走进来，手里拿着速记本。

邦德说：“现在我说的只是初稿，玛丽，保证速度就行，不用担心出错。M局长能看懂的。吃午饭前，我们有一个半小时的时间，没问题吧？好了，我们现在开始：绝密，只供M局长亲阅。12月22日，我奉命乘坐瑞士班机于下午1时30分抵达苏黎世中央机场，取得联系并开始进行‘柯罗拉’行动的具体步骤……”

邦德一边口授，一边看着窗外摄政王公园里，那些掉光了树叶的树林。他想起了 3 天前他在雪山上度过的每一分钟，想起了那寒冷、稀薄的空气和白茫茫的世界，布鲁菲尔德湖水般的绿眼睛，他用左手劈在那警卫伸出的脖子上时所发出的沉闷声，以及后来的一切，直到遇见特莱伊雪。谈到特莱伊雪时，他自然回避了他们的罗曼史，也未提特莱伊雪已驶往慕尼黑的“四季饭店”。

邦德口授完毕后，玛丽开始用打字机打出稿子。

邦德点上一支烟，脑子里还想着特莱伊雪。等晚上回到公寓，他要给她打个电话。他好像已经听到了她在电话里那欢快的笑声。飞机上的那个梦早已被忘到九霄云外去了。现在邦德心中只有一种幸福的感觉，暗自期待着即将来临的幸福日子。他考虑着怎样安排日程，准备好那些必需的文件，找一个苏格兰教堂去举行仪式，等等。

他理了一下思绪，拿起带有那些姑娘名字的影印照片，来到楼上的通讯中心，给苏黎世情报站发一份电传。

M 局长喜欢住在海边。不论是在普利茅斯，或是在布里斯托尔，只要能在晚上看到海上的夜景，听到海浪的声音他就感到满足。可他又必须找一个能与伦敦联系方便的地方，所以只好选中与树林为伴，当然他也喜欢树，仅次于海。

他的住处是温莎森林边的一座摄政时代风格的小庄园，属于王室领地，邦德觉得局长的选择似乎带上了一点点皇族的高雅。秘密情报局的首脑年薪 5000 英镑，另加一辆老式罗尔斯轿车和司机，再算上 M 局长从海军部得到的退休金大约 1500 镑，总共加起来，上税以后，他大概还剩 4000 镑。这个摄政时代的幽雅别致的乡间别墅，如果租金和地方税不超过 500 镑，他肯定可以一直住下去。

邦德摇动门上的铜船铃。这铃曾在前英国皇家海军“反击”号上使用。这艘军舰的最后一次航行是一次战斗巡航，也是 M 局长最后一次执行海上任务。那艘船上一个名叫哈蒙德的海军上士，后来随 M 局长一起退役，成了局长的管家，也是邦德的老朋友。

管家开了门，问候过邦德后，把他领进了 M 局长的书房。

M 局长有一个习惯性爱好，画水彩画。不过，他只画英国的野生兰花。

他的画工细致，但毫无灵感可言，属于 19 世纪写实画家的那种风格。

这时，他正俯身在画板上，只看得见他那宽阔的后背。在他前面摆着一个盛满清水的玻璃杯，里面插满了淡色小花。邦德进来关上门后，M 局长以艺术家敏锐的目光最后审视了一下那小花，然后恋恋不舍地站起来，脸上露出了难得的微笑：“下午好，詹姆斯，圣诞快乐！请坐。”他走到书桌前坐下来，摆出一副又要谈公事的架势。

邦德自觉地坐到上司对面的座位上去。

M 局长开始往烟斗里装烟丝：“那个美国特工人员叫什么来着？就是那个胖胖的、总爱摆弄他的兰花，从委内瑞拉搞到的杂种兰花。他总是满身大汗从花房里出来，大吃一顿十分糟糕的外国饭菜，于是谋杀案就有了头绪。他叫什么名字？”

“奈落 · 沃尔福，先生。那本书的作者是雷克斯 · 斯托特，我很喜欢他的书。”

“写得不错。”M 局长接着说，“不过，我还在想那里的兰花，那么丑的花，怎么会有人喜欢？那些花，粉红和紫褐的颜色，疙疙瘩瘩舌头般的黄花瓣，有什么好看？”M 局长指着玻璃杯里那纤弱的小花说，“这才是兰花中的上品，叫秋云鬓兰花。并不是我偏爱这花，而是因为英国的花一般只开到 10 月，现在都埋在土里，可这花现在还开着，饱经风霜更加沁人心脾。这种花是从一个熟人那里弄来的，他是兰花之王，用一种十分古怪的真菌做试验，培养出了这种兰花。那种细菌很多，寄生在兰花上，也就是所谓的菌根上。”M 局长中断了这个话题，“算了，我想你不会对花这些东西有什么兴趣，好吧。”他往椅背上一靠，“你辛苦了，说说情况吧。”他灰色的眼睛敏锐地观察着邦德，“看来，你没有睡好，一路奔波，不容易啊，据说那里的冬季运动搞得不错。”

邦德笑了，从口袋里掏出几页订好的文件：“这上面有各类冬季体育活动的报告，先生，也许你会感兴趣。这仅仅是个梗概，因为时间太紧。不过，我可以补充说明那些不清楚的地方，或部分地方进行修改。”

M 局长接过报告，调整了一下他的眼镜，然后开始读报告。

蒙蒙细雨轻轻打在窗上。一根大木柴在壁炉里燃得旺旺的，房间里宁静舒适。

邦德打量着墙上 M 局长收集的珍贵照片，照片上都是巨浪滔天的大海、战舰上的火炮、扬起的风帆、硝烟中破碎的三角旗，等等，这些都是旧时激战的写照，令人回忆起过去的敌人：法国、荷兰、西班牙，甚至还有美国。时过境迁，如今他们又成了盟友，再也没有敌人的迹象。

谁在背后指使布鲁菲尔德？一定有人在幕后操纵这个神秘的组织。是美国人，还是R国人？或者只是他的个人行为，就像“雷弹行动”一样？可他们到底想达到什么目的？布鲁菲尔德手下的人不到一个星期就死了六七个，他付出这样大的代价到底是想得到什么呢？ M局长读过材料后，能看出什么蛛丝马迹？下午要来的那些专家又能看出什么眉目？邦德抬起左手，这时他才想起手表没有了。这几天他得找个时间去买一只。圣诞节后，商店一开门就去买。再买洛克牌？这种表盖虽然厚了点，但走时准确，而且在黑暗中也能显示荧光数字。

房子里的钟，敲了一下。1点半了。也就是说，从他布下陷阱使“奔驰”车中的3个人落入深渊到现在，已经过去了12小时了。他当时的行动是正当自卫，但以此来庆祝圣诞节，确实是有点讽刺意味了。

这时，M局长已看完报告，把材料放在桌上。他把早已熄灭的烟斗又重新点燃，然后他把点过的火柴棍往肩后一扔，准确地丢进了壁炉。他双手按在桌上，用很难有的和蔼口气说道：“詹姆斯，能从那儿逃出来，真有你的，运气不错。我不知道你还有这么高超的滑雪本领。”

“先生，谈不上本领，能站稳就不错。不过，我可不想再有第二次。”

“那当然。看来，你还无法证明布鲁菲尔德到底想干什么，是吧？”

“是的，先生，没有任何线索。”

“嗯，我也看不出来。我一点不明白。但愿下午专家来后能使我们找到点线索。不过，有一点你是对的，‘魔鬼党’显然又在搞什么花样。顺便提一句，你关于蓬特雷西纳的情报很有价值。他是一个保加利亚人，是可塑爆破方面的专家，曾在土耳其为 R 国情报机构工作过。如果这个情报准确，那个叫鲍尔斯的家伙驾驶的 U-2 型飞机，就不会是被火箭打下来的，而是由于在飞机上装了定时炸弹。这样的话，此人一定有嫌疑，可疑分子名单上有他的名字。后来他改头换面从事自由职业，按他自己的方式行事，这也许是在'魔鬼党'吸收他之后。你对那个魔头，就是布鲁菲尔德，有把握吗？他肯定是在自己的脸和肚子上动了整容手术？你今晚回去最好找特征档案跟他对照一下。我们还要审查，看看那些医生是怎么看这个问题的。"

"我认为就是他，先生，最后一天，我发觉了布鲁菲尔德独特的气味了，不，就是昨天。这事好像已经过去了很长时间似的。"

"那个叫特莱伊雪的姑娘可帮了你大忙，你太幸运了。她是什么人？你的一个老情人？"M 局长换了一个话题。

"可以这么说，先生。我第一次认识她，是在刚刚得知布鲁菲尔德在瑞士的消息时，她的父亲是科西嘉联盟的头领，她母亲过去是个英国教师。"

"这倒是个很有趣的结合。好吧，到吃饭时间了。我已告诉哈蒙德不要让人打扰我们。"

他走过去按了一下壁炉旁的铃："今天是圣诞节，我们得按照传统，吃火鸡和葡萄布丁。哈蒙德太太好几星期前就开始忙她的坛坛罐罐了。"

哈蒙德等在门口，邦德跟着 M 局长走进了小饭厅。饭厅在门厅的右边，墙上挂的水手刀闪闪发光。收集这些东西是 M 局长的另一个爱好。他们在餐桌旁坐下来。M 局长故意粗鲁地对哈蒙德说："行了。海军上士哈蒙德，把你的拿手好戏都使出来吧。”突然他真的变得严厉起来，指着桌子中央说，“为什么把这些东西放在这儿？”

“这是薄碎饼干，先生。”哈蒙德憨头憨脑地说，“我太太想，既然你有客人……”

“统统拿走，送给学校的孩子们。我不怪哈蒙德太太，可我不想让我的饭厅变成小学校的饭堂。”

哈蒙德笑了，他说：“先生，我这就把它们拿走。”他端起桌子上油亮的薄碎饼干，转身走了。

邦德酒兴大发，他喝了一小杯陈年马沙拉白葡萄酒，又喝了差不多一瓶阿尔及利亚酒，只不过味道不怎么样。

M局长喝了两杯红葡萄酒：“好酒，当年舰队停泊地中海时，我们常喝这种酒，很过瘾。我有一个老战友，名叫麦克拉克伦，是我们的炮兵教官。他打赌说，他一气能够喝完6瓶酒。结果，才喝了3瓶他就醉倒在更衣室的地板上了。来，詹姆斯，干杯！”

圣诞节传统的红色的葡萄布丁端了上来。

哈蒙德太太在布丁里放了些廉价的银制小玩意，M局长吃到了一块，几乎把他的牙齿咬碎。

邦德咬到一个纽扣。不知怎的，他突然想起了特莱伊雪。

他很想找个机会，给她拨个电话。

第 2 1 章

道 破 天 机

午饭后，詹姆斯·邦德在 M 局长的书房中一边喝咖啡，一边抽着方头雪茄。

M 局长给自己规定，一天只能抽两支雪茄。可邦德很喜欢这种烟的味道，一直抽到烟屁股烧到手指，还很舍不得地丢掉。

M 局长讲起了他在海军里的故事。这些故事邦德不知听过多少次了，什么艰苦岁月、龙卷风、桃色绯闻、死里脱生、军事法庭、怪癖上司、简明暗号，等等，这些都是小孩喜欢听的冒险故事，但这一切都是真的。

3 点钟，屋外传来车轮子碾在石砾路上的声音。窗外射进的阳光已变得昏黄，M 局长起身打开台灯。邦德面对的书桌前又添了两把椅子。

M 局长说："是 501 来了，他是科研处的负责人，你不是说要见他吗？另一个叫弗兰克林，农业部来的专家。501说，他是病虫害控制专业最出色的人物。不知道农业部为什么专把他派来，不过部长说，他们现在遇到了一些麻烦，具体什么事，居然对我也不说。他们认为，也许你发现了很重大的线索。等他们看了你的报告，看看他们怎么说，能不能理出个头绪，你说呢？”

“好的，先生。”

书房的门开了，走进来两个人。

邦德还记得501的名字叫莱塞斯，他骨骼宽大，却又高又瘦，弓着腰，戴一副深度近视眼镜，一副科学家的模样，脸上总挂着愉快的微笑。他对M局长一点也不谦卑，只是彬彬有礼。他穿一套粗花呢制服，针织的羊毛领带没有盖住领扣。

另一个人身材不高，看上去非常精明，一双眼睛很突出，好像看到什么都感兴趣。作为一个政府部门的高级代表，他直接受部长领导，他好像并不了解秘密情报局。他穿一套深蓝西服，里面衬着雪白的硬领，黑皮鞋擦得锃亮，手提一只擦得很亮的大公文包。他的问候纯属礼节性，不带任何个人色彩。他十分明白自己在什么地方，来这儿干什么。他打算小心行事，谨慎发表意见，认真承担部长交给他的任务。因此，邦德觉得他官腔十足。

大家相互问候之后，M局长首先为打扰了大家的圣诞节休假深表歉意。

大家各就各位。M局长说道：“弗兰克林先生，请你原谅，我要宣布一条纪律，你即将在这里看到和听到的，都将涉及国家机密，请务必履行保密义务。我的要求是：你只能与你的部长本人讨论你在这里的所见所闻，明白了吗？”

弗兰克林先生欠一欠身，表示默认：“请放心，部长已有类似的指示。我已习惯处理这类绝密事务。”他那双有趣的眼睛在另外 3 人身上看了一圈，“能不能告诉我一些具体的细节，据说雪山上有一个人在研究改进农业，使牲畜长得又肥又壮，这不是好事情吗？怎么搞得神神秘秘的，对他像对待偷了原子弹的恶魔呢？”

“不幸的是，他就是这样的恶魔。”M 局长面无表情地说，“你和莱塞斯先生最好先看看我的这位先生的调查报告，看看能不能看出什么端倪或真相。”

M 局长将邦德的报告递给 501：“可能这里面的大部分内容，对你来说也很新鲜。这样吧，你看完一页就传给弗兰克林先生。”

书房里陷入了长长的沉静。邦德看着自己的指甲，听着窗户上的雨声和壁炉中木柴燃烧发出的噼啪声。

M 局长耸着肩坐在那里，看得出是在打瞌睡。

桌子对面传来一页一页翻文件的声音。

邦德点燃一支烟，打火机发出的清脆响声，使 M 局长慢慢地张开双眼，然后又闭上。

501 看完最后一页，往椅背上一靠。接着，弗兰克林也读完了。他整理好报告，放在自己面前的桌子上。他看着邦德微笑着说：“你现在能坐在这里，真是上帝保佑啊。”

邦德笑了笑，没有说话。

M 局长转向 501：“你说说看？”

听见局长的问话，501 摘下他的深度近视眼镜，用一块不太干净的手绢擦着，说:“我不太明白布鲁菲尔德的这个实验课题，先生。它好像非常光明正大，很值得称赞。当然，我们了解布鲁菲尔德其人,知道他不可能干什么好事。从表面上看,他所做的事情光明正大,找了10个人作为他深度催眠实验的对象，这些单纯的姑娘都来自农村。那个名叫卢比的姑娘甚至两次考试都失败，连普通教育测验毕业证书都没有拿到。她们似乎都患有某种常见的过敏症。这些过敏症是怎么得上的，尚不得而知，不过这并不重要。也许是由于心理因素而引起的对家禽的逆反应，这是很普遍的一种疾病。这种反应一般由家畜带来，庄稼和植物的逆反应不太常见。布鲁菲尔德试图用催眠来治疗这些过敏症,而且不仅仅是治疗,他明显是在用对家禽、家畜的亲近心理来代替过去的排斥心理，卢比的病状就是一例。报告中提到,她一开始憎恨小鸡,而后来她爱小鸡,希望改进小鸡品种,等等,治疗的方法极其简单。在似睡非睡的阶段,也就是即将入睡时,他用尖锐的铃声把她们惊醒，用与脉搏跳动完全一致的节拍器，节拍器的呜呜声听起来很遥远，然后是单调的节奏，带有命令意味的低语，等等，这些都是催眠者常常使用的方法。我们不知道这些姑娘都上了些什么课或读了些什么书，不过我们可以设想，这些只不过是布鲁菲尔德为了达到某种目的，而使用的辅助方法。现在许多关于催眠功能的医学证据表明，很多过去无法医治的病，诸如疣疮、气喘、湿褥、口吃、酗酒、吸毒及同性恋等现在都能治好了。尽管英国医学协会盛气凌人地拒绝承认催眠的奇特疗效，但是有很多医生自己一旦酒精中毒，最终还是求助于特别的治疗，到一个私人诊所去接受催眠。总之，我认为，布鲁菲尔德的想法并不是什么创举，他的方法肯定有效。”

M 局长点点头 :“谢谢你，莱塞斯先生，现在你能不能再给我们举出一些科学根据，并且发挥一下你的想象力，推测一下？”M 局长微微一笑，“放心，你说的话绝不会被人引用，我向你保证。”

莱塞斯有点儿为难，他用手理了一下头发 :“好吧，先生，也许我都是胡扯，不过在我读报告时，我脑子里有很多问号。且不说他的用意是善是恶，布鲁菲尔德都得花很大一笔钱来从事他的这一套计划，那么谁为这一切埋单呢？他在哪儿能找到资金，又怎么能在那个特别的地方安下身来？先生，这听起来像奇谈怪论，但是我们必须注意到，从巴甫洛夫和他的条件反射论到人类首次环绕地球飞行的，都是 R 国人。那时，我对 R 国宇航员加加林曾写过一篇生理学报告。我注意到了这个人的简单个性。在伦敦，他面对歇斯底里的欢迎时，表情毫不为之所动，他从来没有改变过他那种平静的表情。在他访问英国以及其他国家的途中，我们曾谨慎地对他的表现做过跟踪观察。无论在哪儿，他总是一副微笑的面孔，那双睁得大大的、天真无邪的眼睛，这正是心理学上所说的那种标准简单人。这一切，正如我那份报告所阐述的那样，证明了他是一个完美的催眠对象。他在他的太空密封舱内要进行非常复杂的操作，因此，我冒昧猜想加加林的动作是处在一种深度催眠的状态下进行的。”501 挥了下手，“官方也许会认为这是奇谈怪论，不过，如果你想知道我的真实看法，我可以再重复一遍。我认为，给布鲁菲尔德撑腰的一定是 R 国人。”他转向邦德，“那里是否能看出 R 国人操纵的痕迹？格罗尼亚地区的警卫是否有什么可疑之处？或者附近一带是否有 R 国人出现？”

“R国人倒是有一个，名叫鲍里斯，是个管理员。我虽然从未见过，但我敢肯定他是个R国人。另外，还有三个‘魔鬼党’成员，我猜测他们是前R国‘锄奸团’成员。他们现在在那儿是工作人员。除此之外，我还没发现什么特别可疑的现象。”

莱塞斯耸了耸肩，对M局长说：“这恐怕就是我所能做的分析。不过，如果要对这一切做出结论，我认为，这个鲍里斯管理员不是投资者，就是计划的监督人，而布鲁菲尔德只是执行者。这刚好与老‘魔鬼党’的自由职业的特征相吻合。这一伙儿是独立的，谁给钱，就替谁干活。”

“你说的有一定道理，莱塞斯先生。”M局长沉思着说，“不过这所谓的科研到底有何意图？”他转向弗兰克林，“嗯，弗兰克林先生，我想听听你的高见。”

这个农业部来的专家，嘴上叼着一个小巧精致、擦得锃亮的烟斗。他从公文包里抽出一张英国与爱尔兰的概况图，铺在书桌上，地图上标着密林和空地。他说：“这张地图画出了英国和爱尔兰总的农业产区和牧畜资源，画出了草原和森林。好了，先说说我对这份报告的看法。我得承认，我感到不可思议。正如莱塞斯先生所说的那样，这些试验表面上看来不仅毫无危害，而且值得称赞。”富兰克面带微笑，“但是，先生们，我所关心的是，怎样发现月亮背后的阴影。因此，我调整了一下自己的思路，结果我产生了一个非常可怕的怀疑。也许这个不祥的念头，进入我的思想是受贵局观察世界的方式所影响。”他挑战似的看了M局长一眼，“不过，我还需要一个证据来证实我的疑问。请原谅，这个报告似乎遗漏了一些信息，即那些姑娘们的名单和住址。我可以知道吗？”

邦德从他的口袋里掏出那份影印件：“对不起，我不想让报告太零乱，所以没有放进去。”他隔着桌子把影印件递给弗兰克林。

弗兰克林一目十行，看得很快，然后，他又惊又喜地叫道：“我发现了，我终于发现了真相！”他重重地靠在椅背上，好像不敢相信自己的判断。

另外 3 个人紧张地看着他，相信他找到了答案。他的脸色已表明了事情的严重性，大家等着他发言。

弗兰克林从上衣口袋里掏出一支红铅笔，在地图前俯下身，不时瞟一眼那张名单，在不列颠和爱尔兰之间画了许多红圈，看不出有什么联系。但邦德注意到他画的区域都是森林最为茂密的地方。他一面画圈一面念念有词：“阿伯丁郡，生产无角黑牛；兰开夏郡，家禽；肯特郡，水果；香农，土豆……”

地图上已画了十个红圈，最后，他用铅笔绕过英格兰东部画了个大圈，端详着这个大圈，说了词“火鸡”，就将铅笔扔在桌上。

沉默了一阵后，M 局长按捺不住地问道：“喂，弗兰克林先生，到底是怎么一回事？”

弗兰克林低头从自己的公文包里取出一叠资料，抽出其中一份剪报，说：“我想，诸位对农业新闻不够关注。这是从 12 月初的《每日电讯》上剪下来的，我不读全文。这是名叫托马斯的农业记者写的，标题是：‘对火鸡的担忧’，报道中说，大批火鸡死于禽瘟疫，圣诞节市场的火鸡供应，将由于最近家禽瘟疫突然蔓延而遭受沉重打击，大批火鸡因禽瘟疫而死亡……”下面还说道，“已经得到的数字表明，21.8 万只火鸡得了病……去年，圣诞节市场火鸡的需求量是在 370 万到 400 万只之间。今年所需的火鸡数量将取决于禽瘟疫蔓延的程度。”

弗兰克林先生叠好剪报，严肃地说：“这条消息反映了问题的一个方面。我们后来向新闻界设法封锁了很多细节。不过我可以告诉在座的各位先生，在过去的四周之内，瘟疫的蔓延已使我们损失了 300 万只火鸡，而这不过刚开始，禽瘟疫在英格兰东部正迅猛扩展，在萨福克和汉普郡也有迹象。那儿是我们最大的火鸡饲养基地。你今天午餐吃的火鸡肯定是只外国鸡。我们已从美国进口了 200 万只来补这个缺口。”

M 局长有点不高兴：“就我个人来说，我不在乎有没有火鸡吃。不过，我知道你们有麻烦了。言归正传吧，从火鸡一事，我们能得出什么结论？”

弗兰克林严肃地说：“我们已经发现一条线索，证明了第一批死亡的火鸡，都曾在本月初奥林匹亚全国火鸡展上展出过。等我们发现这一点时，奥林匹亚早已清扫完毕，准备搞第二个火鸡展了，所以我们无法发现任何致瘟病毒。顺便说一句，禽瘟疫是病毒传染的，蔓延极快，死亡率高达百分之百。”他举起一本厚厚的白皮本，上面印有英国的标记，“现在，诸位对‘生物战’是否有所了解？”

莱塞斯说道：“我们接触到这项研究是在大战期间，不过最后双方都没有采用。大约在 1944 年，美国本来计划空投一种喷雾剂，毁掉整个日本的水稻，但是，后来罗斯福否决了那个方案。”

“不错，”弗兰克林说，“是这么一回事，不过这个课题仍在进行，而且非常活跃，以致我的部门不得不花费大量精力。我们是世界上的农业大国，我们要生存，为此，大战期间我们必须靠农业生产才能避免饥荒。因此，从理论上讲，我们自然是生物战攻击的理想目标。”他将手按在桌上强调说，“我不准备在这点上讲得太多，先生们，总之，如果他们发动这样一次攻击，我们的家禽家畜和我们的庄稼将统统被毁掉，不出几个月我们的国家就会完蛋，到那时我们只能跪在地上，向别人乞讨施舍！”

“我还没有这么想过，”M 局长若有所思地说，“不过这的确说明了一些问题。”

“现在，”弗兰克林拿起那本小册子，继续说，“这个课题的最新研究成果，是由我们在美国的朋友做出的。他的结果还包括化学战和辐射战，不过那些不在我们关心的范围。这项成果写进了美国参议院的第 58991 文件，由‘外交关系委员会裁军小组’起草，日期是 1960 年 8 月 20 日。我们部与生物战中的一般发现一直保持同步进行，但有个问题：美国幅员辽阔，而我们国家却狭小拥挤，生物战对我们的打击将要比对美国的打击严重千倍。我给各位读点资料摘要好吗？”

M 局长很讨厌听其他部的问题，那些知识分子总喜欢把问题说到自己的本行里去。

邦德倒十分感兴趣，鼓励地看着他，并非常礼貌地说：“请读吧，弗兰克林先生。我洗耳恭听。”

第22章

天 罗 地 网

弗兰克林读摘要时语调低沉，好像在给学生讲解课文。他不时停下来解释一些难点，即使省略不相干的章节时，也要概述一下内容。

“下面讲的是生物战的方法及其防御。”他开始像讲课一样说道，“生物战也叫细菌战。它的媒介包括微生物、昆虫、动植物等生物体的毒素，所以用‘生物战’这个词更准确。陆军部列举的五类生物战的制剂，包括微生物，比如细菌、滤过性病原体、立克斯氏体和真菌；病毒，比如微生物病毒、动物病毒和植物病毒；传病媒介，比如节肢动物、昆虫和螨、飞鸟；害虫，主要指农作物害虫；破坏农作物的化合物，比如植物生长抑制剂、除莠剂和脱叶剂。

和化学战一样，生物战所用的制剂杀伤力各有不同，因此可以视实际情况而选取某一种，以最好地达到预定目标，或使预定目标暂时失去战斗力而几乎不产生副作用，或导致严重的疾病，引起大量死亡。除了学术上分类不同之外，生物战与化学战还有一个重要的区别，就是潜伏期的问题。生物战的制剂的潜伏期可以是几天，也可能是几星期。而化学战的制剂几秒钟或几小时之内就能产生反应，所以化学战的反应容易发现，但常常因反应太快而无法应对。”弗兰克林又一次意味深长地看看他的听众，继续说，“从理论上讲，生物战比化学战更危险，当然，如果生物战发现及时，其杀伤力可以得到有效控制。”

弗兰克林用手指一行一行往下找，挑出有用的念给他们听。

“再讲讲对人体造成伤害的生物战制剂，诸如炭疽病、斑疹伤寒、天花、食物中毒之类的东西。啊，找到了！”他的手指停了下来，“就在这儿。能够伤害家畜的生物战制剂有细菌、炭疽病、布鲁氏菌和鼻疽病，还有过滤性病原体，如口蹄疫、牛瘟、发狂症、肺气泡口腔炎、肺气泡皮疹、猪霍乱、非洲猪热病、家禽流感疫、纽卡斯症和马脑脊髓炎，等等。”

弗兰克林抬起头，表示歉意地说：“都是些很难读的专业名词，真抱歉，不过马上就完。下面我再谈谈破坏庄稼的生物战制剂。据说这些东西可用做经济武器。我认为，布鲁菲尔德的计划就是如此。这里列举了一大串例子，什么马铃薯枯萎病、燕麦冠锈病、甜菜叶尖卷缩病、十字花科植物烂软病和植物坏死病。这些我倒认为不必太担心，破坏庄稼的化学战制剂虽然杀伤性很强，但必须用飞机喷洒。注意，下面才是关键部分。”弗兰克林的手指停止移行，“生物战制剂的特性，使其适多应于秘密的行动计划。这些制剂浓度极高，靠五官难以发现，再加上其潜伏期长，所以被大量带到我们的房屋通风系统、自来水系统和密集的人口接触，而不易被察觉，迅速蔓延。”

弗兰克林停了停：“大家是否意识到，畜展览是最佳时机和场所。展览一完，参展的家畜便会把病毒带到全国各地。”他又接着念小册子，“一般来说，生物战制剂的有效覆面积要比化学战制剂大得多，这个问题不容忽视。试验表明，生物战制剂的覆盖面积甚至可达到几千平方公里。”

弗兰克林轻轻拍了一下他面前书：“我们激烈抨击过德国在大战时期使用新型毒气和神经瓦斯，我们不停地论争核辐射和原子弹，而这是几千平方公里的杀伤力，是美国参议院的一个委员会得出的数据，英国和爱尔兰加在一起有几个‘几千平方公里’呢，先生们？”

他瞪着眼睛，说：“现在，我给你们读最后一段，或许你们就会明白，我为什么那么激愤。”他的目光又柔和起来，“请注意听，怎样采取防御措施。这里说，生物战制剂很难被发现，是这一武器的特点，故对生物战的防御十分艰难而复杂，迄今还没有十分有效的方法。”

说到这里，弗克兰林把书往桌上一扔，拿起他那亮闪闪的小烟斗，一边往里边装烟丝，一边说：“好了，先生们，我的报告完了。”他看上去一副功德圆满的样子。

M局长说：“谢谢弗兰克林先生，那么，你的意思是说，这家伙要对我们发动一场生物战？”

“是的，”弗兰克林很肯定，“我就是这么想的。”

“你这个结论有依据吗？我怎么没有看出你的大通理论与那家伙的活动之间有什么逻辑关系？”

弗兰克林指着地图上他划在东英吉利上方的红十字，说："这就是我的第一条线索。1 个月以前离开格罗尼亚俱乐部的那个女孩，是东英吉利地区的村姑，而这是专养火鸡的集中区域，她得了火鸡过敏症，在布鲁菲尔德治疗好以后，回到家乡，立志要改进这一品种。你们发现了没有，她回来还不到一周，这里就出现了英国历史上最大的一次火鸡鸡瘟。"

莱塞斯恍然大悟，一拍大腿："千真万确！请接着说！"

"另外，"弗兰克林转向邦德，"这位先生不是曾往那儿的实验室里看过一眼吗？里面全都是试管，试管里装的那些混浊的液体。如果那些就是病毒、瘟菌、炭疽杆菌，那是极端恐怖的。你的报告上说，那个实验室里灯光昏暗，是暗红色，这就对了，培养病毒时不能有强烈光线的照射。如果那个叫波莉的姑娘在离开前，他们给了她一点喷洒雾剂，并告诉她这是对火鸡生长有好处的药，能使火鸡长得更肥，更健康，那个姑娘就是病菌的传播载体！还记得夜里施行的催眠术中有'要改进这个品种'吗？假设他们让她去奥林匹亚参加家禽展览，甚至让她在那儿找个清洁工之类的活儿干，她只需在得奖的家禽之中随便喷一下就足了。她只需在火鸡笼子周围走一圈，在展览的最后一两天干就可以，不会被发现。展览一结束，来自全国各地的家禽都衣锦还乡，可怕的细菌传播就开始了。"他停了停，"那姑娘懵懵懂懂就干了一件伤天害理的事，成为了恶魔的帮凶，使 600 万火鸡成为牺牲品，给老百姓带来不可估量的损失，财政部不得不拿出大量的外汇去进口国外的火鸡。"

莱塞斯急得满脸通红，忍不住用手在地图上一扫，插嘴说："还有别的姑娘怎么办？她们也是病菌的传播者，携带细菌回家的。天啦，他们想以此来毁灭我们的家园啊，太恐怖了！”莱塞斯的声音里带着恐惧，“可怜的姑娘！她们还以为自己是救星，太妙了，那个恶魔真的是棋高一着啊。”

M 局长问邦德：“你的意思呢？”

“我看就是这么一回事，先生，他们的解释都符合情理。那家伙我们太了解了，他什么事情都干得出。如果弗兰克林先生判断正确的话，恶魔计划得逞的话，我们国家将陷入长期的衰退，陷入一片恐慌之中，钱会全部流光，国家也就完了。”

M 局长站起身来说：“好吧，先生们。弗兰克林先生，请你向你的部长汇报今天会议的情况。如果他觉得有必要，就请他立刻向首相和内阁报告。我们马上采取行动，布置预防措施，一定要阻止生物战的全面爆发！我现在去刑事调查局找罗纳德·瓦朗斯爵士，让他赶紧把那个叫波莉的女人抓起来，其他姑娘一入境，也隔离起来。对她们要客气一点，毕竟她们还蒙在鼓里。特别是，我们要有如何对付布鲁菲尔德的方案。好，就这样吧。”他转向邦德，“你留一下，好吗？”

与两位官员道了别后，M 局长按铃叫哈蒙德送客。

不一会儿，他又按了铃：“上茶，哈蒙德，”他转向邦德，“你想来点威士忌还是汽水？”

“来杯威士忌吧。”邦德轻松地回答。

“这酒不好喝。”M 局长说着，走到窗前，外面夜阑已深，小雨正淅淅沥沥下着。

邦德拿起弗兰克林的地图，仔细端详着。他想，从这个案子学到的东西真不少，有纹章学的，还有生物学的，真不可思议！他突然想起了特莱伊雪在赌场赌输时拿不出钱来的情景，他还想到了自己那封辞职信，那上面都是些傻话！现在，他一门心思想的是如何擒贼擒王，抓住那恶魔。这活儿还得由他来干，无论如何也得让他来领头，作为组织者。邦德已打定主意，等茶和威士忌送上来后，他就向 M 局长提出行动方案。这种工作非他莫属。

哈蒙德把托盘端了进来，然后退了出去。

M 局长回到他的办公桌前，语气生硬地请邦德喝威士忌，他自己却端起一杯既不放糖也不放牛奶的红茶。他这个杯子可真不小，和婴儿的夜壶差不多大。

局长一脸阴郁的神情，说 :“这件事很卑鄙，我们要抓紧行动。”

他伸手拿起书桌上那个安装有反窃听装置的红色电话，这是通往白厅的直线，白厅的那个交换台极其秘密，全英国恐怕也只有 50 人能向那里直接通话。

“请接罗纳德 · 瓦朗斯爵士家里。”他拿过大茶杯喝了一口，又把杯子放回茶盘。“是你吗，瓦朗斯？我是 M。对不起，打扰了你的休息了。”电话的另外一边明显地骂一句什么，M 局长笑了笑，“在读那份少女卖淫的报告吧？圣诞节读这种东西，我真为你感到羞愧。把反窃听器打开好吗？” M 局长按下了话机上的一个黑按钮。“好了吗？这事非常重要，还记得布鲁菲尔德和那个‘雷弹行动’案子吗？对，他又在捣鬼了。电话里讲不清楚，明天一早我就把报告送给你，农业部也搅进来了。是的，所有的人。要和你碰头的人叫弗兰克林，是他们那里最好的虫害控制专家，此事只有他和他的部长知道。你的朋友007知道详情，是的，就是那人，他能给你提供你所需要的一切情况。现在说最重要的，今天是圣诞节，能不能叫你的人马上干点事？有个叫波莉·图斯克的姑娘，25岁左右，住在东英吉利，马上把她抓起来。是的，我知道那是很大的区域，她来自一个体面的中下层家庭，饲养火鸡的。当然，可以在电话簿上找到这家人。我没法告诉你更多的细节，不过，她刚从瑞士回来，11月底回来的。找到她后，以引进和传播鸡瘟罪把她拘起来。"M局长一字一顿地说，"是的，没错，那东西就是毁掉我们那么多火鸡的病源。"M局长偏过头离开话筒自言自语地说，"谢天谢地。"

"哦，我没说什么。还有，要好好对待那姑娘，她是被利用了，还蒙在鼓里呢。告诉她父母不用担心。如果需要正式的指控，你就找弗兰克林。找到那姑娘以后，通知弗兰克林一声，他要问她一两个简单的问题，如果他得到了满意的答复，就可以放了她。你看过我的报告后就会明白的。现在还有一个任务，像波莉·图斯克这样的姑娘还有10个，从明天起她们将陆陆续续从苏黎世回国，一旦入境，在海关要立即把她们全抓起来，不能遗漏一个，007有她们的名字和详情描述，我在苏黎世的人会提前报告她们归国的时间和地点。行，007今晚会把她们的名单送到伦敦警察厅。不，我没法给你讲清楚，故事太长了。还有，你听说过生物战吗？对了，炭疽病之类的东西。对，正是，又是布鲁菲尔德。我知道了，我正打算和007谈这事。喂，瓦朗斯，都明白了吧？很好。也祝你圣诞愉快。"M局长脸上露出意味深长的微笑。

他放下话筒，反窃听器自动地跳回“关”的位置。一张天罗地网正在悄悄地张开。

他略带疲惫地望着桌子对面的邦德，说：“就这样了。瓦朗斯说，是该对布鲁菲尔德收网的时候了，这事得靠我们自己干，瑞士方面不可能给我们多大帮助。就算他们会帮忙，也至少也得几个星期后才有所行动。到那时，那家伙早就无影无踪了。”M 局长直盯着邦德，“你有什么打算？”

邦德就等这句话了，他喝了一大口威士忌，小心翼翼地放下杯子，开始阐述自己的想法。随着他的讲述，M 局长的脸绷得越来越紧，神情也越来越阴沉。

最后，邦德说：“先生，我认为，只有这个办法可行。我需请假两星期，如有必要，我还可以交一封辞职报告。”

M 局长转动着椅子，凝视着壁炉里的柴火。

邦德沉默而又不安地坐着，等待着裁决。他其实也很矛盾，既希望获得同意，又不希望是这样，他确实再也不想回到那令人恐怖的雪山。

过了一会，M 局长转过身来，灰色的眼睛瞪着他：“好吧，007，你去吧。我先不和首相谈这事儿，他一定会拒绝你的方案。但你一定要干净利落地完成这个任务。我不怕被解雇，但我不想让政府卷入另一个政治大危机之中，明白吗？”

“明白，先生。这么说，我可以去度两星期的假？”

“去吧。”

第 2 3 章

调 兵 遣 将

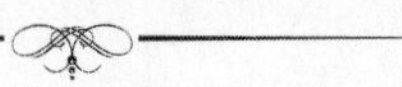

詹姆斯·邦德静静地坐在机窗前，看着英吉利海峡的海面在机下迅速往后退去。他腰间皮枪套里的枪冷冰冰地顶着他的肚子。这次他的护照上写的是他自己的名字，而不是什么希拉德·布雷，他觉得，这才是生活，而非演戏。

他扫了一眼手腕上新买的洛克表，估计下午 6 点可到马赛。他想起自己买表时的情况，当时商店还没开门，他讨好店家半天才买到这块表。他动身前简直忙得不可开交，在总部一直加班到深夜，第二天整理布鲁菲尔德的身份识别文件，与罗纳德·瓦朗斯一起核对有关细节，了解关于布鲁菲尔德的私生活及他在慕尼黑那边的情况，用电传打字机与苏黎世情报站沟通，忙了整整一个上午，他甚至没忘记告诉玛丽·古德莱特跟萨布尔·巴希利斯克联系，请他就那 10 个姑娘的姓氏做些研究，还请他特意把卢比·温莎的家谱用大写金字装饰一下。

午夜时分，邦德给慕尼黑的特莱伊雪打电话。话筒里传来她甜美亲切的声音：“詹姆斯，我准备明天到珠格峰去晒太阳，这样等我们见面时我会更好看些。我今天的晚饭是在房间里吃的，你猜猜，我都吃了些什么？烤龙虾、米饭、奶油，还有莳萝酱和奶油獐肉。我敢打赌，你今天晚上的饭，肯定没我吃得好。”

“我吃了两份火腿三明治，加了许多芥末；喝了半品脱加冰块的威士忌。好了。听着，特莱伊雪，别在电话里喋喋不休地吹个没完。”

“我是因为爱而喋喋不休。”

“喂，宝贝，我给你讲，我明天会把我的身份证明寄给你，并有一封给英国领事的信，告诉他们我要尽快和你结婚。别这样，你的风力已到 10 级了。看在上帝的份上，请仔细听我讲。这可能需要几天的时间，具体怎么办，领事观会告诉你的。你的身份证明书也要交给他。哦，已经给他了，是吗？”邦德笑着说，“那就好。我们的手续就要办妥了。我大概还要工作 3 天，明天我就去见你父亲，向他求婚，求他把你嫁给我。不，你得待在那儿，这种谈话女人最好不要在场。他现在应该还没睡，我过会儿就给他去电话约一下。好，宝贝，你现在去睡觉，否则，你就要激动得睡不着了。”

他们真希望多说一会，最后还是互道了“晚安”。

邦德又打电话给马赛，找电子仪器公司的德勒柯。电话里面传来了马里奥杰的声音，他几乎和女儿特莱伊雪一样激动。

邦德抑制住自己刚才对未婚妻的那股兴奋，说：“听着，马里奥杰，我要你送给我一件结婚礼物。”

“你要什么只管说，亲爱的詹姆斯，只要我能做得到。”他笑道，“我能搞到也行，你说吧。”

邦德故意卖关子：“明天晚上再告诉你，我订了明天下午飞马赛的机票，法国航空公司的班机，叫个人来接我，好吗？这次来是公事，想请你的董事们出席一个小小的会议。我们得好好策划一番，是关于我们在瑞士的那个经销部门，我们需要采取强硬的措施。”

“啊哈！”马里奥杰立刻明白是怎么回事，“是啊，这个部门的确该整治一下，我的董事们一定会按时到场，我向你保证，亲爱的詹姆斯，凡是我力所能及的，我一定竭尽全力。我会派人来接你，不过，我恐怕不能亲自来了，外面太冷，他们会好好接待你的，晚安。”

奇怪，他那边的电话里连一点电流声都没有了，这个老滑头，电话上一定装了反窃听装置。

飞机在离地面3000米的高空飞行，落日的余晖把天空照得一片橘红。不一会儿，茫茫的夜色降临了。

邦德闭着眼睛，他想抓紧时间休息一下。

马里奥杰派来接邦德的司机是个典型的马赛人，面孔看起来像海盗，一路上有说有笑，他那种幽默只有法国低档次的音乐厅里才有。他显然与机场方方面面都很熟，人缘也不错。他不断地说着俏皮话，拿邦德这位英格兰绅士寻开心，也有套近乎的意思，而邦德不怎么说话，一副公事公办的样子。就这样，他带着邦德很快就办完了入境手续。

刚一上车，这个司机突然回过头，操着一口纯正、不带方言的法语，友好地道歉：“请你原谅，我刚才失礼了。我的任务，是尽量不引人注目地把你带出机场。这里所有的警察和海关人员我都认识，他们都跟我很熟。如果他们发现我今天不一样，就会警惕并盯上你的，所以，先生，我是不得已才这样做的，请原谅。”

“没事的，马里斯。不过，你太滑稽了，我差点笑出来了。”

“你能听懂法语方言？”

“还可以吧。”

“你真不简单啊！”他顿了一下，接着说，“是的，自滑铁卢战役以来，英国人真的无人敢小觑了。”

邦德认真地说：“法国人也不一般，彼此彼此。”这话似乎有点互相吹捧的意思。邦德赶忙换了个话题，“听说你们家乡的浓味炖鱼很不错？”

“还行，”马里斯说，“不过正宗的浓味炖鱼很难吃到了，因为地中海里打不到巨鲸了，这道菜基本上已名存实亡，做浓味炖鱼必须要有巨鲸的嫩肉，现在都用鳕鱼的厚肉来替代，再加些番茄酱和大蒜，每个餐馆一个味，有的会腌一腌，口感好一些。你可以到港口那家小店里去试试，尝尝他们的拿手菜，再来点卡西斯酒。渔民就这样吃的，他们吃得饱，你肯定也能吃饱。那儿的厕所臭气熏天，不过没关系，你是个男的。你可以在饭后沿着卡拉皮尔桥往上走，然后在路上解个手，肯定没问题。”

他们来到了著名的卡拉皮尔立交桥，马里斯老练地在公路上忽左忽右地超车，嘴里还不住地诅咒着别的司机慢悠悠挡他的路。阵阵微风送来了大海的气息，耳边响起了咖啡馆里的手风琴声。邦德曾在这座城市住过一段时间，那时这里罪犯云集，这次他仍然要与邪恶势力斗争。

卡拉皮尔立交桥和罗马大街交界，马里斯往右拐了个弯，再往左拐，来到了离老港不远的圣·费雷奥大街，海港入口处的灯光在夜色中闪烁。他们的车停在了一所新建不久却造型粗陋的公寓前面。公寓底楼的宽大玻璃橱窗霓虹灯显示着“德勒科氏电子仪器公司”的字样。商店里面灯火通明，家用电器琳琅满目，电视机、收音机、留声机、电熨斗、电风扇应有尽有。马里斯提着邦德的箱子走过人行道，进了橱窗旁边的旋转门。

大厅里铺着地毯，邦德没有预料到外面其貌不扬，里面竟是如此富丽堂皇。电梯房里走出一个人，一声不响地接过提箱。马里斯转向邦德笑了笑，朝他眨了眨眼，用力握了握他的手，简短地说了一句“再见”，就匆匆忙忙地出去了。

那人打开电梯门，站到一旁。邦德发现他右腋下鼓出来一块，很想知道是什么，就在进电梯时故意撞了他一下。哟，真家伙。那人敏感地看了邦德一眼，好像是说“挺鬼的嘛！”然后，按了到顶楼的电钮。

一个和这人长得一模一样的人，眼睛都是褐色的，身体短小结实，正在顶楼恭候。他接过邦德的手提箱，带着他进了一个走廊。走廊上也铺着地毯。墙上的壁灯十分华贵。

他打开一扇门，把邦德带进一间带有浴室的宽敞舒适的卧房，宽大的落地窗上挂着厚厚的窗帘。邦德心想，窗外海景一定非常迷人。

那人放下手提箱，说：“德勒科先生愿意随时见您。”

邦德表现出一副到了家的样子，大声说：“不急，一会儿再说。”

随后他进了浴室，准备好好洗一下。真有趣，香皂是地地道道的英国皮尔斯透明皂，还有一瓶特朗普公司生产的洗发精和肯特公司造的男用梳子。邦德想，真难为马里奥杰了，为了我，他还真费了不少心思。

漱洗完毕，邦德走出门，跟着那人来到走廊尽头的房间。那人门也不敲就领着邦德走了进去，然后随手关上了门。

马里奥杰从大办公桌旁站起身来，咧开一口金牙，那张胡桃色的布满皱纹的脸，笑成了一朵花。他大步流星奔到了门口，一把搂住邦德，对准他的两侧面颊一边吻了一下。

邦德本想躲开，但还是忍住了。他用手在马里奥杰的背上友好地拍了拍。

马里奥杰退后一步，放声大笑："好了，好了！我发誓，再也不这样了。就这一回，下不为例。行吗？但你总得让我沸腾如火的激情宣泄出来，是不是？能原谅我吗？好，咱们喝点什么？"他朝摆得满满的酒柜挥了挥手，"快坐下来，跟我说，要我帮你什么忙？我发誓，在你办完公事之前，绝不谈特莱伊雪。"他褐色的眼睛恳切地望着邦德，"不过告诉我，你俩还好吗？你不会改变主意吧？"

邦德笑着说："当然不会。一切都准备好了。一周内我们就结婚，在慕尼黑的领事馆。我有两星期的假，我们准备在基斯比度蜜月，我俩都很喜欢那个地方。你能来参加我们的婚礼吗？"

"肯定参加！"马里奥杰高兴得几乎喊了起来，"你们到基斯比该不会是为了避开我吧？"他又指了指酒柜，"喂，喝点什么吧。我得让自己镇静下来，我简直太高兴了。但我的脑子还必须得保持清醒。我的两个最得力的助手，帮我搞组织工作的那两个人正等着我呢。我想先单独和你谈一谈。”

邦德自己动手倒了一杯酸麦芽汁酿的杰克丹尼烈性威士忌，再加冰块和水，然后，他朝桌子走去，坐在一把椅子上，说：“我也想和你单独待一会儿，马里奥杰先生。我想告诉你一些事情，这关系到我的国家。他们给我假期，让我到这里来，就是让我把情况告诉你。但你必须严守机密，行吗？”

马里奥杰抬起右手，用中指慢慢地、郑重其事地在胸前划了一个“十”字，然后，他表情严肃，将手臂靠在桌上，说道：“我保证，请讲吧。”

邦德开始把雪山那件事情的前因后果详细讲了一遍，甚至连他和卢比的那一段也没隐瞒。他发现，他对眼前这个人已不仅有一种喜爱之情，更是尊敬之情，他也不清楚这究竟是为什么。可能是由于马里奥杰的人格魅力，抑或是马里奥杰对他毫无保留的坦诚与义薄云天的帮助，他把自己心灵最深处的全部秘密都端给了他。

马里奥杰的脸上一直毫无表情，只是眼睛一闪一闪地注视着邦德，就像动物扫视着猎物一般。邦德讲完后，他才往椅背上一靠，拿出一包蓝盒子包装的“高卢”牌香烟，点了一支，叼在嘴里，不一会儿，他身边已是烟雾弥漫。

他一边抽烟，一边说道：“是的，这的确是件肮脏可怕的事，必须尽快摧毁它，包括那个可恶的家伙，亲爱的詹姆斯。”他的声音阴郁低沉，“可我是个罪犯，一个大罪犯。我开过妓院，养了不知多少妓女；我走私，向人勒索过保护费；一有机会，我就偷富豪的东西。

我多次犯法，为了达到我的目的，我甚至不得不杀人。也许有一天，也许很快，我会改过自新，做正当生意，但要脱离联盟，不做首领，不是件容易的事。没有我手下这么多人保护我，我早就没命了。但布鲁菲尔德这家伙实在太坏了，是个令人厌恶的东西，你请我们干掉他，不用多说，我知道，当局不便出面，你的头儿是对的，瑞士人确实帮不了你什么忙。”他突然笑了，“你希望我手下的人来干，帮你消灭那帮家伙，这就是你想从我这儿得到的结婚礼物，是吗？”

“是的，马里奥杰先生。但我与你们并肩作战，我要亲手杀了那个混蛋。”

马里奥杰若有所思地看着他：“我不想让你这样干，你知道原因。”他温和地说，“你傻透了，詹姆斯。你能活着回来，我都捏了一把汗。”他耸耸肩，“不过，我知道我劝阻不了你。你和这家伙较量一场，很想自己来划个句号，对吗？”

“你说得对。我不希望我的猎物被别人抢走。”

“很好。现在我让他们进来好吗？我们用不着给他们讲事情的经过，是我的命令，他们就得执行。但我们得好好谋划一下，怎样做可以干得干净利落，斩草除根，不留隐患。”

马里奥杰拿起电话对着话筒说了两句。不久，门开了，进来两个人。他们径直向另外两张椅子走去，坐下来，谁也没向邦德看一眼。

在邦德旁边落座的那个人，像牛一样强壮，两只招风耳向外展开，长了一个拳击手或摔跤运动员特有的塌鼻子。

马里奥杰朝他点点头：“这是史思，长着一个巧舌头，不可小觑他哦，能言善辩。”

史思一双冷酷的黄褐色的眼睛，很不情愿地瞥了邦德一眼，说了声“幸会”，就又转过头去看着他的头领。

“这位叫徒生，外号为‘轰响’，是我们的塑料炸弹专家，塑料炸弹对我们很有用，对吧？”

“是的。”邦德说，“还需要很多烈性雷管。”

徒生礼貌地向邦德探了探身子。他很瘦，面色苍白，脸上全是麻子，从侧面看像个纯粹的腓尼基人。邦德估计他在吸海洛因，但用的不是注射法。

他对邦德冷脸一笑：“幸会！”然后，身子后仰，靠回椅背。

马里奥杰指指邦德：“这位是的朋友，非常非常好的朋友。现在是你们的长官，好了，我们来谈正事。”

在此之前，他一直说法语，现在突然改说科西嘉语，语速很快，除了几个意大利语和法语的词根外，邦德什么也听不懂。他讲了一会儿，从抽屉里拿出一张大比例的瑞士地图，铺在桌上，用指头在上面寻找着，然后指着恩加丁中间的一点。那两个人利索地站起来，伸长脖子往地图上看，仔细研究了一会儿，又重新坐下。

史思说了句什么，邦德只听懂了“斯特拉斯堡”一词，马里奥杰使劲点了点头，然后转向邦德，递给他一张大纸和一支铅笔，说：“来研究一下这个好吗？这是格罗尼亚的建筑地图，请你在上面标出房子的大概面积和间距。大家要各司其职，又要相互配合，就像一支战争中的突击队，对吧？”

他们又用科西嘉语讨论起来，邦德则全神贯注研究着那张地图。这时电话响了，马里奥杰拿起电话，迅速记下了几个字，就挂了。

他转向邦德，眼中闪过一丝怀疑的神色，但很快就消失了：“伦敦来的电报。署名:万能。电文是:小鸟们已在城中集合，明日全体起飞。这是什么意思？”

邦德很为自己的粗心大意而内疚，马上说：“对不起，马里奥杰先生。我本该告诉你，我可能会收到一封这样的电报，可我给忘了。电文的意思是说那些姑娘们都在苏黎世，明天飞往英国，这是个好消息。只要她们离开了那里，我们就不会投鼠忌器了。”

“噢，那可太好了！确实是个好消息。你不让他们把电报直接发给你是对的。这样别人不会知道你在这儿，也想不到你认识我，这样很好。”接着，他又用科西嘉语对那两个人讲了几句，他们点着头，表示明白。

会议很快就开完了，马里奥杰审视了一下邦德刚完成的草图，然后递给徒生。徒生看了一眼草图，然后十分小心地把它叠好收了起来，仿佛这是一张什么宝贝。然后那两人朝邦德微微鞠了个躬，离开了房间。

马里奥杰舒了口气，满意地靠在椅背上：“一切都很顺利，全体队员将得到丰厚的冒险奖金。他们喜欢打硬仗，我要亲自督战，这会使他们很高兴。”他狡猾地笑了笑，“他们就是对你不太放心，亲爱的詹姆斯，说你会碍手碍脚。我跟他们说，谁也比不上你的枪法和格斗功夫。我的话，他们相信。我还从没让他们失望过，希望我没说错？”

“别难为我了。”邦德说，“我从没和科西嘉人交过手，也不准备这么干。”

马里奥杰被逗笑了："比射击，你可能会赢，但肉搏战，你恐怕不是他们的对手。我手下的人，个个都是好样的，了不起的硬汉子，天下难找。我要带5个最棒的，加上你和我，一共是7人。你说，山上有多少他们的人？"

"大概有8个，还有那头儿。"

"哦，对。"马里奥杰若有所思，"那个大头目，绝不能让他漏网，这可是条大鱼。"

马里奥杰站起身："好了，我的朋友，我已经订了饭，非常丰盛，就在这儿吃。然后，我们就带着满嘴的大蒜味和酒味去睡觉，你说好吗？"

邦德打心底里赞成这个建议："听你的。"

第 2 4 章

奇 兵 突 袭

第二天午饭后，詹姆斯·邦德先乘飞机，然后转火车，来到了斯特拉斯堡的“红房子旅馆”。一路上马不停蹄，他歇口气的时间都没有。

在马赛，邦德和马里奥杰度过了非常愉快的时光。他对即将发生的一切，充满期待；事后，又有特莱伊雪在等着他，邦德心境好极了。

昨天，他们围着前天夜里做好的格罗尼亚山峰及其房屋模型开了整整一上午的会。会议期间，有几个人被叫了进来，马里奥杰快速地给他们布置了任务之后，就让他们出去了。这些人的脸杀气腾腾，但对他们的首领唯唯诺诺，无限忠诚。马里奥杰具有领袖的权威，处事果断，运筹帷幄，应付自如，从安排直升机到给死者家属预备抚恤金，一切都给邦德留下了深刻的印象。

马里奥杰对下属直升机的安排感到不满意，他对邦德解释说：

“你瞧，我的朋友，这种飞机只有一个地方可以搞到，那就是法国右翼秘密部队。刚好他们还欠我一个不小的人情，但我又不想搅进政治里面去，希望过和平安宁的日子。我讨厌革命，革命会引起混乱，法国右翼部队的人就常搞这种行动，拦车设障，挨家挨户搜查。我这里要是这样干，我的事业就毁了。不过，法国右翼部队里有我的人，他们从法军那里偷了一架军用直升机，藏在莱茵河边离斯特拉斯堡不远的一个庄园里。庄园主是个伯爵，狂热的法西斯主义者，每天不搞点阴谋就没法活，他把全部希望寄托在萨朗将军身上，对外他称自己是个发明家，所以庄园有直升机没有什么大惊小怪的。我已用发报机联系他们，我要租用那架直升机一整天，而且还要他们最好的飞行员。事情都办妥当了，但有一点，就是以前他们欠我的人情，现在是我欠他们的了，哈哈。”他耸耸肩，“不过没关系，法国有一半的警察和海关关员都是我们科西嘉人，因此，我们科西嘉联盟的能量大着呢，你明白吗？”

他们在“红房子”旅馆给邦德预订了一间很好的房间，也使他受到了温馨的接待。

邦德吃了一顿这个城市特有的桃红色鹅肝，有滋有味，加上半瓶香槟，酒足饭饱后，他上床美美地睡了一觉。

第二天早上，邦德一直待在房间里。他换上了滑雪服，戴上滑雪镜和皮手套。手套很合适，很暖和，手指活动也很灵活，使用手枪完全没问题。他取下弹匣，拿出弹膛里的子弹，然后戴上皮手套，对着穿衣镜比画起来，一直感觉不错才停下来，然后，他重新装好子弹，把猪皮枪套别在腰带上。

他叫人送来账单，付了钱，并接着叫人把他的提箱寄给住在“四季旅馆”的特莱伊雪。他要了张当天的报纸，坐在窗前，望着街上川流不息的行人和车流，看得入了神，竟忘了读报。

12 点，电话响了。他立刻下楼，出门后，就朝事先约好的那辆灰色的比特车走去。

开车的是史思，他随便招呼邦德一句，然后大家都默不作声。

他们一路穿过荒凉的田野，1 小时后左拐驶进密林中一条蜿蜒曲折的泥泞小路。一会儿，他们来到大庄园一堵年久失修的石墙前。庄园的铁门巨大、锈迹斑斑。进了铁门，车道上杂草丛生，有新鲜的车轮痕迹。顺着这些痕迹，他们穿过破败不堪的庄园，来到森林的尽头。

顿然间，柳暗花明，一望无际的田野，出现在眼前。

森林的旁边有一个巨大的谷仓，车停在谷仓外面，史思短促地按了三声喇叭。

谷仓巨大的双折门上开了一扇小门，马里奥杰走了出来，他忙招呼邦德：“快进来，我的朋友。你来得正是时候。我们正在吃斯特拉斯堡香肠呢，味道好极了，还有里克威尔酒，清淡中带点苦味。我叫它‘拙劣的红葡萄酒’，用来解渴不错。”

谷仓看起来完全是一个摄影棚，强烈的灯光照着外形极难看的军用直升机，小发电机的突突声不知什么地方传来，仓里挤满了人。邦德认出有一些是联盟的人，他猜测其他人可能是本地的机械师。有两个人站在梯子上，正在给黑色的机身漆上白底红色的“十字”标记，尚未干透的白漆下面隐约可见机身上原有的民用飞机的标志

“FL—BGS”。飞行员名叫乔治，身着紧身工装裤，满头金发，一双炯炯有神的眼睛。

马里奥杰介绍他们彼此认识后，对邦德说：“到时候你就坐在他旁边。他的飞行技能是一流的，但不了解山谷那边的情况，也没飞过格罗尼亚峰。你先吃点东西，然后你最好和他一起研究一下地图。我们的航线是巴塞尔—苏黎世。”他快活地笑了笑，然后用法语对飞行员说，“我们会不会和瑞士机场指挥塔进行一场有趣的对话，乔治？”

乔治没有笑，轻描淡写地说：“我想可以瞒天过海的。”接着他又干起手中的活。

邦德接过一节蒜泥香肠、一大块面包和一瓶“拙劣的红葡萄酒”，坐在一个立着的货箱上吃了起来。马里奥杰又回去监督他的手下人装载“军用品”：冲锋枪和一些15cm见方、用红油布包着的小包。

一会儿，马里奥杰命令全体队员集合，快速检查各自随身携带的武器。

联盟队员们都有一把明晃晃的弹簧刀，他们都是用刀的高手。马里奥杰和大家一样，都穿上了崭新的用灰布制作的滑雪服。马里奥杰给每人都发了一个印着“联邦警察”字样的黑布袖套。他把袖套给邦德，解释说：“压根儿就没有这么一个阿尔卑斯联邦警察部队，但我们的‘魔鬼党’朋友未必知道这一点。这些袖套，至少可以先吓唬他们一下。”

马里奥杰看了一下手表，转过身用法语大声说：“现在是2点45分，各就各位，出发！”

谷仓的大门一下子被推开，直升机被农用拖拉机拉了出来，停在牧场上；拖拉机的挂钩从飞机上被摘了下来，邦德跟在飞行员的后面爬上小铝梯，进了拱起的座舱，并把安全带系好，别的人也陆陆续续跟着爬进了机舱。小铝梯收了起来，舱门被关上、锁住了，地面上的机械师竖起大拇指。飞行员的注意力集中在操纵杆上，他按下了启动器，引擎先是轻轻地“突突”响了两声，接着猛的一下发动了，头顶巨大的桨片开始转动起来，虎虎生风。

飞行员回头瞟了一眼旋转起来的尾翼。当速度表上的指针升到200时，他放开尾刹，慢慢地拉起操纵杆。飞机颤抖着，好像不情愿似的离开了地面，微微顿了一下，然后就飞了起来。飞机迅速往上升，飞到森林上空。飞机下面，雪花纷纷扬扬，好看极了。飞行员往左一打舵，操纵杆向前一推，飞机乖乖地向目的地飞去。

他们很快就来到了莱茵河上空，透过薄薄的烟云，巴塞尔依稀可见。他们飞到700米高空时，就不再往上升了，开始沿着巴塞尔边缘往北飞行。这时，邦德的耳机里响了一声，接着瑞士空中交通管理员十分客气地带着浓厚的瑞士口音请他们说明来历。

飞行员没理睬他，管理员的声音立即变得焦急起来，他又询问了一次。

飞行员乔治用法语说：“我听不懂你的话。”

于是，管理员立即改用法语说了一次。

飞行员说：“请说得再清楚些。”

管理员重复了一次。

飞行员说：“这是红十字会的直升机，送血浆到意大利去。”

管理员关掉了报话器。

邦德想象得出管理员指挥塔里的情形，辩论的声音，充满疑惑的脸。

这时，一个更加权威的声音用法语问："你往哪儿飞？"

"等一下，请稍等片刻。"飞行员说，过了好一会儿，他说，"瑞士管理站吗？"

"是的，是的。"

"FL—BGS 向你报告。我的目的地是意大利贝林佐纳的圣·莫尼卡医院。"

管理员报话机又关掉了。可不到 5 分钟，又响了起来："FL—BGS，FL—BGS，"

"请讲。"飞行员说。

"我们这儿没有你的飞机代号，请解释。"

"你们的注册记录一定过时了，我的飞机是新注册使用的。"

又是一阵长长的沉默。

这时，银光闪闪的苏黎世湖已近在眼前了，苏黎世机场的控制塔开始呼叫。他们刚才肯定监听到瑞士管理站的对话："FL—BGS，FL—BGS。"

"请讲，又怎么了？"

"你侵犯了民用航线。立刻着陆，并向控制台做解释。我重复一遍：立刻着陆，进行解释。"

飞行员怒气冲冲地说："'马上着陆，进行解释'什么意思？难道你不知道人命关天吗？我们这是急救飞行，运的是一种特殊型号的血浆，到贝林纳去救一位了不起的意大利科学家，生死攸关！你们却叫我‘马上着陆，进行解释’，谁给你们的权力？你们承担得起谋杀的罪名和国际影响吗？”

他这一通发泄也真管用，下面的人不再说话，哑口无言，他们就这样，堂而皇之地飞过了苏黎世湖。邦德暗暗发笑，朝飞行员竖了竖大拇指。

就在这时，伯尼联邦管理站的管理员又用低沉洪亮的声音发声了："FL—BGS，FL—BGS。谁给你发的许可证？重复一遍：谁给你发的飞行许可证？

"就是你们发的呀。"邦德笑眯眯地对着话筒说，他撒了个大谎！

现在，阿尔卑斯山就在脚下，在夕阳的光照下显得如此的美丽，却又险象环生。等他们飞进山谷后，雷达也就无能为力了。可伯尼方面迅速查了注册，低沉的声音又发话了。邦德意识到，瑞士所有的机场以及在瑞士上空飞行的所有飞机，都已听到了这一系列的对话。

伯尼语气仍然客气但十分坚定地说："FL—BGS，瑞士联邦空中交通管理站找不到你的注册。我很抱歉，你入侵了瑞士的领空。我们请你飞回苏黎世，向飞行控制台解释。"

突然飞机猛的震动了一下，一道银光一闪而过，一枚带有瑞士标记的导弹拖着一道长长的黑烟，在离飞机不到 100 米的地方飞过，接着调转头，朝他们直冲过来，就在即将击中的一刹那，它略微一偏，紧擦左舷而过。飞机又朝一旁倾斜了一下。

飞行员愤怒地说："伯尼联邦管理站，这是 FL—BGS。你要是想了解更详细的情况，请找日内瓦国际红十字会，我只不过是飞行员，不是你们机关里坐办公室的职员。你们把文件搞丢了，这不是我的过错。我重复一遍：到日内瓦去查。还有，请把瑞士空军招回去吧，我的乘客都快要晕机了。”

“你的乘客是些什么人？”高山的屏障使对方的声音减弱了许多。

飞行员打出了他的王牌：“是世界各通讯社的记者，他们全都听到了你们从著名的国际红十字会的故乡传来的废话，看到了你们的导弹威胁他们的生命安全。我希望你们明天早饭时能高兴地读到关于这一切的报道，先生们。现在，安静一点，行吗？请你们在工作日志上记下，我再重复一遍：我不是入侵瑞士领空的 R 国飞机。”

一阵沉默。导弹也消失了。直升机飞过了达沃斯。

金光闪闪的山峰如耸立的巨臂，从左右两面将他们团团围住。再往前飞，就是主峰了。邦德看了看表，再飞 10 分钟就到了。

他转过身来，透过窗子往后瞟了一眼。马里奥杰和其他人也抬头望着他。

落日的夕阳洒满客舱，大家紧绷着的脸上都映着红光。

邦德伸出大拇指，给大家鼓鼓劲儿，并把手从皮手套里抽出来，展开十个指头，表示要大家镇静。

马里奥杰点了点头。

邦德回头凝神望着前方，搜索着那座曾令他噩梦缠身的山峰。

第 25 章

雪 山 剿 匪

到了，前面就是那个该死的山峰。

现在，只有峰顶还笼罩在夕阳的余晖下，整个高原和建筑早已躲进昏暗的暮色之中，等待着月亮的清辉。

在 3000 米的高原上空，由于空气太稀薄，飞机的旋翼转动起来非常吃力。飞行员竭力使旋翼以最大的速度旋转。他们正左转弯飞向山的正面，无线电里突然传来噼啪的声音，接着一个粗暴的声音先用德语后又改用法语说：“禁止着陆，这是私人领地。我重复一遍，禁止着陆，请赶快离开！”

飞行员关掉了机舱顶上的无线电，他来之前就模拟选好了着陆点，现在他按图索骥，直朝那儿飞去。直升机盘旋了一周，便轻巧地往下降，它的橡胶浮体弹了一下，就稳稳地停住了。

下面已有一群人在那儿等着了，正好 8 个。邦德认出了几个，他们的手全都插在大衣兜里。直升机引擎突的一声熄了火，螺旋桨反转了几圈，就停了。

邦德听见后舱门砰的一声打开了，所有的人都下了梯子。两队人马虎视眈眈地对视着。

马里奥杰威风凛凛地说："听着，我们是阿尔卑斯联邦警察巡逻队的，圣诞前夕这里出了问题，我们奉命前来调查，请你们配合！"

弗里茨大声说："当地警察已经来过了，并向上面做过汇报，一切正常，怎么又来调查？联邦警察巡逻队？我怎么从来没有听说过？请你们马上离开这儿！"

飞行员用胳膊轻轻推了一下邦德，并朝左指向伯爵的住处和那座实验室。

一个戴着头盔的人正慌慌张张地穿过小路，向缆车站跑去，地上的人看不见他。

邦德骂道："该死的家伙！"然后爬进客舱，从门口探出身子，指着布鲁菲尔德大声喊道，"那个是黑帮头子，他想溜！抓住他！"

邦德往下跳，一个"魔鬼党"成员大喊道："是那个英国人回来了，那个探子！"话音刚落，那群人就乱作一团。邦德早已朝缆车方向跑去。

"魔鬼党"一方先开了火，子弹就像蜂鸟一般从邦德身边嗖嗖飞过。接着，马里奥杰这边的冲锋枪也突突突地开始还击。

邦德跑过俱乐部的拐角，看见山坡下 100 米处缆车站的旁边有一个戴着头盔的人。那人猛力拉开了雪橇房的大门，搬起一辆单人雪橇冲了出来。他将雪橇护在胸前，举起了自动冲锋枪朝着邦德扫了一排子弹。子弹在邦德耳边嗖嗖飞过。邦德立刻跪倒，双手举起手枪连发了 3 枪。

那人已几步跑就到了格罗尼亚雪橇道口。月光下邦德看清了那人的侧影，确实布鲁菲尔德无疑！邦德奔下雪坡时，那人已经跳上雪橇，顷刻间消失得无影无踪，就像是吞没在白茫茫的雪海里。邦德冲进雪橇房，糟糕，里面全是些六人或双人型雪橇！有了，中间有副单人的。邦德把那单人雪橇拖了出来，也顾不上看冰刀直不直，操纵杆是否灵活。他朝车道口跑去，一头钻进安全链。雪橇开始往下猛冲，可他只有一半的身子在雪橇上。他挺着身子，在这单薄的、轻巧的小雪橇上摆正姿势，紧紧握住操纵杆，雪橇在昏暗的车槽里疯狂下冲。他使劲地用脚趾顶住靴子，想踩住刹车。该死，失控了！在车槽里应该走什么路线呢？哦，想起来了，先是一条横穿山肩的直道，接下来就是一条里低外高的大弯道。邦德把操纵杆稍稍往右倾。尽管如此，他还是差一点就从车槽外侧的那一边飞出去了，非常恐怖。他在漆黑的车槽里飞一样地往下冲。再往下，那个金属地图上是怎么标的？他想起来了，是一个看上去像直道，但实际上还有阴影隐蔽着的斜坡。邦德刷的一下飞了起来，接着又重重地掉下来。邦德摔得像散了架，好一会儿喘不过气来。他拼命用脚趾顶住冰，想把速度降到每小时 100 公里。对了！原来这就是所谓的“死亡跳板”，接下去又是什么该死的玩意儿呢？“冰上直飞道”！对，千真万确！在这 200 米长的直道上他的下滑速度可高达每小时 120 公里。他想起滑雪名将在接近雪道底部终点时行进的速度可以达到每小时 140 公里。他这样冲了下去，毫无疑问他快和他们水平相当了！

可这时，一条“之”字形的弯道迎面而来，白色和黑色在眼前晃动,这就是竞技的“S道”了。邦德用脚趾死命地顶住脚下的黑冰。他看见了，前面不远处有布鲁菲尔德的雪橇划出的两条平行的沟痕。沟痕中间是他用鞋钉刹车时留下的一道小槽。这只老狐狸！他肯定是一听到直升机的声音，就知道大事不妙，就准备好了路线逃跑。

不过，按现在的速度追下去，邦德毫无疑问能追上他。看在上帝的份上，小心，“S”弯道就在眼前！邦德没有别的办法，只好尽可能地随着弯道左右摆动身体。他感到一只手臂撞了一下车槽的冰墙，接着就是火烧般的剧痛；紧接着，他又被甩到另一边的冰墙，瞬间又弹了回来，最后总算又上了直道。上帝啊，简直痛死了！现在他的双肘感觉到了刺骨的寒风。胳膊上的衣服早已不知去向，肘上还被蹭掉了一块皮!

邦德痛得咬紧了牙关，现在他才滑过了雪道的一半。就在这时，前面的人影在月光下一闪而过，正是布鲁菲尔德！邦德用一只手把身子撑了起来，另一只手从腰间拔出枪，他张开嘴用牙紧紧地咬住枪，活动一下手指，把手套上的冰块搞掉，然后右手握枪，抬起脚趾，加快下滑速度。可就在这时，那家伙又消失在阴影之中了，前方高耸的冰雪堆一定是“鬼见愁”。

邦德用脚趾死死顶住脚下的冰，看了一眼前面的冰墙。就在这一瞬间，他冲上了冰墙，一直往上滑！天啊，他好像就要从冰墙的边缘上飞离雪橇了。邦德的右脚使劲踩住刹车，身体向右一侧，紧握住操纵杆。雪橇勉强控制住了，邦德调整了一下姿势，再度钻进黑洞洞的车槽。不一会儿，他滑进了月光下闪亮的直道。前面50米的地方，另一个身体也在飞速下滑，他靴子上的刹车钉划起一团团雪粉。

邦德屏住呼吸，开了两枪。他认为这两枪打得很准，可那人却又冲进了黑影。幸亏邦德还在往下猛冲，而且越来越快。

阴影里险象环生，那些都是冰道上弯弯曲曲的小沟，到了“骨架散”了，邦德只觉得忽上忽下，颠簸厉害，从一道沟弹到另一道沟。他狠狠地刹住车，靴子都快被擦破了。他觉得自己好像前胸贴着后背，胸腔快要爆炸了，枪也差点被撞飞了。

终于冲过来了，邦德深深吸了一口气。前面又是一段直道，可前面车槽里有个黑乎乎的东西，像柠檬那么大，在冰面上一蹦一跳的，就像小孩子玩的小皮球。布鲁菲尔德在前面约 30 米的地方，是他身上掉下来的，还是他雪橇上的一个零件？还是他扔下的什么……想到这儿，邦德心里一阵紧张，他拼命将脚钉扎进冰里。可是为时已晚，他无法控制自己，离那跳跃的小东西越来越近了，就要踩在上面了，不错，是颗手雷！

邦德只觉得胃里一阵翻腾，只有祈求上帝保佑了！

接下来，邦德只知道他前面的整个车槽都炸翻了，他和他的雪橇一同飞上了天。他落到了松软的雪地上，雪橇压住了他的身子。然后，他失去了知觉。

邦德昏迷了几分钟。山上传来的惊天动地的爆炸声把他震醒了。

他挣扎着站起身来，又无力地倒在雪地上。他朝着爆炸的方向望去，一定是俱乐部被炸了，耀眼的火焰在夜空中燃烧着，一股浓烟冉冉升向月空。紧接着，又是一声巨响，布鲁菲尔德居住的大楼也炸塌了，大块的砖石从山腰往下滚，越滚越大，最后成了巨大的雪球，滚到了森林边上。

天啦，这样会引起雪崩的，邦德迷迷糊糊地想。可他又醒悟过来，这次没关系，因为他离得很远，他在缆车站的下面。现在缆车站被炸了，邦德刚刚放松的情绪又绷紧了。炸断的缆绳沿着山坡往下滑。如果缆绳弹起来，打翻他，他就只有等死了，听天由命吧。幸亏缆绳一扫而过，打在森林边的一座铁塔上，发出金属的清脆响声，然后消失了。

邦德万分庆幸，有气无力地笑了笑，开始检查自己的伤势。

他的双肘擦坏了，可最痛的是前额。他轻轻摸了摸，用手抓起一把雪抹在伤口上，血迹在月光下是乌黑色的。他浑身都痛，但好像没伤着骨头。他头重眼花，弯下腰拣起他的雪橇。操纵杆已经不知去向，或许正由于操纵杆挡了一下，才没有伤着头部。两把冰刀也都弯了，雪橇上的铆钉叮叮当当地乱响。

这破东西也许还能滑，也非得让它滑起来才能下山。他的枪也不知飞到什么地方去了。邦德费力地爬过冰墙，紧紧抓住雪橇小心翼翼地往下滑。他刚一进车槽，雪橇车就开始往下滑。他尽量坐稳，摇摇晃晃地往下滑着，变弯了的冰刀反倒是因祸得福，阻力大，雪橇慢慢地往下移动着，身后留下了两道深深的划痕。邦德又遇到一些急转弯，可由于速度只有每小时 25 公里，所以也并未造成很大的威胁。

邦德很快就过了森林线，进入了最后的直道。在这儿他慢慢地停了下来。他爬下雪橇，翻过矮矮的冰墙。这儿的雪被游客踩平了。他跌跌绊绊地往前走，不时抓把雪轻敷他的前额。在下面的缆车站里他会发现什么呢？如果布鲁菲尔德在那儿，那邦德就只有死路一条了！可车站里没有灯光，只有炸断的缆绳软绵绵地躺在地上。唉，这场爆炸造成的损失太大了！不知马里奥杰和他手下那帮人，以及直升机，现在怎么样了？

好像在回答他的问题，山那边传来了直升机引擎的突突声，月光下出现了它那丑陋的身影，不一会儿就消失在山谷里。邦德笑了，他们又得去和瑞士控制塔的人争辩了，也真够他们受的！

但马里奥杰已决定改道，从德国上空回去。那里也不是好对付的，他们势必要和北约组织的人吵架了！这时，萨马德的路上传来了地方消防队刺耳的警报声。警车顶上的红色闪光灯表明，他们离邦德还有约 2 公里。邦德一边小心地往黑乎乎的车站角落走去，一边在心中盘算着该怎样应付。他爬上车站的墙，四下里望了望，没人。

车站入口处有新的车轮印，布鲁菲尔德一定在这儿给什么人打了电话，然后坐着那人开来的车逃走了。他是往哪条路逃的呢？邦德走到路上看了看，车辙是向左边延伸。布鲁菲尔德现在应该已经到了伯尼山谷口，也许已经过了谷口，正开往意大利，他又可以继续逍遥法外，为非作歹了。

闪着红灯的警车在缆车站前停下来，警报声也小多了。

车上跳下的一些人进了车站，另一些则站在那儿望着火光映红的格罗尼亚峰。一个戴着宽檐帽的人，用瑞士德语方言问了邦德一大堆问题，邦德摇摇头。他又试着用法语问，邦德仍装出一副听不懂的样子。他叫来一个能说两句英语的人。

“这儿出了什么事？”那人用英语问。

邦德神智不清地摇摇头说：“我不知道。当时我正从蓬特雷西纳往萨马德走。我是从苏黎世来的，想在这里游玩一天，可错过了公共汽车。所以我想从萨马德乘火车回去。我看见山上在爆炸。我从车站那边往前走，想看得更清楚些。突然我的头上被什么东西狠狠地敲了一下，我就失去了知觉，一直被拖到了这儿。”他指了指他满头的瘀血和露在袖子外已擦破的双肘。“可能是缆绳断了，打在我的头上，把我拖到下面来了。你们有没有急救箱？”

“有，有。”那人对他手下的人叫了一声，一个带着红十字臂章的人，拿着他的黑箱子走了下来。他为邦德看过伤后，一个劲儿地感叹。他请邦德跟他来到缆车站的洗手间，他打着手电筒替邦德洗了伤口，擦了许多碘酒，使邦德的伤口一阵阵刺痛。然后，他用宽绷带将伤口包扎起来。邦德在镜子里看到自己的脸,禁不住笑了起来。他这副样子去当新郎真是糟透了！

那个卫生员同情地看着他，从箱子里拿出一瓶白兰地递给邦德。

邦德十分感激地喝了一大口。那个英语翻译也进来了。

“我们在这儿没什么可做。我们得让山区救护队派一架直升机来。我们要回萨马德去报告。你愿意跟我们走吗？”

“当然愿意。”邦德高兴地说，让邦德在这又冷又黑的晚上，走到萨马德不合适，所以大家让他上了车，把他送到萨马德，在火车站他们满怀同情地祝他一路顺利。

邦德乘上一列慢吞吞的普通客车到了库尔，然后又换乘快车到了苏黎世。

深夜两点，邦德来到了邦豪夫大街，苏黎世情报站的头儿就住在这里。邦德在火车上睡了一会儿，可他此刻仍然十分疲惫，站着都想睡觉。他浑身疼痛，像散了架似的，他无力地靠在门框上，用手去按了一下门铃。

一个身着睡衣，头发乱蓬蓬的人把门打开一条缝："天啦，这是怎么回事？你是谁？"他生气地问，明显带有英国口音。

邦德说："是我，007。我又回来了。"

"上帝啊，真的是你？进来，快进来！"米埃尔打开保险链，迅速地扫视了一下空无一人的大街，"没有人跟踪你吧？"

"估计没有。"邦德说道，很高兴走进了一间暖烘烘的房子。

苏黎世情报站的头儿关上门，上了锁，然后转过身看着邦德："天啊，老伙计，你怎么弄成这个样子？就像让人用乱刀砍过一样。好了，喝点什么。"他把邦德引进一间舒适的客厅，朝餐酒柜指了指说，"请随便喝吧。我去告诉菲利斯一声，叫她不要担心。想不想让她给你看看伤？干这种事情，她很在行。"

"用不着，谢谢。我喝点什么就可以了，这儿可真暖和。我这一辈子再也不想见到任何雪地了。"

米埃尔走了出去，邦德听见他在过道上和人快速地谈了几句话。

一会儿，他回来说："菲尔斯在收拾那间空房子。她会在浴室里再放些干净绷带。"他给自己倒了杯低度的苏打威士忌，坐在邦德对面，"好吧，告诉我发生了什么吧。"

邦德说："实在抱歉，我没有多少情况告诉你，和那天的情况差不多，也可算是续篇吧。我向你保证，你最好什么也不要知道，要不是我急需给 M 局长去个电传，我也不会到这儿来。得用只有 M 局长的接收员才能破译的 3 位 X 密码。你能帮我发出去吗？"

“当然可以。”米埃尔看了看表，“现在深夜两点半，要把那老伙计弄醒，是不是太早了点儿？不过，你自己看着办。好，跟我到密室去吧。”他朝屋子对面的书架走去，书架上摆满了书。他取出一本，胡乱摸了一下，只听咔嗒一声，墙上开了一扇小门。“小心你的头，”米埃尔说，“这原本是个旧的洗手间，大小正合适。稍微闷了一点，可以让门开着。”

小房间地上放着一个保险柜，他弯下身，拨了一会字码锁，打开柜子，取出一台像手提打字机似的东西。他把它放在那台笨重的电传打字机旁边的一个架子上，然后坐下来，噼里啪啦地打出了抬头和地址，每打完一个字，就拨弄一下打字机旁边的一个小柄，“好了，你讲吧！”

邦德站起身倚在墙上。在去萨马德的路上，他就想好了电文的内容。首先必须准确无误地把消息传到M局长那儿，然后又不能让米埃尔知道真相。

邦德说：“好吧，像这样说好不好？据点已妥善处理，细节不详，因为侦探独自离队，据点主人已跑掉，从M站发出详尽报告，并接受10天休假，感谢，007。”

米埃尔复述一遍电文，接着用每组5位数打出3位X密码，输入电传打字机。

邦德看着电传被发出后，马里奥杰所谓的“为女王的情报局效劳”的工作便告一段落。

邦德一只手摸了摸从额头上冒出的汗珠，另一只手捂住脸，嘴里含糊不清地嘟哝着“那座该死的雪山”，就瘫倒在地板上。

第 2 6 章

最后的放纵

特莱伊雪在苏黎世机场护照检查处门外见到邦德时，惊得目瞪口呆。

她强忍着扶邦德坐进了那辆敞篷车，回到驾驶座时，她已经泪流满面："他们对你干了什么？"她泣不成声地问，"怎么把你弄成这样？"

邦德紧紧地抱住她，安慰道："没事的，特莱伊雪，别担心。我向你保证，只是擦破了一点儿皮，就如同滑雪时摔了一跤而已，你看，我不是好好的吗？"

他抚弄着她的头发，拿出手绢轻轻地给她擦去眼角的眼泪。

她从他手中接过手绢，含着泪水，笑着说："你这样擦，把我的眼影都给弄坏了。为了让你觉得好看，我花了好长时间才画好的。"她拿出小镜子，小心翼翼地把污迹擦掉。

“你是个大傻瓜。我就知道你没什么好事。你跟我说，你要离开几天，去清理什么东西，不能带我到那儿去的时候，我就知道你又找麻烦去了,而且是大麻烦。后来爸爸又打电话来问我见到你了没有。他听上去很神秘，而且流露出担心。我一说没见到你，他马上就把电话挂断了。今天的报上登了格罗尼亚峰的事，你在电话里又那么小心谨慎，还说你是从苏黎世打来的电话，我就知道你跟这事有关。”

她收起小镜子，推了一下自动启动器：“好吧，我不说了。很抱歉,我刚才哭了。”接着她又气愤地加了一句,“可你简直是个大傻瓜,你只管自己去扮演英雄，你有没有想过我？你太自私了……”

邦德伸出手，把她放在方向盘上的手紧紧握着，她说得一点也不错。他只想着工作而没想到她，他从未想到过有人会这么心疼他。他如果死了，朋友们不过会摇头惋惜一下，最多在《泰晤士报》的讣告栏里登几则陈词滥调，有那么几个姑娘也许内心会难过几天，3天之后，一切平静如初。而特莱伊雪不同，如果他死了，她肯定会悲痛欲绝，甚至也会轻生的。这一点，邦德十分清楚，这也是他要娶她的原因。

敞篷车灵巧地行驶在公路上。

邦德说：“我很抱歉，特莱伊雪，但那是一件非做不可的事，你知道事情原委。我不能半途而废，如果我没有实施这次行动，我也不会像现在这么幸福。你是最理解我的，对吗？”

她伸出一只手轻轻抚摸着他的脸：“就因为你是个海盗，我才爱上你的。这可能是遗传的缘故,我会习惯的。不要为我而改变你自己,我不会像别的女人那样，一结婚就拔掉丈夫的牙齿。我想和你生活在一起，如果我有时候像条狗一样对着你叫，你别生气，那也是爱。”她对他温柔一笑，“女人毕竟是属于男人的。”

邦德被她逗笑了：“你这坏东西，特莱伊雪。”

他伸手去拿报纸。他一直想知道报上是怎么说的，怎么评论的。

在德国的报纸上，柏林的消息当然是头版头条；第二条也是理所当然地要刊登德国目前创奇迹的出口额。这些消息都来自“本报记者报道”；第三条发自圣·莫里茨的消息说：“在格罗尼亚峰发生了神秘的爆炸事件，通往百万富翁别墅的滑雪道被毁坏。”正文重复了标题的内容，并说天刚亮警方就乘直升机前去调查。下一个标题引起了邦德的注意：“脊髓灰质炎在英国引起恐慌。”接下来，是前天从伦敦路透社发来的一篇简讯：“那 9 个姑娘因为被怀疑在苏黎世机场与一个可能患有脊髓灰质炎的英国姑娘有过接触，而在几个英国机场被分别遭到拘押，她们现在正被隔离检疫。卫生部的一个发言人说：‘这样做只是为了安全起见而例行公事。’第 10 个姑娘，名叫维奥莱特·奥尼尔，可能是引起恐慌的原因。现在她正在香农医院接受观察，她出生在爱尔兰。”

邦德暗自感到好笑。紧急关头，英国人能把这类事处理得无懈可击。这需要多少方面的协调一致才能办到呢？首先是 M 局长，然后是刑事调查局、军事情报处、农业部、海关、护照检查处、卫生部以及爱尔兰政府。他们都以令人难以置信的速度和效率为这一事件罩上一层面纱。最后通过报刊新闻协会，由路透社出面将其公布于众。

邦德把报纸往后车座上一扔，望着窗外的街景。这曾是欧洲最美的一座城市，房屋都是奶黄色的，可现在到处都在重建。战后的苏黎世看起来死气沉沉、毫无生机。

邦德心想，这案子算是了结了，可罪魁祸首还是逍遥法外了。

他们到达宾馆时大约3点钟。宾馆有口信捎给特莱伊雪，叫她给在斯特拉斯堡“红房子”的马里奥杰打个电话。

他们上楼进了她的房间，挂通电话。

特莱伊雪说：“他在我这儿，爸爸，还没倒下。”说着，她把话筒递给邦德。

马里奥杰问道：“抓到他了没有？”

“没有，运气差了一点。估计他现在逃到意大利了，当时他是往那个方向跑的。你们怎么样？我在山下看见你们干得很漂亮。”

“总的来说，还算可以。”

“全清掉了？”

“彻底干净，人已全都干掉了，我损失了两个人。史思是在开公文柜时被炸死的，另一个伙计在他身旁，没来得及跑。大致情况就是这样，往回飞还算顺利。明天见面详谈，今晚我坐车赶来，好吗？”

“好的。哦，对了，你们看见那个叫宾特的女秘书吗？”

“没有找到她。也好，她要是在那儿的话，可没有像送走别的姑娘那样容易。”

“是的，嗯，谢谢你。英国方面的消息也很好，明天见。”

邦德接电话时，特莱伊雪很知趣地进了浴室，锁上了门，现在她问道：“我能出来了吗？”

“再等一会儿，亲爱的。”邦德接着给M特工站挂了电话，对方正在等他的电话。他约好在 1 小时内去见那个站的头儿，那头儿是一个海军少将，曾与邦德打过几次交道。

然后，他叫出特莱伊雪，一起安排了晚上的活动。最后，他独自回到他自己的房间。

他的手提箱已经被打开了，床边放着一盆藏红花。邦德笑了，端起盆子将它稳稳地放在窗台上。他冲了个澡。洗的时候他非常小心，生怕把绷带弄湿了。他换下了那件臭气熏天的滑雪衫，穿上一件深蓝色上衣，在桌前坐下，快速写下了他准备用电传打给 M 局长的报告。然后穿上雨衣，下了楼，朝音乐厅广场走去。

他一路上都在一门心思地想事情，没有注意到在街对面的一个矮身影，这是一个裹在一件深绿色披风里的女人。她无意中看见邦德悠闲自在地往前走，吓出一身冷汗。她立即穿过大街，跟在邦德的后面。她完全精于此道，当他来到音乐厅广场，走进那所 8 层楼的公寓时，她并没有跟进去，而是躲在广场的另一头等着他出来。他一出来，她又尾随着他，来到“四季饭店”，最后她要了辆出租车，回到她的住处，给科摩湖畔的都市宾馆打了个长途电话。

邦德上楼，回到他的房间，看见书桌上摆了一大堆绷带和药品。他打电话问特莱伊雪：“这是怎么回事？难道你有万能钥匙，什么门都能开？”

特莱伊雪听后大笑起来：“是服务员送来的，她是我的朋友了。她很懂得爱情，在这方面比你强。你干吗要把那些花儿拿开呢？”

“这盆花很美。我想放在窗台上会更好看一些，而且还能晒到太阳。好了，我跟你谈桩交易。你要是能到我这儿来帮我换一下绷带，我就带你下楼，给你买份饮料，就1份。我自己来3份，按照男女的正确比率。好吗？”

“好极了。”

换绷带时，伤口痛得要命，邦德禁不住流出了眼泪。她深情地吻去了他的泪水。

她脸色苍白，心痛地望着他的伤口：“亲爱的，还是找医生看看吧？”

“医生看过了，放心好了。我现在担心的不是这个，而是我们的睡觉问题，像我这样很难把两肘支在床上。”

“嗯，你一身的伤，我们不能用标准的姿势，那就用非标准的姿势吧。不过今晚不行，明晚也不行，等我们结了婚才可以。在此之前，我得装得像个处女。”她一脸严肃地望着他，“我多希望我是处女，詹姆斯。从某种意义上来说，我确实是的。你知道，没有爱情的人做爱是不道德的。”

“知道。好了，来，喝酒。”邦德语气坚定地说，“我们有的是时间谈情说爱。”

“你这馋猫，就知道喝。我有那么多的话要对你说，可你就只想到喝酒。”

邦德深情地望着她，十分小心地搂住她的脖子，给了她一个长久的、充满激情的吻。

他突然放开她：“不行，这才只是开始。等我们把这点儿没味儿的酒喝完，我们就到瓦尔特饭店去，吃一顿丰盛的晚餐，边吃边谈谈戒指的事，谈谈我们是睡上下两铺的床呢，还是睡双人床，再看看我是不是有足够夫妇两人用的床上用品。”

他们就这样度过了傍晚的时光。特莱伊雪神情严肃地向他提了许多只有女人才会想到的生活上的实际问题，这可叫邦德晕了头，没了主张。不过他惊奇地发现，建造这个安乐窝，使他感到了一种从未有过的喜悦。终于要安顿下来了，终于有一个家了，生活会更充实，更有意义，因为他有一个心爱的人和他一起分享生活！这是一种多么奇怪又多么激动人心的感受啊！

马里奥杰晚上到了宾馆。他那庞大的卧车占去了大半个停车场。

第二天，他们欢欢喜喜逛商店，上酒楼，然后去首饰店买订婚戒指和结婚戒指。结婚戒指容易选，买了传统的平面金戒指。可是选订婚戒指时，特莱伊雪就拿不定主意了，最后只好把这任务交给邦德去办，按他喜欢的买。

特莱伊雪趁机去试穿她出去度蜜月时要穿的衣服。邦德叫了辆出租车，司机在大战时是德国空军飞行员，他为此得意洋洋。他和邦德跑遍全城，最后总算在尼劳堡宫附近的一家古玩店里找到了邦德满意的戒指：一只巴洛克式的白金戒指，上面还镶有两小串钻石。戒指造型既别致又大方，连那个出租车司机都说很喜欢，所以就买下了。

邦德和司机来到富兰康·克勒饭店，庆祝了一番，他们吃了许多香肠，每人喝了 4 大杯啤酒。怀着告别单身的愉快心情，邦德摇摇晃晃地回到宾馆，直接来到特莱伊雪的房间，将戒指戴在她的手指上。

特莱伊雪满脸都是泪，一边抽泣一边说，这是世界上最美丽的戒指。

可当邦德把她抱在怀里时，她又咯咯地笑开了："噢，詹姆斯，你太坏了。你就像一头灌了一肚子啤酒和香肠的猪，难闻死了，你又跑到哪里喝酒去了？"

邦德有声有色地向她描述了他作为单身汉的最后一次放纵，她开心地大笑起来。然后，她欢天喜地在房间里走来走去，摆出各种优美的姿势，不停地变换手的角度好让钻石射出熠熠的光彩。

这时电话响了，马里奥杰想和邦德单独在酒吧间谈谈，特莱伊雪先回避半小时。

邦德走下楼，来到酒吧，想了一下，要了份能对他刚才喝的啤酒起调和作用的施泰因哈根酒。

马里奥杰表情严肃地看着他，说："好了，听着，詹姆斯。我们还没有正儿八经谈过这事。这似乎很不恰当，我马上就是你的岳父了，所以我认为我们应该谈谈。几个月以前，我正式地提出要资助你们，你拒绝了。可现在你们要结婚了，你开户的银行是哪一家？"

邦德一听就生气了，他说："别费口舌，马里奥杰。我可不要你的一百万英镑，我不想毁掉我的生活。一个人所能遭受的不幸中，最大的不幸就是拥有太多的钱。我的钱已足够了，特莱伊雪也不缺钱花。要想买什么东西而没有钱的话，我们慢慢攒了再去买也更有意思。谢谢你哈。"

马里奥杰生气地说："你刚喝了那么多酒，说的尽是酒话。我要给你们的，只是我财产的五十分之一，你懂吗？这对我来说是九牛一毛的事。特莱伊雪过惯了要什么就有什么的生活，我不想让她吃苦，我就只有她这么个女儿。你是个公务员，你那点工资没法儿养活她。你必须接受我的礼物。”

“如果你非要我接受，我发誓会把钱捐给慈善机构。”

“可是，詹姆斯。”现在，马里奥杰几乎是在恳求了，“我能给你些什么呢？或者为你们未来的孩子设一个托儿所基金，行吗？”

“那就更糟了。如果我们有了孩子，我不愿用钱这根绳索套住他们。我从前没有钱，也不需要钱。我喜欢靠赌博赢钱，因为那些钱是拣来的，是从天上掉下来的。如果我继承了钱，我就会变成花花公子，你不喜欢，特莱伊雪也不喜欢。”邦德一口喝干了杯里的施泰因哈根酒，“这对我，对你的女儿，都没有好处。”

马里奥杰难过得都快掉眼泪了，邦德忍不住为之感动。他说：“你真好，马里奥杰，我衷心地感谢你。我看这样吧，我向你发誓，如果我们遇到了麻烦，需要你帮助，就一定来找你，行吗？比如生病，或是别的什么麻烦。如果我们在乡下有个小别墅什么的，可能会很不错。等我们有了孩子，也可能需要帮助。嗯，你说这样好吗？就算说定了吧？”

马里奥杰无可奈何地瞪着邦德：“你保证不是随便乱说的吧？我的确很想帮助你们，让你们过得更幸福一些。”

邦德紧紧握住马里奥杰的右手：“我向你保证。好了，高兴点儿。特莱伊雪来了，她会认为我们吵架了。”

“什么人我都斗过，”马里奥杰情绪低落地说，“从来都是胜利者，可这次我却失败了。”

第 2 7 章

今 生 今 世

元旦这天，阳光灿烂，万里无云。

10 点 30 分，英国总领事的大厅里，面对证婚人和自己的新婚妻子特莱伊雪，詹姆斯·邦德真诚地说：“我愿意！”这是他的肺腑之言！

既通情达理又办事高效的总领事，欣然中断假期，亲自为他们结婚办手续。他自己也承认，他本想好好休息一下，因为平安夜热闹了一个通宵，现在头还有点晕。他比原定的时间提前了好几天给他们办手续。他解释说，这是因为邦德是我们的英雄，他所做的工作很危险，应该对他格外礼遇。对他的理解，邦德十分感激。

总领事说：“你们俩现在看上去都健康多了。”

看来，他没有忘记第一次见到邦德和特莱伊雪时的情形。那时，他说：“你头上的那道伤痕十分醒目，邦德先生。女伯爵的脸色也略显苍白。为谨慎起见，你们的婚事宜早不宜迟，所以我向外交部申请了特别豁免权。令我惊奇的是，他们很快就同意了。那么，就订在元旦跟你们办证吧，这个日子非常有纪念意义。上我家来，我妻子也想见见你们俩。”

詹姆斯·邦德和特莱伊雪幸福地在结婚文件上签了字。M 特工站的头儿很乐意做邦德的伴郎。邦德正琢磨着怎么给他伦敦的上司写结婚报告时，马里奥杰也到了，穿着一件纯法国式的燕尾服，胸前别着两排勋章，最边上的那一枚把邦德惊呆了，竟然是一枚由国王颁发的抵抗外国人侵略的英雄奖章。M 站的头儿一见马里奥杰，立刻就抓起一把五彩纸屑，撒在他身上。

当邦德极为羡慕地问他时，马里奥杰说：“等有机会时，我一定告诉你的，我亲爱的詹姆斯。”他压低声音，用手捂着他那灵敏的棕色鼻子，小声说，“非常有趣。我是因为搞到了德国情报机构的一份绝密资料而获国王授勋的，得勋章也要靠运气啊。”他在胸前挂勋章的地方划了个十字，“这件燕尾服上已挂满了，再挂也没有地方了。顺便说一句，这件衣服是从马赛豪华的巴倍服装店买来的。穿这家服装店买的衣服，不挂几个勋章就不般配了。”

人们开始互相道别。马里奥杰热情拥抱邦德时，邦德也热情拥抱他，叫他“爸爸”，马里奥杰十分激动。他们下楼，来到等在外面的敞篷车旁边，挡风玻璃和水箱架间挂着几条漂亮的白色的缎带。邦德猜，肯定是总领事的妻子挂的，祝福他们的。路人围在车旁，都想很好奇，想看看谁是新郎、新娘，是不是男才女貌。

总领事握着邦德的手，抱歉地说：“我们可没办好这次婚礼，没能像你所希望的那样，秘密进行。今天上午《慕尼黑图片报》的一个女记者跑到这儿来了，她不愿透露姓名，我想可能是个闲话专栏记者。我只好告诉了她一些大致的情况。她特别想知道典礼的时间，如果这也称得上典礼的话，因为他们想派一个摄影师来。还好，你没碰到她。我想，其他方面没有什么。好了，再见吧，祝你们幸福。”

今天，特莱伊雪穿了一件古典深灰色的带绿花边和鹿角纽扣的“蜜月旅行装”，她将系着漂亮花结的登山帽往后座上一扔，钻进车里按下了自动离合器，引擎扑地响了一下，汽车启动了。

他们换了高速挡，朝着空旷的大街驶去。他们俩都从车窗里伸出一只手轻轻地挥动着。邦德看见马里奥杰的汽车已经一溜烟绝尘而去。站在路边的那群人不断地朝他们挥手示意，然后他们拐过街角，离开了领事馆。

当他们驶到通往萨尔茨堡和库夫斯泰因的高速公路交叉口时，邦德说：“开到路边停一下，特莱伊雪，我还有两件事要做。”

特莱伊雪把车停在草地的边上，枯黄的干草上覆盖着一层薄薄的雪。

邦德伸出双臂把她搂进怀里，温柔地吻着她。

“这是第一件事。第二件事，我要对你说，我将好好照顾你，特莱伊雪。你不反对我照顾你吧？”

她听后轻轻把他推开，微笑地望着他，深情地说：“不过，先生，你也需要我的照顾。让我们相互照顾吧。”

“那当然。不过我宁愿充当你的角色。对了，我下去把那些缎带拿掉。这好像是在接受加冕，太招人显眼了。你说呢？”

特莱伊雪哈哈地笑了起来：“这是你的职业习惯吧？你总喜欢默

默无闻，而我就喜欢一路上不断有人给我们喝彩欢呼。我知道，如果有可能，我这车你也想喷成黑色的，对不对？但从现在起，没有任何事情能阻止我把你像旗帜一样挂在我身上，你想不想把我像旗帜一样插在你身上飘扬？”

“那要等到过节或喜庆的日子。”他走下车，一边取下缎带，一边举目望了一眼万里晴空，冬日的阳光照在他脸上，暖洋洋的。他问特莱伊雪，“要是把车篷放下来，你会不会觉得冷？”

“我想不会的，放下吧，否则，我们只能看见半个世界。从这儿到基茨布厄尔，沿途的景色都很美。要是冷的话，我们再把车篷拉回来。”

邦德松开两颗螺母，将帆布顶篷折向后座。他打量着高速公路的上下两边，路上车水马龙，好不热闹。在他们刚才经过的环状交叉路上有个壳牌石油公司的加油站，一辆红色的玛莎拉蒂牌敞篷车正在加油。这辆车马上吸引了他的注意，这种车跑起来像风一样快。驾驶舱里坐着一男一女，运动员打扮，都穿着一身白色的运动衣，两个人都严严实实地戴着黄色头盔，深绿色的挡风镜遮住了大半张脸，离得太远，看不清他们容貌，不过，从侧面看那女人的身材不怎么样。邦德上了车，坐在特莱伊雪旁边，他们又在高速公路上疾驶。

两人一路无语。特莱伊雪把车速保持在每小时 130 公里左右，寒风迎面扑来，邦德打了个寒噤。他看了一眼手表：11 时 45 分。1 点钟左右他们就能到达库夫施泰。在通往大城堡的蜿蜒曲折的街道上，有一家很有名气的大宾馆。那儿有条很小的游乐巷，巷道里飘荡着悠扬的齐特拉琴声和带着一丝哀愁的蒂罗尔民歌声。据说，德国旅游者来到这德奥边境小镇游玩 1 天后，动身回家前总要去那里好好吃一顿价廉物美的奥地利美酒佳肴。

邦德凑在特莱伊雪的耳朵边，跟她聊这事。他还告诉她，库夫施泰还有一座奇特的纪念碑，形状像一座大城堡，用以纪念第一次世界大战。每天一到中午 12 点，大城堡的窗户就打开了，城堡里巨大的管风琴就会独奏一支曲子，在很远很远的群山之中，在通向库夫施泰的山谷里，都能听到这管风琴奏出的优美乐曲。

“不过今天我们没时间了。以后再去欣赏吧。”

特莱伊雪说：“没关系，当你尽情地喝啤酒和杜松子酒时，我可以用齐特拉琴来给你演奏。”她向左拐弯开进通往库夫施泰的隧道，他们很快穿过了罗森海姆，高耸云端的雪山就矗立在他们眼前，巍峨雄伟。

路上来往的车辆已少了许多，一眼望去，只有他们的敞篷车在白雪皑皑的草原和灌木林之间奔驰。前方是闪烁着金色阳光的雪峰，千百年来，兵戈铁马，多少人白骨埋在雪山。

邦德回头一望，看见在路的尽头有一个小红点，正是那辆玛莎拉蒂跑车。玛莎拉蒂的马力很大，超越邦德的车，可以不费吹灰之力，但他们不紧不慢地跟着，不像是游山玩水，欣赏这沿途美景。邦德虽有点纳闷，但没有太在意。

大约 10 分钟后，特莱伊雪说：“后面有一辆红色跑车要赶上来了。我想加快速度把它抛下，行吗？”

“用不着。”邦德说，“让它过去，千万别开快车。”

果然，那辆八缸引擎的轰鸣声越来越近了。

邦德往左靠在车上，翘起大拇指往前一指，示意已让开路，那辆玛莎拉蒂车可以超过去。

两辆车的距离越来越小了，突然间，一只铁拳猛地砸下来，敞篷车的挡风玻璃被砸成碎片，那辆红色轿车一闪而过。

邦德只瞥见一只梅毒鼻子、一张紧绷绷的脸、一张在怒吼的嘴和一支晃了一下就收回去的自动枪。敞篷车顿时失去了控制，撒野似的冲向路边，穿过一片草地，在低矮的灌木林中压出一条小道，终于停了下来。邦德一头撞在挡风玻璃架上，失去了知觉。

一个穿着制服的高速公路巡警使劲摇晃着邦德，他醒了过来。这个年轻的巡警惊恐地问："你们怎么了？发生了什么事？"

邦德赶紧转过头看了看特莱伊雪。她身子向前倾，头部耷拉在撞坏了的方向盘上，系在头上的红色丝带掉在了一边，一头金发凌乱地盖住了她的脸。

邦德伸出手臂搂住她的右肩，发现她的背上透出一片鲜血，染红了后背。

邦德紧紧地搂着她，抬起头望着那位年轻的巡警，宽慰似的对他笑了一笑。

"没事的。"他一字一句地说，就像在对一个孩子解释问题一样，"真的没事，她睡着了。我们很快还会往前赶路。别怕，你瞧。"他的头无力地靠在她的脸庞，对着她的耳朵轻声说道，"你瞧，有我们这份情谊，今生今世就足够了。"

年轻的巡警惊慌地望了一眼这对一动不动的情侣，急忙朝他的摩托车跑去，抓起报话机，呼叫救护中心。